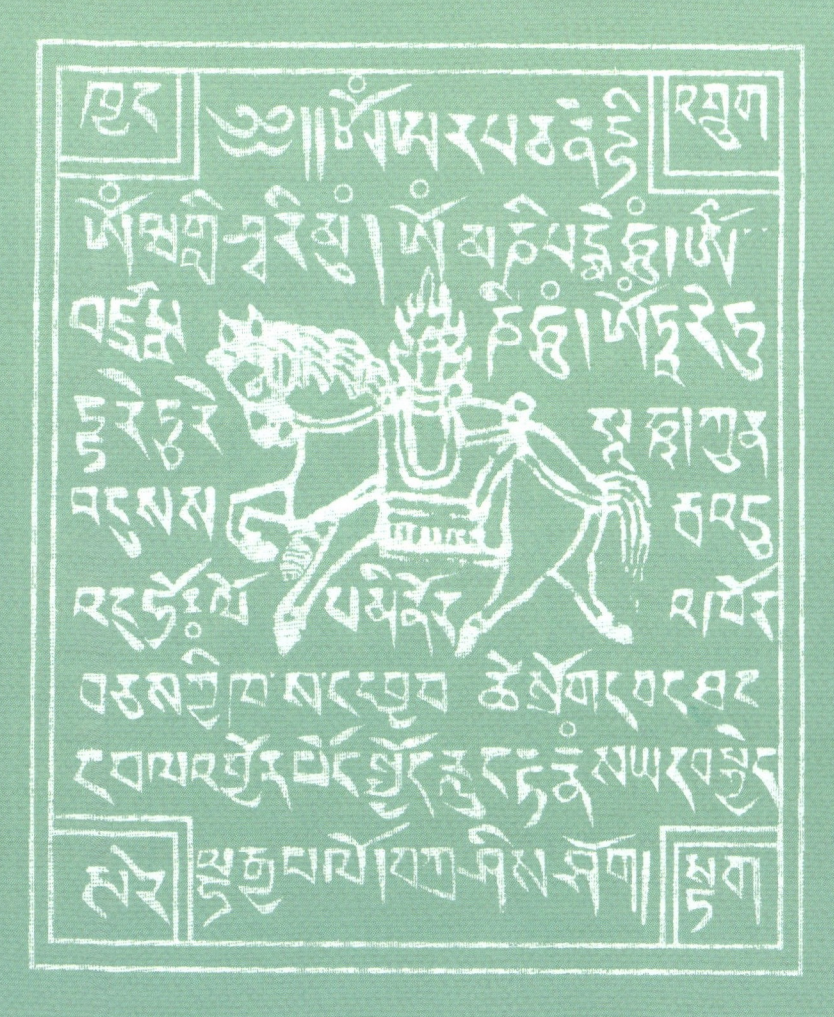

行
SLOWALK

行行重行行， 前路终可知

梅里雪山

十七人の友を探して

寻找十七位友人

[日] 小林尚礼 · 著
乌尼尔 · 译

北京联合出版公司

西藏自治区

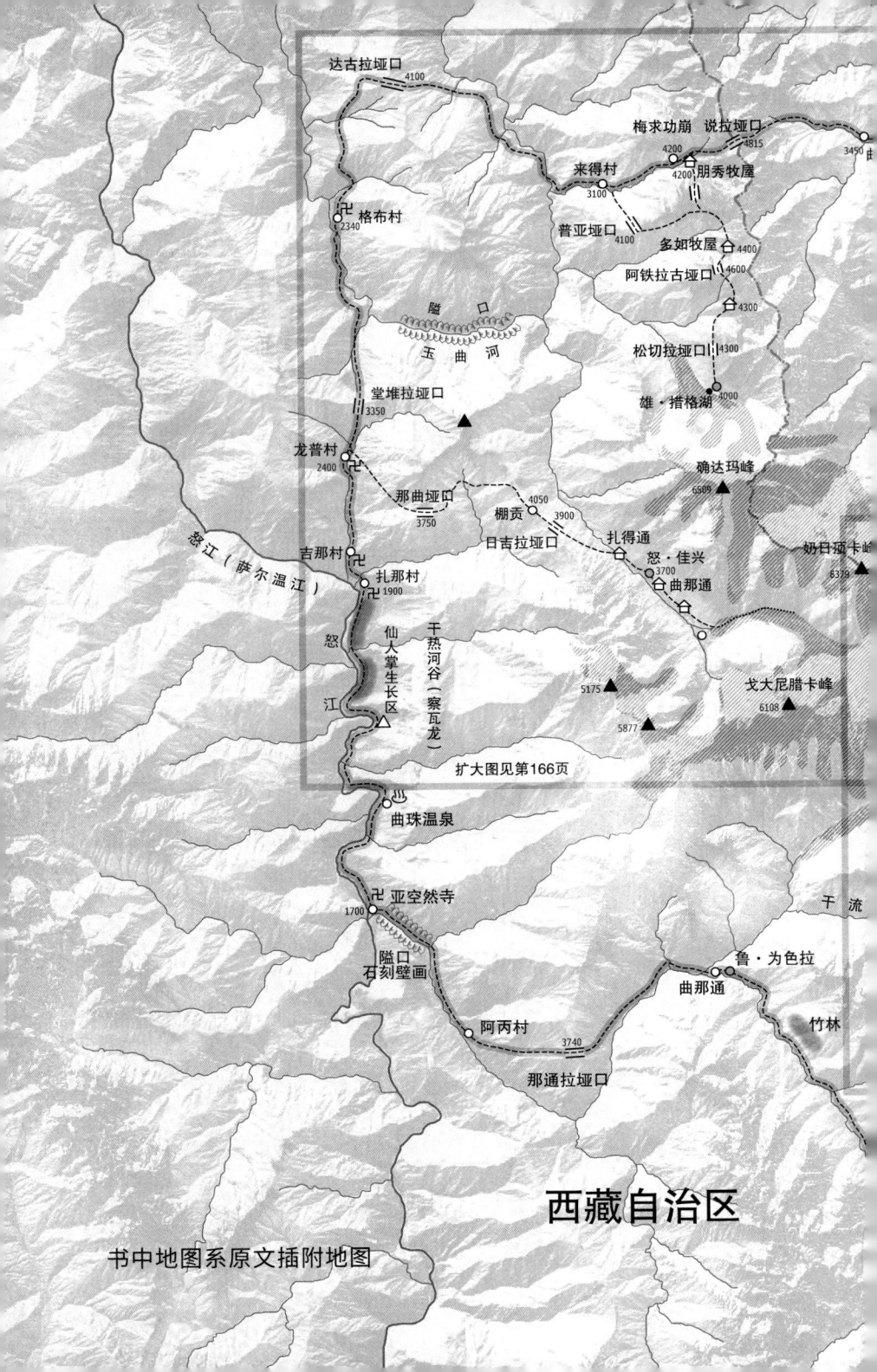

书中地图系原文插附地图

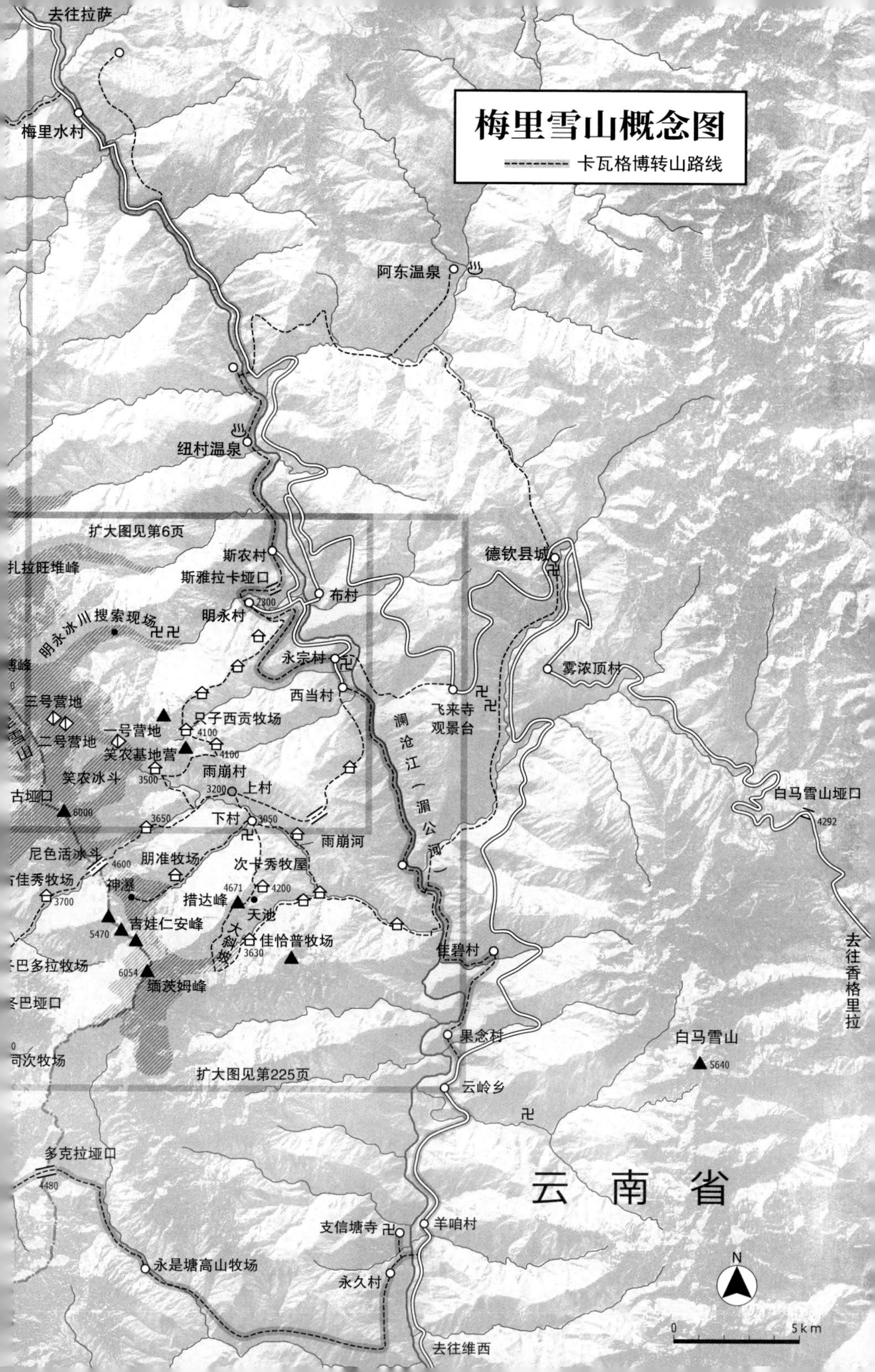
梅里雪山概念图
卡瓦格博转山路线
去往拉萨
梅里水村
阿东温泉
纽村温泉
扩大图见第6页
斯农村
斯雅拉卡垭口
2800
布村
明永村
明永冰川搜索现场
扎拉旺堆峰
德钦县城
永宗村
西当村
雾浓顶村
三号营地
二号营地
一号营地
笑农基地营
只子西贡牧场
4100
4100
飞来寺观景台
澜沧江（湄公河）
笑农冰斗
3500
雨崩村
3200
上村
古垭口
6000
3650
下村
3050
白马雪山垭口
4292
尼色活冰斗
4600
朋准牧场
雨崩河
次卡秀牧屋
佳秀牧场
3700
神瀑
4671
4200
措达峰
天池
吉娃仁安峰
5470
大斜坡
佳恰普牧场
3630
佳碧村
巴多拉牧场
6054
缅茨姆峰
去往香格里拉
巴垭口
果念村
白马雪山
5640
司次牧场
扩大图见第225页
云岭乡
多克拉垭口
4480
云南省
支信塘寺
羊咱村
永是塘高山牧场
永久村
N
0
5km
去往维西

序 言

我们在为梅里山难三十周年策划一套纪念丛书期间，小林尚礼提出疑问，这件事在日本已经过去，为什么中国人还那么在意？记得我当时的回答有些含糊，没有让他，也让我自己满意。然而，一场疫情在 2019 年底爆发，并延续至今，仿佛老天爷揭晓了答案——

西方现代文明在数百年的狂飙突进中确立了一种逻辑，即把世界划分为有灵性的"人"（human）和无灵性的"自然"（nature），并将这种区别固化在一套金字塔式的分类系统中。发端于 15 世纪的探险运动，其主旨是"文明"对"荒野"和"原始"的探索和操控；而借壮阔山水来彰显个人的勇气和智慧，亦成为探险运动的核心价值观。

20 世纪 70 到 90 年代，针对喜马拉雅雪山群的登山和科考行动，逐渐脱离了早期单打独斗的境况，进入到群雄逐鹿的竞争时代。梅里登山是这个潮流中最激进的一波，却在物资充沛、准备周全的情况下遭遇惨败。其受挫的根源，是对大自然威力的低估，而这种威力,不仅表现为突发的雪崩,更以当地神山信仰的形式呈现出来。

梅里登山的挫折,和眼前这场蔓延的祸患似乎难以相提并论,但它们都借死亡,凸显了被科技和经济繁荣遮蔽了的两个核心问题:人类与自然、文化与文化应该如何相处。

这座被登山者和旅游者称作"梅里"的雪山峰,藏语的意思是"白色的雪"(卡瓦格博)。这个命名包含着深刻的寓意:他不仅具有岩石、森林的自然形貌,也被赋予了人类敬畏的神性。在上千年的岁月里,当地人仰仗着卡瓦格博的庇护,也因此划定了人与神圣世界不可逾越的边界。所谓"山神",正是那个拥有庞大力量,能够赐福,也能够毁灭众多小生命的力量的象征。然而,放眼我们生息于斯的山河湖海,自认为尊处生物链顶端的人类,无所不在地侵入神圣的森林、冰峰、湿地、海滩,"荡涤"着他们厌恶的物种和景观,同时也必然因生物圈的自我矫正而遭到伤害。这冲突的焦点,恰恰是我们面对灾难,总在回避却再也无法回避的诘问:自然是否有神性?人类的探险是否应有限度?

探险家们欲在山野中修炼自身,却莫名卷进如此剧烈的冲突中,不得不首当其冲地承担无法预料的后果。作为一个怀抱理想,却又身陷"莫斯肯大漩涡"[1]的登山者,小林虽得幸免,却没有躲开。当

---

[1] Moskenstraumen,世界上最强的大漩涡,位于挪威莫斯克内斯岛和韦岛之间的无人岛莫斯肯岛附近,属于罗弗敦群岛,被记载于许多历史记录中,1841年爱伦·坡小说《莫斯肯漩涡沉浮记》将其引入英语。——编者注(序言中注释均为编者注)

然，他的初衷并不是要去了解神山为何物，其实日本人也相信山神，但在他们的文化里，朝圣者是可以登到山顶，对神灵祈祷的。他原本是去搜寻友人的遗迹，就像《缅甸的竖琴》中的水岛一样[1]，在第二次世界大战结束后留在东南亚收集死难将士的骨骸，让他们的魂灵有个归宿。1999年8月5日，我曾跟着村长大扎西[2]、村民达娃和小林尚礼前往冰川，拍摄他们寻找罹难者遗物的过程。那时，小林对藏族知之甚少，乃至心怀疑虑。等一个月以后我再去大扎西家时，他已经和这家人建立了初步的友谊。十二岁的白玛次木和十一岁的松吉品初[3]用藏语和汉语跟他聊天，大扎西趁着酒兴跟他普及卡瓦格博信仰的基础知识。一种比探险更加久远和深厚的传统，像酒精一般点点滴滴地渗进日本客人的身体和脑袋。如同高更[4]和洛克[5]，那个逃避都市，却又受困于山野的叛离之人，慢慢褪去坚硬的盔甲，转变成了一个山岳文化的摄影家和探索者。

这种身份和灵魂转变的例子，在探险史上并不多见。我竟有幸在平凡之路上见证这段传奇，见证一个登山者被雪山改造的故事。

---

1 The Burmese Harp，竹山道雄小说，讲述了侥幸存活的上等兵水岛以僧侣身份在东南亚收集并埋葬第二次世界大战期间战死同胞遗骸的故事，1956年被改编为电影。
2 明永村有两位扎西，村长较为年长，故被称为"大扎西"，书中仍依照日文版称"扎西"。
3 即书中扎西家的儿子"弟弟"。
4 保罗·高更（Paul Gauguin，1848—1903），法国后印象派画家、雕塑家。1891年高更厌倦文明社会，一心遁迹蛮荒，来到太平洋上的塔希提岛，更于1901年前往马克萨斯群岛并在该处离世。
5 约瑟夫·洛克（Joseph Charles Francis Rock，1884—1962），奥地利裔美国人，"纳西学之父"、探险家、植物学家、地理学家和语言学家。

III

梅里雪山的四季

山之魔力、山之神圣、山之丰饶	141
卡瓦格博巡礼	158
春天，两位奶奶离世	174

IV

巡游森林与冰川

松茸的清香	213
卡瓦格博的森林	227

V
何谓圣山

相约神山之旅	277
六十年一度的转山巡礼	293
寻找最后的友人	307
后记	342
后记（2010年文库版）	345
后记（2021年中文版）	349
登山与山难相关年表	352
遗体搜寻相关年表	355

山难·1991

最后一次通信

1991年1月3日。

这里是中国云南省最高峰——梅里雪山[1]，海拔6740米。

中日联合登山队在梅里雪山的腹地聚集，为挑战这座处女峰做最后的冲刺准备。雪在持续地下着。22点刚过，位于海拔5100米处的三号营地（C3）和基地营（BC）开始了这一天当中的最后一次通信。

三号营地："现在三号营地的雪很大，视线不良。积雪有1.2米厚。"

基地营："需要除雪作业。"

---

[1] 本书指梅里雪山主峰卡瓦格博峰。——译者注（如无特殊说明，本书注释均为译注）

三号营地:"我们每隔 2~3 小时做一次除雪,如果这个状况持续的话,积雪可能会超过 2 米。"

(此时,对讲机出现嗡嗡的杂音。)

基地营:"电池电量不足,请更换对讲机。"

三号营地:"已经更换了电池,现在怎么样?"

基地营:"还是一样。是不是因为大雪导致湿度太高的缘故?"

三号营地:"终止通信吧,再见。"

基地营:"再见。"

22:15,通信终止。

这是和登山队十七位队员的最后一次联络。

第二天早晨 9 点,基地营发出定时通信请求,但没有收到三号营地的回应。当日连续呼叫,原本按人数配置的十七台对讲机始终没有一台回应。这一情况被迅速反映到北京的中国登山协会(CMA),并于次日将此异常情况报告给了京都大学学士山岳会(AACK)。1 月 5 日 00:22,有关山难的第一份通报传真到京都留守本部。据《梅里雪山事故调查报告书》(以下简称为《报告书》)记录,通报的内容如下:

"(1 月 3 日)22 点左右的通信之后,基地营和三号营地之间再未能取得联络。基地营和德钦县之间的无线通信正常,但和三号营地始终无法取得联系。三号营地的无线对讲机是按人手一部配备的。

基地营现在请求北京方面的支援。"

收到报告后的当天下午 5 点左右，学士山岳会召开了紧急会议，明确了以下认识：

"根据目前为止的信息，可以肯定的只有'基地营和三号营地之间无法取得联络'。全员遇难、无线对讲机故障等多种可能性都可能会导致无线通信的中断，因此根据目前掌握的情况尚无法判明失联原因。"

1月6日，中国登山协会发来后续通报："截至5日17时，基地营多次发起与三号营地的通信请求，均无应答。5日16时天气开始恶化，海拔在三号营地以上的地区有降雪。北京中国登山协会方面已派出配备登山和防寒装备的六人小组，乘坐10时的航班飞往昆明。抵达昆明后会立即驱车前往德钦，参加救援活动。"当天，日本方面也开始了派遣救援队的准备工作，并于当晚召集了联合登山队的十一位日籍队员家属，首次向他们通报了目前登山队失联的消息，家属们开始了悲凄之中无奈的等待。

与此同时，留守在基地营的中国登山队员们开始往一号营地（C1）运送救援装备。

当时，作为京都大学山岳部[1]成员的我，刚完成了年末的冬季

---

[1] 京都大学山岳部是在校师生组织，教授担任部长。京都大学学士山岳会多数成员来自毕业后的原山岳部成员，但也会接受递交加入申请的其他大学的人员。

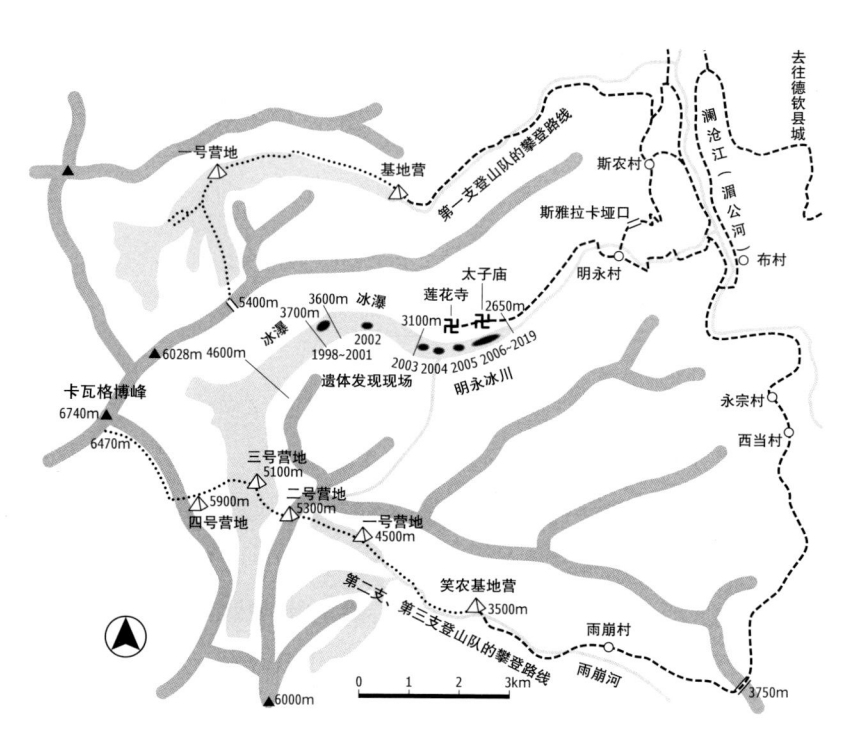

登山路线和发现遗体的现场图

登山计划，正在老家过新年。1月6日回到京都后，才听说了登山队失去联络的坏消息。梅里雪山登山队成员中有我的同级同学和学长。当时的我对此事想得很简单，只觉得他们不久就会安然归来，根本就没有料想到那个最坏的可能性。1月7日，基地营发生雪崩的危险增大，同时由于人员不足，救援行动决定暂缓。1月8日，有报纸以大幅版面登出了"京都大学登山队失去联络"的新闻。其他电视台、报纸等媒体也相继开始了报道，关于登山队的新闻连日不绝，学士山岳会的事务局也进入了24小时全天候工作模式。1月9日，出于航空拍摄的需要，中国人民解放军侦察机从北京出发至现场上空勘察，但是因为三号营地上空云层过厚，未能即时获得有效信息。为了确保天气转晴后能够及时进行空中拍摄，飞机24小时待命，随时准备起飞。是夜，三天前从北京出发的救援队一行四人抵达基地营。

京都。日本方面准备派遣救援队，山岳部现役队员为主的相关人员开始进行物资运输和打包工作，我也为食品采购忙前忙后。

1月12日，西藏登山队发表派遣救援队的声明，由六人组成的救援小组从拉萨出发。

1月13日，日本救援队从京都出发。

以北京救援队为核心成员的救援人员，从基地营（海拔3500米）出发，攀登到了3900米的高度。原登山队架设的路绳已全部被雪掩埋，只能另辟新的攀登路线。

1月14日，基地营的北京救援队继续攀登到海拔4100米。但待消息的人们来说，日常生活看似没有发生任何改变，自己也没有受到任何伤害。我实在无法接受这样一则完全没有真实感的死亡通告。

当天下午2点，京都大学学士山岳会事务局开始向日本登山队的家属电话通报终止救援行动的消息。负责联络家属的学长一家一家地打电话。下午3点，新闻发布会在大学记者俱乐部召开。

发布会之后，山岳会的几位成员急急赶往各位遇难队员家中。在学士山岳会派出专人进行接洽之前，他们希望最起码可以陪伴家属，听听家属们诉说心中的悲苦。我被安排去往同级生笹仓俊一的家。他的宿舍钥匙原本就寄放在我这儿，我去拿了一部分他最近拍的照片，希望可以给他的家人带去哪怕一点点安慰。但即使在登上新干线去往笹仓家的时候，我心里仍然不相信这是真的，甚至感觉不到悲伤。

夜里9点，我和另一位山岳会成员一起来到笹仓的老家，家里只有他的母亲和弟弟。我是第一次见到笹仓的母亲，这是一位非常和蔼的老人，看到她就能明白笹仓的好性格一定是遗传自母亲。我不知道该说些什么，只是把从宿舍找到的照片拿给老人家看。老人说了很多有关儿子的事情，很平静，没有流泪。经历了近二十天日复一日的绝望，想来眼泪也早已哭尽了吧。我们的到来似乎让她很高兴，这多少让我们放下心来。

夜里10点多，笹仓的父亲下班回来。他已从电话中得知了救援终止以及我们来到他家的事。问候过后，老人家西装都还没有脱就对我们说："来一起喝一杯吧。"说着就倒上了酒。他大声地笑谈有关儿子的事情，而我却什么也说不出来。当晚我们借宿在笹仓家里。

按原定计划，第二天山岳会的理事会过来，在等待理事的这段时间里我们无所事事，只能看电视和报纸来打发时间。这时候笹仓家的亲戚和朋友也陆续过来探望。下午4点多，理事来了。理事向家属正式报告了整个过程和停止救援的原委，两位老人只是默默地听着。报告结束后，笹仓的父亲非常正式地道了谢，关于儿子他最后只说了一句："二十一年，真是短暂的人生啊。"听到这句话，我感觉心头一震，第一次真切地感受到有些人和事确已远去了，眼泪禁不住潸然而下。又稍坐了一会儿，我们告别了笹仓的家。他父亲一直送我们到车站。如果没有这起悲剧，我们可能永远不会来笹仓家，也不会见到他们二老吧？命运真是个不可思议的东西啊。

2月6日，北京召开了有关梅里雪山山难的记者招待会。在现场第一次公开了人民解放军的航拍照片。推测应该是三号营地原址的区域，只有茫茫白雪一片，没有任何东西显示曾有人迹至此。关于这次山难原因的说明如下："目前还难以判定事故的原因，推测是因为突发的山地灾害所致。最大的可能性，是2日开始的持续大降雪导致了巨大的雪崩，三号营地全体队员不幸被瞬间掩埋。这是一种人力不可抗拒的自然灾害。"（引自《报告书》）

第二天上午，中日双方遇难队员的追悼会在北京郊外举行，此次山难事件的救援工作也就此宣告结束。

Ⅰ　始登圣山

梅里雪山登山计划

京都大学学士山岳会最初制订攀登梅里雪山的计划，是在 1980 年。但当时因该计划未被中国方面接纳而搁置。

在那之后，京都大学探检部的广濑显等人就一直倾心于梅里雪山，他们从 1984 年就开始着手具体行动，直到 1988 年才终于取得了中日合作登山队的登山许可。实施计划的主体是山岳部前成员占多数的学士山岳会。在获得许可的当年秋天，中日合作登山队即派出先遣队，将梅里雪山东北侧的斯农冰川选作登山路径，并在次年即 1989 年派遣了第一支登山队。但这支登山队遭遇恶劣天气，加之冰川险峻，只得无功而返。同年，由学者和摄影摄像团队组成的科考队也对该地进行了考察。1990 年春，新一轮登山考察开始，并发现了梅里雪山南侧雨崩冰川的新路线。同年初冬时节，第二支登山队正式向梅里雪山出发——遭遇山难的正是这支登山队。

1990 年 11 月，在众亲友的送别中，第二支登山队的三名先遣人员从神户出发。那一天码头和轮船之间拉起无数条彩带，手执彩带的人群中就有面带羞涩微笑的笹仓。当时的他，正在为自己的首次海外登山之行兴奋不已。

三周之后，核心队伍的八名队员也出发了。大部分队员都是山岳部的前辈学长，其中有我曾与之愉快合作过的登山伙伴儿玉裕介，还有第四次踏上梅里之行的广濑显。

"中日联合梅里雪山第二支学术登山队"山难遇难人员名单如下——

日方

队长：井上治郎（四十五岁）京都大学防灾研究所助理

秘书长兼通信负责：佐佐木哲男（三十八岁）近畿第一监查法人，注册会计师

医师：清水久信（三十六岁）META 北山医院，医师

队员：近藤裕史（三十三岁）财团法人日本气象协会关西本部

米谷佳晃（三十二岁）朝日工程技术股份公司

宗森行生（三十二岁）共同通信社横滨支局

船原尚武（三十岁）神户大学大学院自然科学研究科学生

广濑显（二十七岁）京都大学大学院农学研究科学生

儿玉裕介（二十三岁）京都大学工学部学生

笹仓俊一（二十一岁）京都大学农学部学生

工藤俊二（二十一岁）京都大学文学部学生

中方

队长：宋志义（四十岁）中国登山协会

队员：孙维琦（三十一岁）中国登山协会

李之云（三十四岁）云南省登山协会

王建华（三十七岁）云南省登山协会

协力员：斯那次里（二十六岁）云南省德钦县

林文生（二十二岁）云南省德钦县

第二支登山队本队成员（先遣队员以外人员）。从左到右是：井上、近藤、宗森、儿玉、左右田健次总队长（从昆明回国时路遇）、工藤、广濑、佐佐木、清水
©AACK（图片版权属于京都大学学士山岳会）

第二支登山队队员，从左到右是：笹仓、船原、米谷
©AACK（图片版权属于京都大学学士山岳会）

日方队员和中方队员在昆明会师后，于12月1日在雨崩村的山上开始着手创建基地营。当时在基地营的除了十七位队员以外，还有中方登山队员金俊喜和张俊二人、联络官一人、协力员六人、厨师三人，共计约三十人集聚于此。

这次登山行动的目标是多人登顶，因此采用了需要往山上运送大量的装备、食物以及其他物资，按人头配备帐篷的"极地法"模式。为此，登山队从德钦当地找了多名年轻人帮忙运送物资，他们被统称为"协力员"。

12月4日，攀登行动开始。登山路线沿着冰川的陡坡而上，难以立足，时常会有滚石和雪崩。对于作为登山新手的协力员们来说，这是一条相当有难度的登山路线。日方也有多位队员身体出现状况。

12月8日，在冰川上面的雪原创建了一号营地（C1）。当日，协力员们以登山路径过于危险为由提出抗议。后来虽然在德钦县县长的调停下得以平息，但协力员们的危险行为仍然成为日后的隐患。在基地营时，佐佐木秘书长曾就每天的情况做"登山队日志"记录，以下是他的日志内容：

"协力员们的危险行为接二连三地被报告上来。什么从冰瀑上下来时就把冰爪脱掉啦（好像是嫌冰爪妨碍下降速度），或者在垂降时不使用下降器啦，如此种种，有很多行为是难以容忍的。"

其他人的日记里也有相似的记录：

"不管怎么样，协力员们所运送的物资对于登山队是至关重要的，加之和这些并不待见我们的当地人相处，不知哪里不对就有可能刺激惹恼了他们，所以和他们之间的关系成为了非常微妙的问题。""对于登山队来说协力员们的问题可谓最大的难题。在这个闭塞的山区，如果协力员们出点问题，立刻就会演变为大事件。更不用说梅里雪山还是当地的神山。从金俊喜表现出来的意思看，'但凡出现任何事故，别说登山了，当地民众首先就能把登山队员们收拾了'。"

这就是当时的情况，在登山行动的前半段，登山队和协力员的关系成了一个大问题。尽管如此，先遣小分队的工作仍然在按计划进行。他们攀上冰川源头处的雪壁，在13日于明永冰川相连的山坳上建立了二号营地。到二号营地的路线，是经由狭窄而让人心惊胆战的冰川一路攀登上去的。但到了山坳，视野瞬间豁然开朗。展现在眼前的是将近一公里宽的明永冰川源头的雪原，梅里雪山险峻的山峰已然在望。佐佐木在日记里写道："三号营地的雪原完全是个不同的世界。"

按原来的计划，要在此处雪原尽量靠近山体的地方设立三号营地。但是围绕选址问题，现场的中日双方登山队员出现了意见分歧。因为选址会影响到接下来的登山行动，所以决定让中日双方的队长从二号营地下到基地营来进行协商。

在15日召开的干部会议上，双方的意见出现了对立。"会议进展非常困难，双方意见分歧的焦点在于三号营地的选址。宋志义表现出异乎寻常的强硬,坚持自己的主张,甚至指责日方的提案根本就是门外汉的主意。他说这是性命攸关的事,就算登山队决定采用(对方主张),他也不会接受。不知出于什么原因,近藤裕史意外地并没有进行反驳。井上则因为没有亲眼看过(现场),所以双方意见出现这么大的分歧,他也一时间难决对错。眼看讨论就要触礁搁浅了。"

不过,双方在地图上标出各自选择的位置后,发现两处并没有太大的差别,意见分歧只是因为语言沟通不畅所致的误会,这多少让大家放下心来。

20日,回到山上的近藤和宋志义前往三号营地的位置,而就本来解决了的选址问题,二人再度发生争执。原来双方所选定的位置还是相差有200米左右的距离,日方所选的位置离山体更近一些。他们的意见交流过程如下:

"宋志义认为日方选定的位置是危险的,他说'如果日方一定坚持主张的话索性双方各自扎营算了'。和在三号营地的近藤裕史再度确认安全性,他说'希望宋志义来看一下二号营地这一侧的山谷地形'。将这话转达给宋,他却说'没有必要去看,从这里也能看得很清楚'。谈话又进入了死胡同。无奈之下抱着'反正也不过是200米的差距,如果宋实在坚持的话就只好让步吧'的心理准备,对宋志义说'在没看过的情况下就做决定不合适,如果看过之后仍然这样判断的话就接受宋志义的意见'。宋只简单回复'OK'。(略)过了一会儿，近藤裕史说'宋志义同意了日方的意见，下午中方会搬帐篷'。持续了两天的争执，意外地突然得到了解决。"（摘自佐佐木的日记）

就这样，有关三号营地选址问题的两度争执，通过数度调停终于云开雾散，中方采纳了日方的意见。

当天下午。"对讲机里传来宗森行生有些慌张的声音：'喂，三号营地，没事吧？'短暂的沉默过后，船原尚武回复说'没事'。原来，在对面的二号山脊和三号山脊之间发生了雪崩，受其波浪影响，三号营地被埋没在雪雾中看不到了。三号营地报告说'雪崩后的雪块离三号营地尚有200米的距离，且中间有山谷，所以即使有更大的雪崩也不会受影响'。"

因为直到刚刚还在为三号营地选址问题纠葛不止，所以大家很担心这会再度引发矛盾。不过宋志义对此显得很冷静，说"雪崩这种事很平常，没什么大不了"。闻此，大家心头的石块也落了地。

经过以上的种种，全员遇难事件的关键——三号营地的选址问题确定下来了。

从21日开始，着手进行通往峰顶山棱的路线架设。登山队认为三号营地（海拔5100米）可以作为前线基地，故决定不在二号营地安排留守人员。

24日，德钦气象台的气象报告显示，年底将会有大降雪的可能性。因此，宋志义提议较原计划提前登顶。

25日，突破了拱壁上方核心部位的雪壁，提前登顶变得可行。不过紧接着又出现了新的问题。第一批登顶队员中，北京组和云南组应该如何分配名额？按队员实力来说北京组要更强一些，然而梅里雪山是在云南境内的，必须考虑到云南登山队的荣誉，为这件事双方又一次进行了长时间的讨论。最后商定，第一批登顶队员中，中方只派出北京组的两名队员。

26日，在拱壁上方海拔5900米的地点创建了四号营地（C4）。因为运送物资的难度太大，原计划建在雪壁上方的四号营地位置改到了雪壁的下方。

27日，侦察四号营地上部的情形。这一日，近藤、船原、广濑、宋、孙等人进驻四号营地，登顶准备就绪。

28日天一亮，登顶分队的五人就从四号营地出发了。从《报告书》的内容看，这一天的行动如下：

13：00 左右到达海拔6470米处（距离顶峰270米），但因为天气突然恶化，可视距离只有2~3米。宋和孙希望撤退，商量之后决定与三号营地的井上通信后再定进退。

13：30 井上："收到14：30的（天气预报）传真之前请在原地待命。"

14：30 海拔6470米处的天气继续恶化。井上说："天气情况无转好的可能，所以撤回吧。"

16：00 找不到固定在二号拱壁上的绳索终端，近藤将此情况报告给了井上。井上回复:"在简易帐篷里暂避待命吧。"

17:50 宋、孙为了找绳索终端离开了简易帐篷。近藤将此情况通信报告给井上。井上很焦急,联络了基地营的金,让他试着与宋联系。基地营用两台大型对讲机呼叫宋未见回音,不过此时并不确定宋和孙是否随身携带了对讲机。

18:15 基地营和宋取得联系。宋解释说"因为找不到下降口,所以返回了原来的地点。可视距离只有2~3米"。基地营告诉宋,井上很担心他们的安全,请在原地等待联络。宋志义向井上请求派四号营地的第二批登顶队员作为支援。井上说"无论如何一定会去救援,请暂时在原地等待"。在四号营地的林文生希望可以参与救援,但被李之云和日方队员所阻止。基地营也反对林的请求,井上说从今天的天气状况和林的技术来看,林文生不适合参加救援,林接受了建议。

20:00 天气还是没有好转。井上:"请清点第一批登顶队员们所携带的食物。"清点结果是,日方:午餐3.5人份、管装浓缩牛奶一根、香肠两根、蜡烛两根、固体酒精两块、EPI登山炉一组。中方未带食物。井上交代五人平分现有的食物,同时为了让沟通更方便些,嘱咐广濑去了宋所在的帐篷里。

22:15 天气转晴,月升高空。队员们开始下山。五位队员将身体用同一根登山绳连起来,寻找下降的入口。

22:50 找到了路绳终端。

23：13　宋回到了雪壁上方。

23：22　全体队员返回四号营地。

虽然万幸这次行动中未出现事故，但全队还是决定暂缓原定第二天进行的第二批队员登顶计划。然而第二天却是个大晴天。就这样，登山队在冥冥中错失了恶劣天气到来之前难得的晴日。如同是一套复杂的齿轮组合成的机器，所有部件都开始不可挽回地向着同一个结局运行，决定命运的那一天一步步地临近了。

29日，天晴。四号营地的所有队员下降到三号营地，以做休整。

30日，佐佐木秘书长和清水医生上到三号营地。就此，中日联合登山队一行十七人全员集结于三号营地。

31日，天晴，时有强风。所有队员停止活动，开会决议接下来的行动方案。会议决定1月4日进行第一次登顶。

1991年1月1日，新年伊始的午后。雪，开始下了起来。

2日，从早晨开始就下起了大雪，登山行动完全停滞。

3日，大雪还在持续，队员们频繁给帐篷除雪。之前12月31日开会决定的登顶日期决定再延后四天。当天夜间的降雪量达到1.2米。21：30开始和基地营进行定时通信，直到22时多一点结束，这是三号营地和基地营最后一次通话……

遇难原因

1991年3月,忙碌的山难事件善后事务告一段落后,学士山岳会主办的集体追悼会在京都大学召开。作为会场的大报告厅墙壁上悬挂着十七人的遗像,约有一千五百人参加了追悼会。年幼的孩子们还懵懂无知,在会场里追逐嬉戏,让见者禁不住唏嘘动容。可是即便置身于追悼会现场悲伤肃穆的气氛中,我却仍然无法对整件事产生真实感。5月,中日双方遇难队员家属共三十人首次拜访中国云南省。结合此次访问,铭刻着十七人姓名的慰灵碑也在飞来寺的梅里雪山观景台附近设立。石碑上用中文和日文分别刻录了以下铭文:

秀峰大地静相照
高洁精神在其间
大地あり
美しき峰ありて
気高き人がいて

慰灵碑揭幕的那天,梅里雪山与山难当天一样,被笼罩在厚厚的云层当中。然而,据说在年迈的藏族喇嘛开始磕长头跪拜的一刹那,天忽作晴山卷幔,梅里雪山主峰跃然而现。对于悲伤到了极点的遗属们来说,与梅里雪山仅一瞬的这次邂逅,实为一次难以言表的神秘体验。

在家属访问当地的同时，为了探明山难原因以及遗体搜寻，中日两国派出了联合搜寻调查队。包括队员和工作人员在内，这是一支约四十余人的大型队伍。调查工作的时机选在4月至5月间，按往年的经验，当地这个时间段的气候状况应该是很稳定的。但这一年的天气却很不寻常，雨雪不断。在一个月的调查期里，能够上山作业的时间只有短短两天。调查队抵达的最高点也只有海拔4400米而已，连一号营地都没能走到，更遑论对三号营地进行搜索。就这样，搜索行动只得在对十七人遇难信息调查毫无进展的情况下，宣告结束。

山难之后，学士山岳会设立了事故调查委员会，用一年的时间刊行了《梅里雪山事故调查报告书》。在《报告书》一章的首页有下列记述："需要做预先声明的是，因为在山上的队员无一人生还，因此本报告只能通过对间接信息、证据的推理进行相关讨论。"

由于这样的条件限制，撰写《报告书》时除了包含登山行动、救援、搜索记录等内容之外，还尽可能地囊括了登山运动、气象、雪崩等方面的科学内容。事件发生以后，各方对山难原因的猜测均指向"巨大的雪崩"，因此报告中对可能的雪崩路线进行了电脑模拟分析。结果表明，在一定条件下有可能发生直至三号营地位置的大型雪崩。《报告书》的结尾处这样写道：

为此井上队长花费了很多心思。至后来阶段，团队行动还是比较顺利的。即便如此，队伍里中文比较好的佐佐木秘书长之所以要在最后阶段上到三号营地，大概还是考虑到在登顶分队安排以及诸多细节中他可以更好地解决语言沟通问题。"

这是一支中日联合登山队，而且还是京都、北京、昆明三方组成的联合队，又加入了德钦本地的人员。各方人员都有自己的主张和立场，夹杂着需要顾及彼此面子等问题，需要考虑、照顾的方方面面非常复杂。

《报告书》原文：

"从最终的结果看，全队人员集中在三号营地并长期滞留，是全员遇难的直接原因。在分析他们做出这一决定的理由时，自然会涉及登山队所订的登山计划在实际操作中是否存在缺乏灵活性的问题。虽然在当时的实际情形下，考虑缩小登顶队伍的规模才是更合理的，但直到最后他们似乎仍然坚持了多人登顶的目标。（略）制订这种战术安排的背景虽然可以理解，但问题在于未能针对现实条件的变化进行适时的调整。之所以调整困难，大概还是为了尽量让更多的人登顶。归根到底，还是因为对于这样一支联合队来说，政治方面的考虑占据很重要的地位吧。"

人们分析，作为联合登山队，过于纠结登顶人数，并因此而导致计划的实施过程缺乏变通和柔韧性，让所有人员集中在三号营地，最终导致了悲剧。

第三个问题则是学士山岳会方面自身的原因。

"1988年提出梅里雪山学术登山计划以来，在签订合同的过程中与中方经历过频繁的交涉和协商。而讨论、决议等相关诸事，多数时候只是通过队员会议就决定了，只在必要的时候才召开理事会议和喜马拉雅委员会会议商讨。（略）有很多批评认为，当初未能在机构层面尽可能冷静地以第三者的眼光来分析问题，制订替代方案和纠错刹车机制。面对这样的批评和指摘，我们是无以反驳的。"

其他章节里还有以下叙述：

"未能掌握好短期内迅速实现登顶的要求与队员实力之间的平衡，即对攀登目标的艰难程度估计不足，可能也是应该反思的问题之一。至今为止，学士山岳会已经成功攀登过多个难度相对较低的处女峰，将许多队员送上了峰顶，也陆续培养出很多具有海外登山经验的队员。但与此相对的，应对当地复杂情况，及时适时地调整方案、规避风险等方面的经验却没有那么丰富。在这个意义上，不得不遗憾地承认，我们并没能培养出足够多的、有能力领导喜马拉雅地区登山行动的优秀指挥人员。（略）

"学士山岳会一直秉持攀登处女峰的主张，从而不断派出学术登山队。在这个过程中，就登山这件事本身却似乎缺乏严谨的探讨。在面对攀登目标时，也存在不能以谦虚、认真的态度采取对策及措施，有松懈和自满情绪等问题。"

如上所述，《报告书》针对学士山岳会的实力本身，以及其对登山所采取的态度等，进行了激烈的批评。最后对三号营地的位置疑问等诸多遗留问题，《报告书》的结尾这样说道："我们不认为委员会所担负的课题可以就此结束，今后必须继续对未明问题进行探讨和反省。"

该《报告书》完成后，学士山岳会进入了长期的休眠状态。

再度挑战·1996

山难次年,即 1992 年初冬,一部题为《梅里雪山》的大部头纪念专辑出版发行,日方登山队员的遗属及亲友共有一百零七人题文悼念。已经有五年山岳部队龄的我,也寄写了关于同学笹仓的回忆文章。当时的我,心中关于笹仓和儿玉去世事件的心结仍未打开,对自己往后的生活方向也迷茫无着,只是闷着头继续登山、登山。随着时间的流逝,我明白他们是真的不会再回来了。而伴随着这样的认识,我惊觉有关他们的记忆也在一点一滴地离我远去,这让我感到十分惶恐。为了抵御心中的不安,我开始思考该用怎样一种方式来证明与他们共度的那些时光。

山难事件两年之后的春天,十七位遇难人员的慰灵碑被设立在京都比叡山国家公园。这块刻着"镇岭"两个字的大石,静静地伫立在延历寺横川的密林深处。此时的我,已经成功带领过若干个国内的雪山登山队。随着对自己登山实力信心的增加,心中有一个念头也在悄然生长——挑战梅里雪山。当拥有了足够的信心,这个悄埋心底的念头一跃成为我现实奋斗的目标。

"再次挑战梅里雪山！"

从春山一回来，我就陆续联络山岳部的前辈学长们。1993年9月，我联系到的四个队员来到山岳部，正式召开了第一次队员会议。不过，再次通往那座发生过特大山难的山峰，此间道路却远非坦途。因关键队员无法到位，时间过去了半年，队伍仍未能集结。还有很多与第二支登山队遇难事件相关的问题尚未解决，花费在调停这些问题上的时间比花费在探讨登山问题本身的时间更多。其间，又发生了队友在中国贡嘎峰的遇难事件。原定1994年进行的登山行动，就这样一年又一年地拖延着。"不过就是想爬山而已，为什么要被这么多烦人的事情困扰？！"我简直想大吼一声。

在开始张罗组队两年之后，登山队总算初步组建起来了。我们将计划定在1996年秋季，并开始了与中方的交涉。但是，交涉再度陷入僵局。主要原因是山难的后续问题以及当地民众的反对声音。我们甚至退而求其次地打算："撇开登顶的事不谈，让我们先带着登山器械到基地营再说也行啊。"离原定的出发日期只剩下三个月，登山许可却迟迟办不下来。就在濒临绝望的时候，突然柳暗花明，7月中旬，我们赶在最后期限之前办完了手续，第三支登山队组建完毕。

这一年的春天，我结束了八年的大学生活，在东京的一家公司就职。入职第一年，申请长假获准后我就加入了登山队。

1996年10月，由三人组成的先遣队从日本出发，我是其中一员。11月，其他八名队员也出发了。从三年前开始算，已经开过三十四次队员会议。

"中日友好梅里雪山联合学术登山队·1996"的阵容如下——

日方

总队长：齐藤惇生（六十七岁）

统筹队长：松林公藏（四十六岁）

秘书长：仓智清司（四十七岁）

气象队长：福崎贤治（四十七岁）

登山队长：人见五郎[*1]（四十岁）

登山队员：吉村千春（三十七岁）、高井正成（三十四岁）、中山茂树*（三十四岁）、睦好正治（二十九岁）、小林尚礼*（二十七岁）、中村真（二十七岁）

通信组：《读卖新闻》社的四人

协力员：四位尼泊尔人

翻译：两位中国人

中方

总队长：叶明寿（云南省体育运动委员会）

秘书长：张俊（云南省体育运动委员会）

登山队员：木世俊*、袁红波*、宋一平、金飞彪

---

1 加*的是先遣队员。——作者注

基地营工作人员：五人

厨师：两人

10月中旬，日方先遣队的三人抵达昆明。中方总队长解释了本次登山行动的基本方针："在德钦的活动要始终贯彻友谊为重的原则。安全第一，登山第二。不可踏足峰顶（宗教方面的考虑）。如果找到遇难队员的遗体或任何遗物，在体力允许的情况下先登顶，下来后再找合适的地点埋葬遇难队员的遗体遗物……"

就这样，包括中方人员在内的十三人先遣队从昆明出发了。四吨重的登山物资分别由一辆卡车和两辆吉普车装载，赶了整整三天的路程，到达了梅里雪山下的小城——德钦县城。在从海拔4300米的垭口下到谷底的途中，梅里雪山猝不及防地出现在眼前，这是我第一次看到它。

"庄严神圣！"望着梅里雪山在阳光辉映下的姿态，我平生第一次对一座山产生了这样的念头。周边的云彩完全退去，山峰跃然眼前。虽然在照片上见过很多次，但置身于山谷中，真正看到整座山峰连同周边的地形，还是被这超越想象的冲击力所震撼——原来你耸立在如此险峻的峡谷中啊！

从1991年的搜索调查至今，相隔五年再次来到这里的中山茂树一直目不转睛地望着山峰。我们在望远镜里追寻着核心部位拱壁上的登山路线。到达德钦的当晚，县长招待了我们一行人。席间他非常客气地说："接待你们的所有准备都已经就绪了，欢迎你们的到来。"然后他又反复叮嘱我们说："请务必注意照顾当地人民的感情。"

第二天，彼此寒暄过后，我们从德钦出发。中方希望能让登山队尽早进山。到了公路终点西当村，我们准备将物资从车上卸下，改由马驮入山里。村民远远地围着，一直盯着我们看，让我们有种被监视的感觉。中方人员看起来也有些提心吊胆。有过多次海外登山经历的中山说："还是第一次遇到气氛如此紧张的登山队。"

在之前两支梅里雪山登山队和救援队的行动中，发生过数次当地民众的抗议活动。昨晚在德钦的时候，我们也被反复叮嘱不要接近村民，不要拍照。与中方交涉屡遭挫折的一个原因就是"当地民众的抗议"，看起来这个问题至今仍未得到解决。当晚，我们在下榻处悄悄地过了一夜。

在这种完全感受不到当地人友好的氛围中，我们忐忑不安地进山了。登山队用马和牦牛驮着行李前进，走了一天到达山谷中的雨崩村。这是个大约有二十户人家的藏族村落。原本的计划是当晚在村子里住宿，但村里给登山队安排的是间被废弃的房子。又没有人家肯让我们寄放行李，我们只好将行李堆放在一处看起来像是个小祠堂的地方。我们是一群不受欢迎的客人。中方队长和德钦县长的担忧变成了事实，笼罩在我们每个人头上。

次日，准备去往基地营的时候又出了事，本地人没人肯给我们当搬运工。村民说："我们已经承受了无法挽回的损失，你们补偿完了再去基地营吧。"甚至还有人说:"想进山,小心你们的命。"在日本经历了那么长时间的准备,好容易才走到这一步,这可怎么好呢?除了这个村子,又没有其他路可以到基地营。同行的中方联络员决定先返回德钦去和县政府协商,而我们就在这种近乎被软禁的状态下在那破败的房子里苦等,一直等了五天。

第二天,一日无事。

第三天,联络员领来了乡长,但和村民的交涉并不顺利,不得已乡长又回德钦了。我们通过翻译了解到村民的大致要求。他们说:"在1991年的山难之后,雨崩村的家畜和村民蒙受了很大的损失。现在日本人又来登山了。来倒也没关系,但登山后肯定还会发生灾害,让德钦县政府先把4万块钱的灾害赔偿金付给我们。如果不给,你们自己找路去,但绝不能从这个村子走。"原来形成僵局的原因之一,是钱的问题。

第四天夜里,联络员和公安局长以及副县长一起来了。同行的四位公安装备着来福枪和自动步枪。

第五天,公安局长和村民开会商议,我们终于被许可进山,并决定由两名配枪的公安陪同我们到基地营。虽然经历波折,但总算是可以出发去往基地营了。

10月30日,有雨。作为基地营的牧场沐浴在薄雾中。中山最先到达,然后人见队长和中方队员也陆续到了。从雨崩村到基地营,步行只不过两个小时的路程,而为了这短短的两小时,我们已经等待了五天。

　　这块牧场被称为"笑农"（藏语音译），是放牧牦牛的夏营地，有七八间小牧屋。"终于来了！"经历了雨崩村遇阻，此时大家的喜悦之情溢于言表，齐声高呼。

　　不过接下来等了一个小时行李还没到，再等一个小时，还是不来。莫非又发生什么状况了？我们出出进进，边往来路张望，边打扫小屋。两个半小时后，第一拨行李终于到了。一头大牦牛驮着约有一百千克重的行李，牵牦牛的男人也背着行李。此时还在下雨，他身上没有任何雨具。

　　"辛苦了！辛苦了！谢谢！"我们小心地接过行李，联络员把酬金交给了他。但他后面却没有人跟着来，我们继续等。十分钟后，第二拨人终于也到了，这次有牦牛也有马。父亲牵着马，一个中学生模样的男孩子牵着牦牛，后面居然还跟着一个五六岁的小女孩，看来这家是全体出动了。因为没穿长筒靴，他们的脚上沾满了泥。紧跟在他们后面的队伍里还有骡子，有女性背着行李一起上来。行李总算是一队接一队地运上来了，小屋前面霎时间热闹起来，挤满了村民和他们的家畜。看着这个情景，到达基地营的真实感油然而生。回想起在日本开始筹备以来一路经历的坎坷，我的眼圈不禁一热。基地营，倒仿佛成了我们的一个目的地。

　　因为进山的时候被通知不得拍照，所以当时的场面没有留下任何照片。但是出现在森林尽头的牦牛和村民们的身姿，一直在眼中灼灼闪现，清晰而深刻。两个小时后，中方和日方一共三百箱行李全部到达了。

11月2日，先遣队开始工作。从基地营穿过灌木带，蜿蜒步行三个小时后，继续在岩壁间隙沿着陡峭的冰川往上攀登。我们将这个冰沟命名为"喇叭口"。中山和我承担开路工作，人见队长和尚未习惯登山工作的木世俊与袁红波负责搬行李。对我来说，这是第一次攀登真正的高海拔山峰，我由经验丰富的中山指导着，按部就班地架设登山绳索。

用了四天的时间，固定了二十根各50米长的登山绳索，我们终于到达了预定的一号营地所在雪原区域。虽然木世俊和袁红波抱怨说搬行李太无聊，但多亏了他们搬上来的器械，先遣队的工作得以顺利进行。

11月10日，当天决定第一次在一号营地宿营。当我们气喘吁吁地背着沉重的行李到达一号营地时，眼前的景象让我和中山同时傻了眼。之前搬上来的帐篷不见了踪影，捆扎过的箱子散开了，里面的东西已不翼而飞。连冰镐都没有的村民，是怎么爬上冰雪层叠的冰沟的啊？事已至此，无论如何照这情形肯定是没办法在一号营地宿营了。而此时中山已经很疲惫，所以我又下去了一趟，拿了新的帐篷上来。

第二天，继续往二号营地进发。登山路线从满是冰隙的雪原一直延伸到冰川源头的积雪山坡。在这段路线上固定路绳的先头工作也分配给了我，我带着一种使命感向前方进发。这一天攀登到了雪坡的中段。

11月12日，这天到达的位置终于可以见到主峰了，我们几个都很兴奋。从基地营到一号营地的一路上，因为前卫峰的遮挡一直是看不到主峰的。我们攀登到昨天安装绳索的终点位置，从那里开始继续架设登山路线。途中首次遇到大冰塔，光滑得无处抓手，待到我左腾右挪地好不容易爬上去，时间已经过了正午。进入积雪地段，越往上走雪就越厚，坡也越陡，前路寸步难行。因为太累了，我和中山两人原本约定今天要早点返回，但此时中山给我打气，说："要干到16点哦！"我回答："没问题。17点开始往下走的话，天黑之前就能回到一号营地。"往上是一段垂直的山脊，能一眼望到山下。我们在并不稳定的积雪中寻找一个个稳固的支点来固定绳索，不免有些恐高的感觉，双腿发软。固定好了九根各50米长的登山绳索之后，看到下一根绳索就可以连接上冰川源头的山坳了。"天气不错，雪况也稳定，咱们继续吧？"中山提议。虽然此时已近17点，我还是欣然同意。当我们在山坳正下方深深的积雪中艰难前行时，主峰的雪顶悄然出现在眼前。再往上走，曾在照片中看到过无数次的雪山全景豁然展现在面前。我的心开始狂跳，自六年前的山难之后，我是第一个从这个位置看到主峰的人类。[1]

---

[1] 当时本书作者和中山在一根50米绳索的两端，作者在上面，中山在下面保障安全，因此作者先于中山看到峰顶。

"冷静，要冷静！现在还只不过是刚刚摸到前线基地而已。"我在心里告诫自己。这里是一个10米见方的小山坳，雄浑的梅里雪山就矗立在眼前。我第一反应是先扫了一眼很可能是当年搭过营帐的地方，但除了皑皑白雪之外什么都没有。虽然本来也知道不会有什么，但确认了确实没有之后，心里有种安心的感觉。我想通过工作让自己冷静下来，架好了最后一根绳索后，我用无线电联络："请求联络中山先生和基地营，我已到达二号营地的山坳处。从这里可以清楚地看到梅里雪山的全貌。"说话间，眼泪不禁夺眶而出。几乎是立刻，对讲机里传来人见队长的回复："我在这里用望远镜看到你的身影了。干得漂亮！祝贺你！"听起来就像是给登顶者的祝贺，从言语间能感受到人见队长也很兴奋。

当天，在我们下山的途中天就黑了，到达一号营地时已经是满天星光。

第二天，我和中山再次往二号营地送登山物资。等我们下山时又是深夜了。先头小分队超额完成了任务，只等登山队进山。和中山两个人架设攀登路线的这十天，给我带来了无可替代的充实感。

山下传来消息说登山队于两天前，也就是11月11日到了德钦，本来预定计划是当天就到西当村。但是到达澜沧江大桥的时候，从明永村过来的一百来人拦住了去路，所以他们又返回了德钦。不愿让登山队进山的似乎不只是雨崩村人，而是在这座山下生活的所有人的共同想法。登山队的秘书长张俊奔走调停，翌日终于可以继续前进了。

11月16日，登山队全体队员上到了基地营。包括通信组和工作人员在内近四十人的团队到来，基地营立刻热闹非常。久别重逢，我们一直聊到了深夜。

两天后，登山行动开始。出发前进行了夏尔巴式的祈福仪式。吸取了第二支登山队的教训，为避免与当地协力员的沟通不便，这次我们特地雇用了四位尼泊尔的夏尔巴人。他们挂起风马旗，焚烧松柏叶，吟诵祷词，并给每个人分发了据说是由活佛加持过的米粒。他们说将这些米粒放进小袋子里带在身上，可以保佑人避开落石和雪崩的伤害。总算等到了真正开始登山的这一刻，我们都被这份真实感激励着，情绪高昂。

第二天，我和中山开始去往二号营地。其他队员往来于各个营帐之间，以适应海拔。

11月21日，我们首次横穿二号营地前面的大雪原。在深雪地里开路的两个小时里，我们从推测中的山难三号营地位置附近经过。虽然一直密切注意着周边景物，但仍然什么都没有发现。"我们先走了哦。"我们轻声地说，然后告别了十七位友人的身影向着峰顶的目标走去。我们没有在这片积雪区域扎营，而是准备在通往拱壁的路线上选择新的三号营地位置。

同行的中山参加过第一支梅里雪山登山队，而且曾带领侦察队寻找新的登山路线，也曾为第二支登山队的成行努力奔走。若非工作安排的冲突，他本来也是第二支登山队的队员之一，所以他总是自称为"幸存者"。走在这片雪原上，不知中山心里会想些什么呢？在登山队的官方记录《AACK 时报 NO.13》（以下简称为《登山队记录》）里，中山这样描述他当时的心情："一个人向前走着，不由得就想起遇难的十七位队友。'你们是在这下面吗？'后面的话哽在咽喉，脚上套着雪掌继续向前走，'这个地方这么冷，为什么要留在这里啊？'凛冽的寒风呼啸而过，就这样踏过埋葬着队友们的雪地，返回了二号营地。"

11 月 22 日，开始架设拱壁上的路线。从明永冰川源头的雪地一直到峰顶山棱笔直耸立的大拱壁，其海拔落差有上千米。拱壁的上部还有三段雪崩导致的大雪壁。能否突破这个雪壁是登山的核心难点之一。当天第一次冲击拱壁，在连接山脊的陡坡上固定了七根绳索。到这一天为止一直持续是晴天。

11 月 23 日开始下雪了，登山行动被迫暂停三天。二号营地的积雪达到 1 米左右，已经和帐篷一样高。雪停后的两天里，我们做了些挖出被掩埋的登山绳索、清理登山路线上的积雪这类工作，等待雪况稳定。

11 月 28 日，重新开始拱壁上的工作。中山、高井、我，我们三人从陡雪坡上去找六天前固定的绳索终端。攀上路绳后刚到第二根绳索处，突然听到"砰！"一声巨响，霎时感到脚下的雪地在震动。脚底下一空，我只能拼命紧紧攥住上升器，此时我的身体骤然悬空了。是雪崩！大量崩塌的雪块如滔滔流水般从身旁迅速滑落。为了不被流雪埋住，我拼命挣扎。数十秒之后雪流停止，我从雪中探出身体。我看到高井就在正上方，但却看不到在后面的中山。我担心起来，高声喊他的名字。喊了好几声，终于看到跟个雪人似的中山出现在眼前，这才放下心来。

我们三人都悬挂在登山绳索上，没有危险。如果直径六毫米的定位绳索断掉，我们三人就免不了被雪埋住的命运，那样很可能就没救了。我们对选择这种容易发生雪崩的坡面作为登山路线后悔不迭。

11月29日，继续往拱壁上固定路绳，到达了海拔5670米的新三号营地位置。

11月30日，中山、高井进驻三号营地。

12月1日，中山突破了三段大雪壁中的前两段，我和吉村也进驻三号营地。

12月2日，我们宿营在拱壁上的四个人，从天不亮就点着头灯开始登山。清晨时突破了第三段雪壁，到达顶峰主棱线下方的坡底。风非常大，雪坚硬如冰，一旦失足跌落，会直接掉到千米以下吧。我们一边固定绳索，一边小心地前进。

就在我们放下行李准备稍事休息的时候，看到有个很大的物体掉了下去。是登山背包！不知道是谁将背包放在雪地上，被风吹走了。虽然心里有一瞬间的动摇，但因为必需的工具都还在身上，所以我们定了定神继续前进。

I 始登圣山

再往上走，眼看着马上就要到主棱线，却发现手里的登山绳索已经用完了。此处的坡面比较缓，没有绳索也还能爬得上去。我走在队伍前面侦察前方情况。没有了绳索的支撑，我们只能采取耐风身姿，艰难前行。这会儿好不容易能看到峰顶下面的山头了，但还是无法观察到主峰的全貌。

大概又走了十分钟左右，峰顶突然出现。此时脚下的海拔为6250米，离峰顶还有490米。对于到达这个位置的我们来说，峰顶已近在咫尺。我们想，照此情形看来，从三号营地开始冲击峰顶是可行的。

望向主棱线的对面，可以看到茫茫白雪覆盖下的连绵山峦。虽然是第一次看到眼前的景致，但我的心里却没有太多的兴奋。这个高度是已遇难的第二支登山队队友们也到过的，从这里再往上才算得上是未知领域，所以真正的挑战将从这里开始。"明天还会再来的哦。"我嘴里轻声地说着，用冰冻的相机拍下了主峰的姿态。此时，大部分队友毫不怀疑几天之后即可登顶。

傍晚，我们回到营地，但紧接着事态发生了意外的变化。从基地营气象台传来消息说，数日后将有很大概率出现极端恶劣天气。据预报，在孟加拉湾产生的气旋会有很大可能性接近梅里雪山，预测最坏的情况可能会与引发1995年11月尼泊尔特大雪崩的恶劣天气相同。得到这个消息后，我们开始与二号营地的人见以及各个帐篷进行无线联络。人见建议说："鉴于之前山难发生时也曾降大雪的先例，虽然可以考虑在一号营地或二号营地等待恶劣天气过去，但还是需要估计到更极端事态发生的可能性，因此希望所有人回到基地营躲避。"我们在三号营地的四个人虽然认为只要能给一天的时间就可以实现冲顶，但因为在今天的行动中发生了背包和照明设备不幸遗落的意外事件，所以也不敢再逞强，遂接受了人见的提议。虽然被这个突发的变故搞得措手不及，但我们还是抱着就当是在基地营休整一下的心态决定下山。

次日，我们把帐篷和部分装备留在营地，开始下山。通过一号营地下方的时候，我们注意到喇叭口那里积聚了很多滚石，这是由于持续的好天气融化了原本固定住岩石的积雪，频发滑坡所致。

12月4日，晴。天气预报错了。

为了确定接下来的行动方针，日方队员单独开了个会。席间，人见和中山从喇叭口的情况预见到严重的危险，建议终止登山行动。这个建议，对沉浸在"决战马上开始啦"的兴奋中跃跃欲试的年轻队员们来说，无异于晴天霹雳。队员中间出现了意见分歧。部分人员虽然预知风险很大但仍然坚持登顶，另一部分人则认为危险性已超过了可控范围。

我是无论如何都想要登顶的。路绳都已经架设到顶峰主棱线下了，此时说要放弃，这对二十七岁的我来说根本无法接受。我坚信只要有足够的体力和速度，就能够避开山上落石。争论延续到第二天仍然没有任何进展。人见队长面临着痛苦的两难选择："……目前

有滚石的冰谷存在危险性，高度怀疑是否适合作为登山路线。我不想死，也不想让任何人死。"（据《登山队记录》）

第二天的会议从下午 3 点开始，人见第一个发言，先发制人："原则上认为应该终止行动。虽然前思后想很多遍，但最终还是觉得除此之外别无选择。……这就是我的看法。"场面出现沉寂，谁也不再说话。主要负责日方事务性工作的中山一直凝视着地面。全程参与了本计划过程的睦好嘴里反复嘟囔着："难以置信，难以置信啊。"

我认为是人见的软弱导致了这个局面，所以决定不惜重组登山队也一定要登顶，我大声说："就算把队长换掉也必须登顶！中山你来当队长吧。"全场哑然。我根本没考虑如此大规模的登山队突然改换指挥者是否可行这种问题，一心笃意只想着登顶。中山沉默地望向我，然后表明态度支持人见队长的决定。我感觉到自己被这个同为先遣队员、一直并肩负责开拓登山路线的中山背叛了，愤愤地说："这个时候选择退缩，我会恨你一辈子的！"

虽然与人见和中山对抗到了最后，但我的奋力抗议还是没能说服他们。至于他们二人承受了多么大的压力和激烈的内心斗争，这个结果又是让他们何等地心力交瘁，当时的我是根本无法理解和体会的。

想要坚持登顶的队员，除了我还有其他几位，然而更多的人表示虽然万般无奈，但应该服从登山队长的决定。会议最后决定，放弃登山计划。

基于这次会议内容，齐藤总队长与中方进行沟通协商，正式决定终止登山计划。本次登山队中唯一一名参加过第二支登山队的队员张俊听到决定后仰天长叹。

当晚，我几乎一夜无眠。头脑中翻腾着不甘和悔恨，周身发热。我甚至认真地打算明天一早就带上一个夏尔巴人，就我们两个人去登顶。我估计那天晚上大多数队员都和我一样未能入睡。

天际微晓，我实在躺不住了，就走到冰冷彻骨的户外，信步走到冰川末端的大岩石旁。站在岩石上面，望着上方那些下一秒似乎就会轰然掉落的大冰块，这样的景致让我不由得想到"独木不成林"这句话，心里的豪情和躁动似乎也慢慢地平息下来。"别再想那些蠢事了，接受现实吧。我将一生铭记这份悔恨！"几个小时后，我整理好了心情。准备了近三年的挑战梅里雪山的行动，就此画上句号。

回到日本，对放弃登顶的种种责难正在等待着我们。这次的登山行动曾得到国内很多人的支持，投入了大量的资金，社会大众抱以殷切期望。因此，登山队的负责人们被推到了风口浪尖。既要绝对保证登山队的安全，又要尽量实现众人对成功登顶的期待，人见和中山实属不易。经过时间的推移，我才渐渐明白了压在他们身上的担子到底有多沉重。

这次梅里之行，其实也让我收获了很多。最重要的收获，就是作为一位组织者的自信。首先，经过了三年的艰难准备，登山队最终得以成行。其次，梅里雪山登山路线上的七十根登山绳索中有五十根都是我亲手固定上去的。这些事情让我树立起了"只要认真去做，目标即可达成"的信心。通过此事，我也明白了找到那个值得为其认真努力的目标才是最重要的。

还有一样收获是，这次事件给了我机会进行有关"神山"的思考，且对之后的我产生了持续的影响。将梅里雪山视为神山的当地人与登山队之间的对立，正是诸多事情的起因。先遣队在雨崩村被阻拦而五天不得上山，其他成员在澜沧江大桥上被明永村民拦住前路而无奈折回，这些事，都是反对攀登梅里雪山的村民们在对政府和登山队的单方面行动表达不满。在山下生活的人们坚信，登山行动之后所发生的灾害和家畜死亡等事情都是登山行动带来的灾祸。自从我们开始登山行动，失窃事件也一直没断过。企图攀登神山的我们着实是被当地民众所憎恶的。

事情到这里还没有结束，后来发生的事更为惊悚。登山队作为基地营使用了一个多月的牧屋，在我们下山后被大雪崩摧毁了。牧屋的周围长着很多大树，从这些被折断的大树年轮来看，它们的树龄多在百年左右，也就是说这个地方至少近一百年的时间里没有发生过大的雪崩。继十七位队友的山难之后，再度挑战神山的我们也与全队遇难的厄运擦肩而过，只差毫厘。听说了这件事情之后，我不得不开始认真思考是否真的存在"看不见的力量"这一问题。

发现遗体·1998

1996年末,从挑战梅里雪山之行归来,我恢复了工作。当时有个机会在公司内部报纸上做有关登山的报告,我是这样写的:"如果现在有人问我,是否想再挑战一次梅里雪山?我会回答'NO'。(略)在今后的生活中,我将不再拘泥于狭义的登山本身,而会慢慢地去'攀登'距峰顶剩下的那500米距离。在遇见下一个由衷想要去做的事情之前,我要先学着培育心中所缺乏的、之前被我漠视的那些东西。"

复职后,为了弥补请假的那部分时间,我在努力工作的同时开始寻找下一个目标。在体验户外运动和艺术这类之前自己完全外行的领域时,我偶遇一位摄影家的作品集,喜欢上了作为自我内心表现手段的摄影艺术,甚为着迷。于是在登山回来一年半之后,我去夜校学习了摄影技术,并在妙高山上的小屋里开始了为期一年的摄影生活。另一方面,我也逐渐意识到了公司的工作并非我所向往,心生离念。

那件让我的人生为之震荡的事情就发生在那段时间里。

1998年7月，距离山难七年之后，中国方面传来了让人震惊的消息。

"梅里雪山的冰川上发现了登山者的遗体！"

学士山岳会的同人们一时不敢置信。

7月18日，明永村的村民在冰川上放牧时，发现了横陈在冰川上的遗体。这个消息迅速被报告给昆明有关方面，德钦县公安人员和云南省体育运动委员会的张俊立刻到达现场，确认了是登山队员的遗体。发现遗体五天之后，中国方面联络学士山岳会，通报了该消息。

因为登山队遇难地点是在明永冰川的源头处，所以原本人们以为五十年或者一百年后遗体可能会被冲入下游的澜沧江里。但是出乎所有人意料，仅仅七年后遗体就出现了。喜马拉雅山脉周边的高山上，出现失踪人员的遗体这种事情是极为罕见的。

虽然一时间难以相信，但在收到联络的四天之后，由四人组成的日方收容队就被派往当地。我毫不犹豫地志愿报名加入收容队。在去向公司请假的时候被告知："请递交辞呈后再走。"但因为时间仓促，我当天就出发前往京都。两年前的登山之行深受公司领导的关照，此时我却在不得已中再次给他添了麻烦。

7月28日，收容队成员们带着三百多千克的装备前往关西机场。意外的是，居然有数十位记者和五六台摄像机在那里等我们。

这让我们对此事的重要性有了新的认识。

当天夜里抵达昆明。见到张俊，看到了从现场带回的遗物。瓦楞纸箱里塞得满满的那些东西，毫无疑问是"他们"的。有不少遗物上有署名。笹仓的笔记、广濑的护目镜、工藤的高山帽……还有永远停在了01:34的手表、显示海拔4900米的海拔测量仪。这些东西湿漉漉的，散发出异味。相机和对讲机在强大的外力下已经损坏了。确凿的证物，无可辩驳地证明了遗体被发现一事的真实性。

次日，我们忙着做出发的准备、开会商议等，傍晚又接受了记者采访，遗物被公开。

7月30日，中日联合收容队从昆明出发。队伍里有日方四人、北京方面四人和昆明方面五人。第二天到达德钦后，德钦方面又有两位成员加入。

8月1日，我们前往发现遗体的明永村。进村的路汽车无法通行，我们在澜沧江桥下了车，将行李装到在那里等待着的数十匹马背上。沿着山坡上的小路大概爬了一个小时，我们到了村子里。村子的入口处，人们用看西洋镜般的眼光看着我们，他们都是信仰这座神山的藏族人。

村子的中央有一条简陋的水渠，似乎引的就是冰川融水。这个村子里的人们饮用的，正是发现遗体的明永冰川的水。

我们被安置在村长家楼上，这是一个四处漏风、泥土地面的屋子。看起来我们并不受欢迎。两年前，在澜沧江桥上阻拦登山队进山的，正是这个村子的村民。

　　我们向发现遗体的三位村民询问情况。他们告诉我们，他们在山上放牛回家的途中想去采些草药，就在找寻草药时发现了暴露在冰川上面的遗体和遗物。当天，我们商定好第二天的工作步骤后就休息了，完全不知道那天晚上村里的长老会议一直开到了深夜。

　　第二天早晨，我们被告知无法在原定的时间出发。据说是因为水源污染的问题和村民发生了争执，村民要求我们对此事负责，并支付赔偿金。两年前在雨崩村被拦下五天的事情尚记忆犹新。德钦县体育运动委员会的高虹主任与村长谈了几个小时，最终结果是我们先上冰川，张俊和县长留下来与村民协商。不管怎样总算是可以出发了，大家心中多少有些释然。我们拜托了村里的数十人帮我们背装备，上午10点才从村里出发。收容队里中日两方的人员一共有十三人。

　　沿着冰川融水形成的河溯流而上，在树木中间逐渐出现小山一样的冰块，这是明永冰川的末端，海拔2650米。在翠绿怡人的风景里突然出现这样的异物，我们都吃了一惊。冰川的表面因覆盖着沙土和朽木，颜色发黑，透着野性和粗犷。我们爬到冰川上面，在砾石和沙土上能看到模糊的足迹，但走起来仍很费劲。冰块又高又陡，我们只好换走岸边，但前路上又出现了岩石。想要再回到冰川上并不是容易的事。冰川和岸边中间隔着宽且深的沟壑，极难越过。如果抬着沉重的遗体下山，一定需要用很长的时间。我们艰难地往上爬了五个小时，看到右岸缓坡上有片宽阔的草地，适合扎营。我们就在这个海拔 3400 米的地方安置了基地营。眼前的冰川上有很多形状奇异的冰塔，不时伴着巨响声崩落。

8 月 3 日，从基地营出发，在山麓陡峭的林带里往上攀登。待迂回到冰川，看到眼前的冰川冰隙纵横，鬼斧神工。海拔 3600 米，这段属于明永冰川中游的仅有的平坦地带就是发现遗体的现场。再往上就是落差上千米的大冰瀑。冰瀑的上端被浓密的云雾遮盖，什么也看不到，但那里应该就是十七人失去联络的三号营地原址了。

眼前的景物让我们深感震撼，我们开始准备上冰川。冰川上不时有冰块融化崩塌，发出阵阵"咔嗒咔嗒"声，形态复杂的冰隙无处不在。我们需要沿着数十米高的岩石走到下面去才能到达冰面上。我们装备了全套的登山设备，开始垂降。这过程中，我们慎重选择前进的路线，小心地通过冰块崩塌的地带。走出这片区域，就是宽阔的冰原了。

我们被来过现场的人带领着往冰川上游攀登。在纵横的冰隙当中左躲右闪地前进，终于看到散落在冰面上的蓝、红各色物体，那些是冲锋衣和帐篷的碎片。继续走，又陆续看到背包、登山靴、手袋等物品。遗物七零八落，散乱且多。就在其中，看到有一件衣服，里面明显包裹着什么东西。

那是一具遗体。一部分被睡袋包裹着，并不完整。

不知何时开始下起了冷雨，抬头看前方，冰瀑就矗立在眼前。

十七位遇难者就是从那里顺着巨大的冰瀑，自大山的怀抱中跌落下来的吧？这个过程用了整整七年的时间，就好像是神山将不洁之物倾吐了出来。

遗体通过冰瀑到达冰川上面，早已残缺不全。在冰川融化、冰冻的反复循环中，亦未能保存整洁冰封的模样。有点像是发霉的木乃伊。它们并没有很强烈的腐臭，而是有一种失去弹性的干燥物体的臭味。

虽然遗体已经面目全非，但我们却感受到了一种无以名状的怀念。他们是我在山岳部的时候曾朝夕相处的朋友啊！

"你们终于回来了啊。"

在查验一具具的遗体时，我轻声对他们说。

属于他们的时间，完完全全地停滞在了七年前。有一个遗体手指的姿势似乎是想抓住什么东西，这个姿势能让人感受到他对生命的强烈执念。登山是为了感受生存，死亡当然不是出于本意。

当天，我们发现了十具遗体和大量遗物。从其中一具遗体衣兜里的信件内容判断，他应该是儿玉裕介。儿玉是比我高一届的师兄，在我为是否退出山岳部而苦恼的时候，正是他教我认识到了登山的真谛。

下午，将确认的遗体和遗物收捡好，集中在了几处。雨势大起来，身上冰冷彻骨。遗体和遗物一共装了二十个塑料袋，我们决定明天将其搬出冰川。下午6点半，我们返回了基地营。

8月4日，按前一天的路线再次去往现场。早晨天气不错，梅里雪山的顶峰在冰瀑上部的云层中若隐若现。

这一天集中搬运遗骸。我们在冰川上固定了全长200米的登山绳索，经过六小时，将所有的遗骸和遗物搬到了冰川岸上。虽然遗骸看起来很小，似乎只是灵魂蜕弃的空壳，但却出乎意料地沉重。

昨天开始的与明永村民的交涉还在继续。在冰川上作业的队员，也不时地用对讲机参与交涉过程。今天总算达成了共识，村民答应帮我们搬运遗体和遗物。

8月5日清晨，有很多村民上来。其中有数十人从基地营旁边走过，直接去到冰川边，将昨天收集的遗体和遗物搬运下去。村民们用木棍抬着装遗体的袋子，很小心地避免袋子接触到自己的身体。显然他们很嫌恶这些因为爬他们的神山而死去的人。脚下的路很不好走，但村里人下山的速度奇快，明显是不想在这些遗物旁边逗留太久，巴不得快快结束。我们很担心下山的路况如此恶劣，会不会出现危险，但好在无一人受伤。四个小时后，所有的遗体和遗物都被搬运到了澜沧江桥边。

当天，收容队带着遗体和遗物返回了德钦县城。晚上请藏族协力员林文生、斯那次里的遗属吃饭，多位与搜索工作有关的人也都参加了这次晚宴，非常热闹。林文生的妻子依然年轻美丽，一开始显得有些拘谨，适应了现场的气氛后倒也不时露出微笑。

8月6日，早晨6点从德钦出发，载着遗体和遗物的汽车行驶

黎明时分,月落群山。中间最高峰为卡瓦格博,最左侧的尖峰为缅茨姆,其右侧龟裂状山峰为吉娃仁安

梅里雪山主峰卡瓦格博峰（海拔6740米）

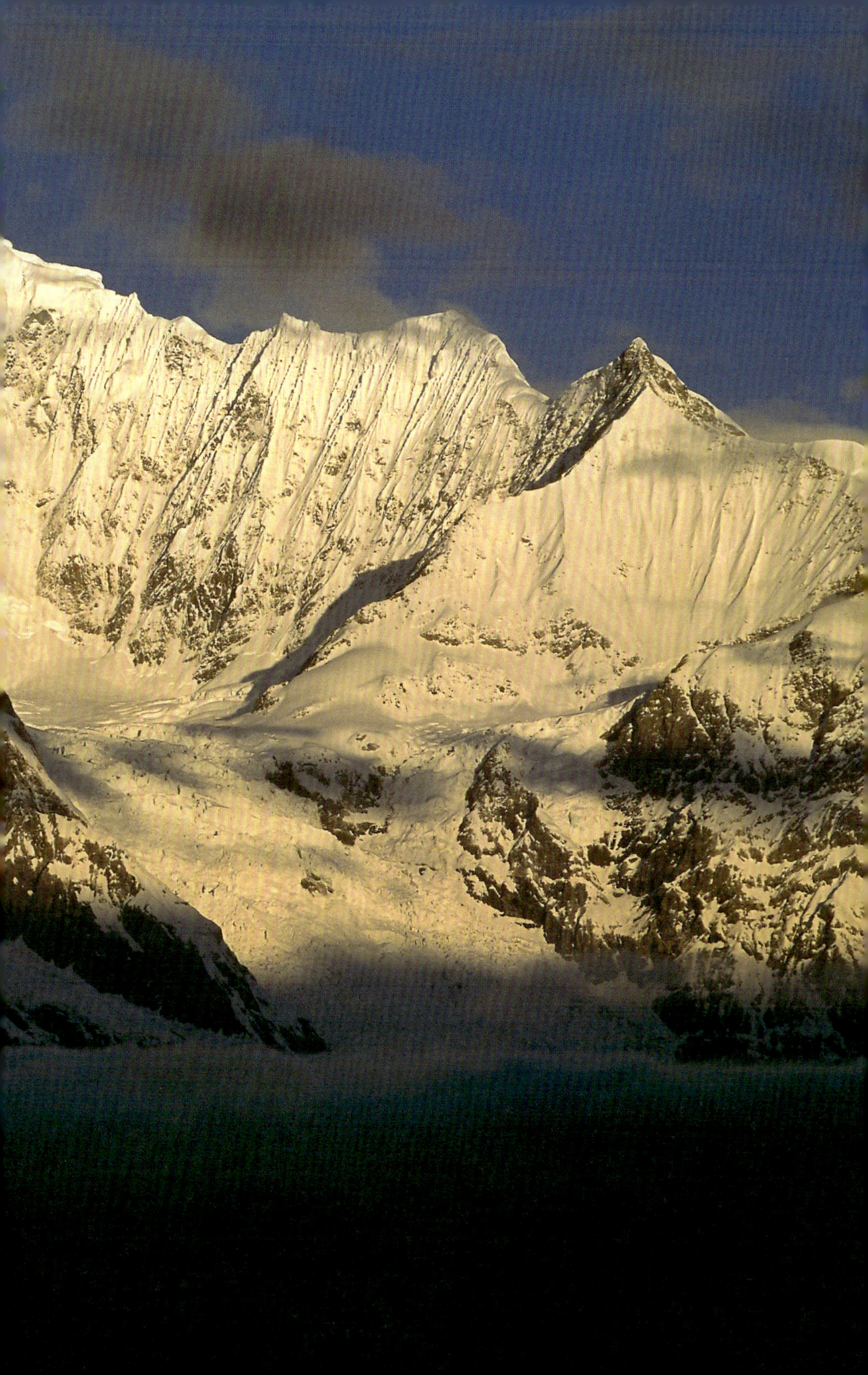

从雨崩村眺望梅里雪山。登山队曾在图中间的雪原处设一号营地,沿上部冰川设攀登路线

大山最深处的雨崩村，这里有藏族人宁静的生活

登山队的基地营原址笑农牧场，从图中右上侧的冰川可到达一号营地

散落在冰川上面的遗骸

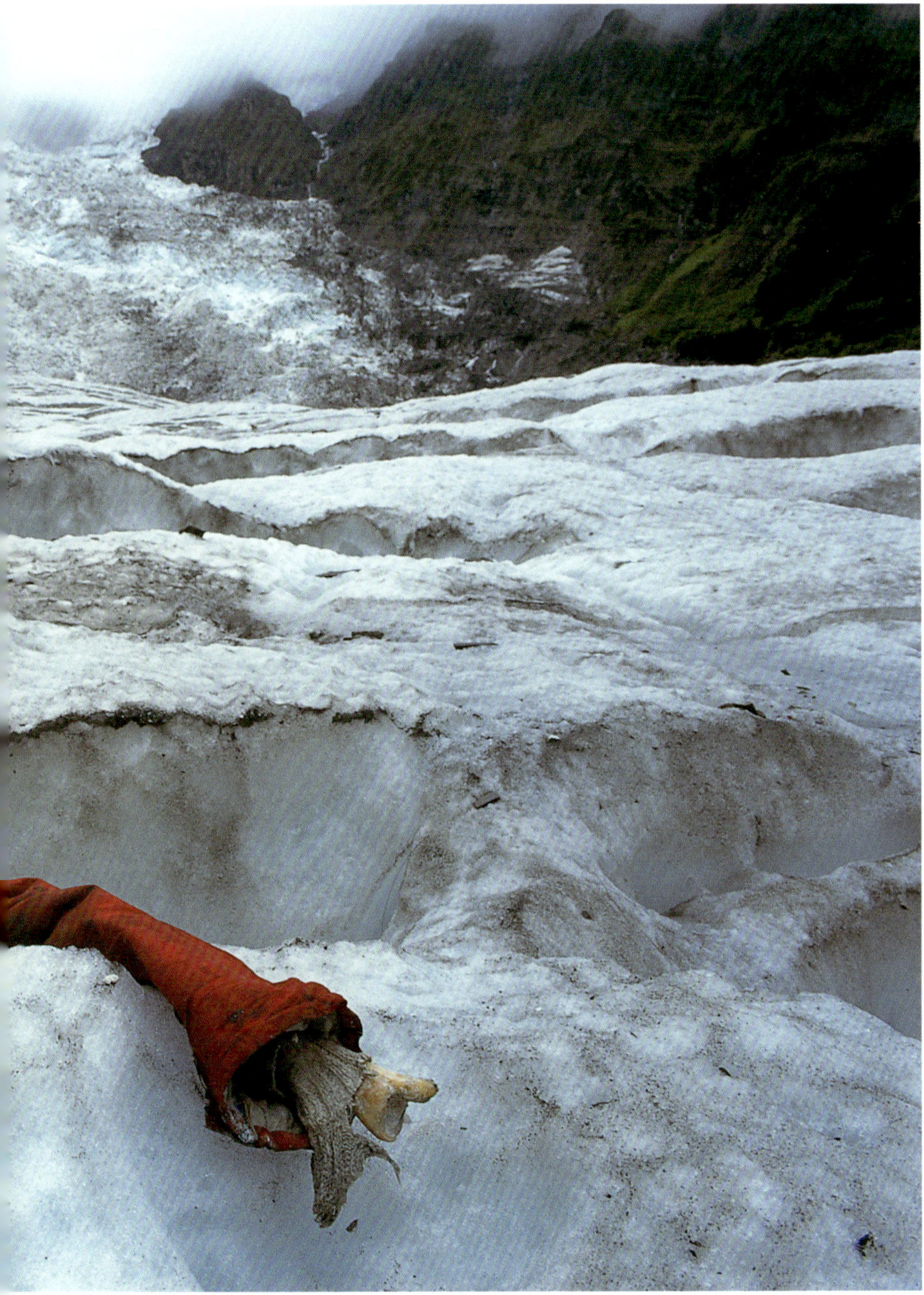

遗体收容队的基地营

由村人领路，去往发现遗体的现场

搬送遗体。村民很小心地避免碰触攀登神山者的遗体

比叡山上的慰灵碑"镇岭"

明永冰川附近的太子庙

力

II

遇见
卡瓦格博

カブとの出会い

在藏族村落里的生活

遗体发现后的第二年,昆明发来一份传真:"1999年4月6日正午,明永村村民上山采松茸,在跨越冰川时发现了一具遗体。遗体身上穿着带有黑白斑纹的圆领毛衣,近处还有散落的骸骨。在下游50米处有一条紫色的睡袋。5月16日,另一名村民也看到了同一具遗体。"

又有新的遗体被发现!学士山岳会立即召开会议决定派遣收容队,队员为人见五郎和小林尚礼二人。会上还提出让一个人长驻当地,此时的我刚刚辞掉了工作,拥有自由时间,理所当然地成了理想人选。现在的时节尚早,很有可能发现更多的遗物。长驻人员需要在当地驻留数月,定期到冰川上进行搜寻。尽管当时我刚刚从喜马拉雅登山回国才一周,但我立刻就下了决心要去。

"这是在藏族社区里生活的难得机会。而且通过这个机会,我可以好好地看一看在山难事件以及再挑战行动中给予我诸多思考的梅里雪山。"我这样想。虽然对梅里雪山我已不再抱有任何企图,但内心似乎仍有某种东西在牵引我靠近它。

以中山茂树为首的学长们也都鼓励我:"去看看吧。"还有人建议既然决定在当地长驻,与其住在县城,不如住到大山深处的明永村里更有意义。待到三周后我们正式出发的日子,我已然下定决心要住到村子里了。

6月末,我和人见两人又朝着梅里雪山进发了。差不多还是去年到这里时的月份,我们在明永村开始了第二次的遗体收容行动。相比上一次来的时候村民的激烈反应,此行未遇任何阻碍,非常顺利。

这次搜寻又发现了四位队员的遗体,其中一具遗体上有署名牌,证实了是工藤俊二。工藤和我同一级,他在第一次组队时就加入了梅里雪山登山队。这次找到的他的遗体,其实只有被裹在营地鞋里的足部骸骨。

在那之后,我们再次去大理进行了遗体火化。结束后人见和云南省体育运动委员会的职员就回昆明了。

7月中旬,我终于一个人留在了这里。一路换乘长途汽车和出租车回到德钦,然后又去往明永村。过了飞来寺的慰灵碑,就看到在山谷对岸的梅里雪山宽阔的山麓,山顶上雾霭沉沉。公路的下方,可以远远地俯瞰到一条河流。

奔流在梅里雪山深深山谷里的这条河叫澜沧江,是湄公河的上游。两岸石壁耸立,落差都在千米以上,土质深褐色的山体向外突出。江水在谷底迤逦而行,翻腾着和土质同样颜色的浑浊浪花。

在这粗犷的山谷底部，有若干个小村子，其中一个就是明永村。只有山村所在的坝子才覆盖着微薄的绿色。孤身看着这些景色，和十天前与人见他们一起看到的，似乎完全不是一回事。

两周前在昆明，我和张俊谈过驻村这件事。目前为止的梅里雪山登山、遗体收容等事务过程，他基本上都有参与，来过现场七八回了。可是他听到我的想法时，显得很不可思议。作为汉族人的他，认为我独自一人留在村子里是不合适的。去年确实发生了村民索要明永冰川水源污染补偿的事件。我们眼里的登山目标梅里雪山，当地人称为"卡瓦格博"，奉之为神山。在我们第三次组队登山时，他们曾封桥抗议。尽管有此种种，但我还是希望能对他们有更多的了解，并且想要通过和他们的共同生活，去认识队友们长眠于此的梅里雪山本来的样子。我向张俊说明这个想法之后，他表示自己只能负责与德钦方面的沟通工作。

后来，我和人见到明永村之后，也向村长直接表达了想要长驻村里的想法。听翻译说完，村长只是看了我们一眼，说了一句："可以啊。"因为当时忙着搬行李什么的，所以就再没有找到机会详谈这件事。

现在，我告别了同来的人们，独身一人往村里走。望着谷底湍急的河水，内心越来越不安。当时我只是通过翻译提了一下这件事，不知那位翻译是否将我的意愿准确地传达给村长了呢？大家在的时候他说了"可以"，但我真的一个人来了，他的态度会不会发生改变？

好容易，车到了澜沧江桥。去年我们来的时候，就是从这里开始步行进村的，但让我感到震惊的是今年村里已经通汽车了。在山体侧壁上用炸药开出的这条路，虽然走起来让人心惊肉跳，但总算可以坐着车就直接到村子里。车往里开了一会儿，就看到了车窗外满是绿色的村庄。

我在村口下了车，朝村里走去。正值吃饭时间，周围一个人也没看到。"你好！"我边打着招呼，边走进村长家院子。"汪！汪！汪！"传来一阵猛烈的犬吠，但没有人出来。难道我真是个不受欢迎的客人？我胆怯起来。就在这时，我看到了贴在玄关柱子上的一张纸条，上面写着："小林，你好。"看到这个纸条，简直无法用言语来形容我那一瞬间如释重负的感觉，对我来说这是个巨大的安慰。接着我就看到皮肤晒成古铜色的村长走了出来。

这是我第一次被让进正屋。里面比较暗，飘浮着淡淡的烟雾。屋子里说不上多干净整洁，但黑亮的柱子诠释着这里有人间烟火、实实在在的日子。我们分坐在一张低矮的桌子两旁的木质椅子上。

村长叫扎西，三十七岁。虽然很年轻，但担任这个职务已经十多年了。握手后我又说了一遍："你好，谢谢。"但是对话也只能到此为止，我只会说这两句。扎西村长微笑着在说些什么，但我完全听不懂。事实上，我没有做任何语言方面的准备。我尝试在笔记本上写汉字来介绍自己，居然可以沟通。就这样，我写字加上手舞足蹈的肢体语言，开始了看起来有点傻乎乎的交谈。

"欢迎来到我们村子，欢迎你的到来。我正发愁不知该如何处理那些遗体，"村长继续写道，"在去年的遗体搜寻工作结束时，你把营地的垃圾全部清理干净才下山，所以觉得可以信任你。搜寻期间你就住在村里吧，我保证你的安全。"这样的话完全超出了我的期待。原来除了语言，还可以有其他东西能够沟通人和人之间的关系。

在一段交谈之后，我被让进宽敞的客房里，那里放着一张手工木床。他说驻村期间我可以住在这里。和去年来的时候被草草安排在楼上完全不同，这样的待遇让我喜出望外。

到此为止，驻村的愿望成真了。可是我没有任何与藏族人家共同生活的经验。在这种不安和期待交织的复杂心情中，我开始了梅里雪山脚下的生活。

酥油茶和糌粑

村里的清晨，是在向梅里雪山的祈祷中开始的。天刚亮，家里主人就会走上房顶，焚烧柏叶，向着雪山大声地说："呀拉索！"接着连续呼唤十多个神山的名字，祈祷太平与长寿。这样的祈祷仪式会持续十余分钟，每天如此，风雨无阻。

我第一次知道对梅里雪山的信仰原来就是他们日常生活的一部分。每天清晨的祈祷成了我从内心重新认识神山的契机。

即使在 7 月，这里天亮也要到 6 点以后。中国境内各地区统一采用的北京时间，与在这里实际感受到的自然时间有着一个半小时左右的时差。

扎西村长家是个六口人家庭——

嘎玛次里（阿尼）：六十一岁（父亲）

卓玛拉姆（阿佳）：六十岁（母亲）

扎西：三十七岁

央宗：三十三岁（妻子）

白玛次木：十二岁（女儿）

弟弟：十一岁（儿子）

他们家还养着猫和狗，以及马、牛、猪、鸡等家畜家禽。

早饭后，所有人各自分头工作。阿尼和阿佳在家里劳动。"阿尼"是藏语里"爷爷"的意思，"阿佳"是"奶奶"，是充满着对老人的尊敬和亲昵的称呼。

阿佳的工作之一是打水。用大桶子从村子中央的水渠打水回来，倒进厨房的缸里，要往返好几次才能倒满。

水渠直引明永冰川的融水，水量很充沛，即使在夏天也冰凉刺骨，这天赐的水源是村里人的骄傲。光屁股的小孩们在那里嬉水，笑声清脆。一想到这个水源被登山队员们的遗体和遗物污染了，我心里感到一阵刺痛。

村里没有厕所，也没有澡堂。因为这里湿度很低，所以这两样都不算必需品。只是每次不小心瞥到在房子的背阴处擦拭身体的女性，或者在田埂边上蹲着的女孩子时，我都会特别惊慌失措。

村子的海拔高度是 2300 米，在藏族村落里算是海拔比较低的。纬度也和奄美大岛[1]相近，因此气候出乎意外地温暖。但是昼夜温差非常大，空气干燥。

每天要吃四顿饭，感觉一天有两顿午饭。

藏族餐食里最有特色的当属被称为"佳"的酥油茶了。酥油茶是在煮好的茶汤里放上酥油，再在茶桶里充分混合后饮用。像汤，有牛奶和盐的味道。有关藏族聚居区旅游的游记中经常能看到"只有酥油茶是最不能习惯的"这类记述，但我觉得并没有那么难以接受。或者更应该说，全家人围坐在一起一碗接一碗地喝酥油茶，看着就很美味的样子，我也自然而然被吸引得喝起来了。头一个月还有些消化不良，但到后来就变得无酥油茶不欢了。

将高原作物青稞籽实炒熟后磨成粉制作的糌粑，也是藏族传统食物之一。一般的吃法是用酥油茶搅拌后食用，但也有人直接吃干的糌粑面。用石碾把生态作物青稞磨碎而成的糌粑，有着沁人心脾的芳香和浓郁的味道。明永这样温暖的区域还有用玉米面做成的糌粑，玉米糌粑稍带有一点甜味。

---

1 Amami Great Island，属于鹿儿岛县，是日本九州南方海面上奄美群岛中的主要岛屿。

II 遇见卡瓦格博

除此之外，还有小麦面粉做的薄饼"库瓦"、猪肥肉盐渍后做成的"帕夏"等，也都是传统食物。我尽量和大家吃同样的东西，但唯有帕夏我实在消受不了。被人劝得实在无法拒绝的时候，我就只能强咽下去，一顿饭吃得眼泪汪汪。这时候已经能经常吃到从街上买回来的大米和饭店里的炒菜。

村里人因为都从事体力劳动，吃得比较多。他们还经常劝我也吃同样分量的饭食。我好不容易才学会以合适的方式谢绝这样的劝诱。

傍晚，结束一天的劳动，待所有人回到家里之后，家庭小酌时光开始。大人们围着饭桌坐在一起，喝着自家酿制的蒸馏酒。被称之为"阿日"的青稞烧酒，度数在20度左右，稍微有点甜味以及麦香味。因为是手工酿制的，每家的酒味道都不一样，这很中我的意。

这边的人们很喜欢喝酒，但不是每晚都喝醉。大家聊着家长里短，讲讲笑话，以此释放一天的疲惫。有些时候孩子们也会参与话题。我特别喜欢这种一家人坐在一起舒畅轻松地聊天的气氛。

一开始住进村子里，因为不懂他们的语言，出去后无法和村民沟通。明永村的人口约有三百，都是藏族。他们的母语是藏语，但幸运的是明永村里讲汉语的人比较多。我就通过和他们笔谈的方式学会了汉语，而村里的孩子们就是我最初的老师。我到村里的当天，第一个和我打招呼的是扎西村长的儿子弟弟和他的表兄弟旺扎。他们两人都十一岁，是小学四年级学生。村里的学校只教到四年级，学校里教授的是汉语。这时明永村大部分的孩子都会去上小学。

　　第一个走进我住的客房的，则是一个叫斯那次里的六岁小男孩。他是趁着大人们没注意悄悄进来的。刚上完小学一年级的斯那次里还是个小鼻涕孩儿，看到没见过的东西就不停地问："这是什么？那是什么？"虽然看起来有点怯怯的，但非常可爱，我们很快就成了朋友。

　　还有一对姐妹，在我每天早晨去地里解手的时候都会远远地和我打招呼。"要去哪儿啊？是要去解手吧？"说完就咯咯咯笑个不停。她俩是扎西村长弟弟家的女儿，此里吉玛（八岁）和此里吉堆（七

此里吉玛（八岁）和此里吉堆（七岁）

的方言，差异大得甚至无法用藏语沟通，而需要借助汉语。在少数民族众多的中国，汉语是一种非常实用的通用语言。

信赖感

从明永村沿着冰川上去，走两个小时有一座寺院，叫作太子庙（藏语叫乃弄滚美）[1]，住持是一位叫曲扎的老人。

这位七十二岁的老人就出生在明永村，据说他在 1959 年时到了印度，在那里娶妻生子。后来妻子去世，十三年前他带着最小的女儿回到了家乡。想来是波澜壮阔的人生吧。提到过去，曲扎爷爷总是说："早就过去了的事，我都忘啦。"嘴角微微带着极为平和的笑容。

从太子庙可以近距离看到明永冰川，天晴时还可以看到梅里雪山的峰顶，所以我经常去那里拍照。但是夏季阴天多，我一直未能如愿拍到理想的照片。这样的时候我就会去曲扎爷爷的小屋里。他把我让进炉膛内侧的座位上，我向他问候，他就会边用藏语说着"喝茶吧"，边往木碗里倒酥油茶给我。"加纳巴西。"我回答着接过温热的茶。

---

[1] "乃弄庙"，分"滚堆"（上太子庙）和"滚美"（下太子庙），其中以滚美最为有名，故有时又以滚美代称太子庙。

我俩的对话不过就是这两句。虽然这样，每当和曲扎爷爷一起围炉对坐，我心里就会觉得很踏实。他安静的眼神似乎在对我说："不需要慌张着急，你只做你自己就好了。"

建于19世纪的太子庙，据说在1966年开始的"文化大革命"中遭到过毁坏，现在的这个建筑是后来修建的。来自青海省的僧人白马顿珠为寺院的重建出了很大的力。

这位白马顿珠就是玛姆和旺扎的父亲。出生于青海省南部的他，不满足于只在故乡的寺院里当一名普通僧人，而选择了游历修行。当他走到明永村一带后，被一位活佛托付了太子庙重建事宜，从此为此事尽心尽力。后来他和扎西的妹妹玉梅结了婚，在明永村成家安顿下来。活佛去世后，他以僧人的身份继承了活佛的名号。作为僧人，在宗教派系不同的地区生计无以保障，他就买了台车开起了出租。

四十七岁的他，如今被村民称为"阿尼喇嘛"（喇嘛爷爷），很受尊敬。我也坐过很多次他的车，相处得很是融洽。聊起来后发现他很健谈，也有着很达观的人生态度，完全看不出是一位僧人。据扎西说，他的宗教知识非常丰富，造诣很高。

听说他的女儿玛姆是在开车回老家的途中染病的，之后就停止了发育。和喇嘛爷爷的相遇，是个难得的契机，让我得以近距离接触到原本遥远的佛教世界。

梅里雪山的夏季，天气很阴郁。虽然下大雨的时候不多，但阵以这段路是搜寻工作当中最让人紧张的地方。走错一步就有可能被卷入崩塌的冰块下面。扎西非常善于在冰川里行走，给我们开路。和他在一起很让人放心。

度过危险地带，进入了平坦的冰川。我们走在冰面上，边躲避脚下的冰隙，边搜寻遗体。当天，在冰川上发现了很多遗物。有很多背包、安全帽的碎片等物暴露在那里。袋子里还有折了柄的冰镐，从冰瀑当中被推下来的时候，它一定受到了很大的外力作用吧。

我们在冰隙里看到了疑似遗体的物体，于是我下去查看。果然是一具遗体，被裹在只剩了一半的睡袋里，遗体的另一半尚被埋在冰块里面。为了确认身份，我将睡袋和衣服褪去，连内裤的细节部分都认真查看。遗体受损很严重。我被冰隙里的寒气和尸体的臭味折磨得实在受不了，忍不住大叫了一声。在上面等待的扎西厉声说道："小林！干什么呢你，镇定点！"

突然，冰瀑的一部分发生崩塌，那个声响吓得人肝颤。虽然被一股想要逃跑的强烈冲动驱使着，但一想到当时遗属说过的话，心里明白遗体对家属来说意味着什么，我仍然决定必须完成这项工作。另一方面，这冰川的融水可是村里的孩子们每天都在饮用的啊。

没有足够的时间判明遗体的身份了，我们继续搜寻工作。接着又发现了两具遗体。回收的遗物分装了五个袋子。

结束搜寻之后，我们把能拿得动的遗物背到了冰川岸边。这个过程需要很小心地保持着平衡走过冰脊和冰隙地带。肩膀被重负勒得生疼，但因为当天发现的三具遗体一个也未能确认身份，等于无功而返。我们把遗物留在岸上，决定找时间再来带下去。

天快黑的时候，我们才开始沿着冰川下山。虽然累了一天，但工作结束后却不像从事生产劳动那样有充实感。在坑坑洼洼的路上跌跌撞撞地走着，我突然问扎西："关于攀登梅里雪山这件事，你是怎么看的？"虽然心里差不多能猜到他的回答会是什么，但到此刻为止我一直没敢直接问他。他驻足瞪视着我，一字一句地说："任你是谁，都绝对不允许攀登卡瓦格博！"

"神山，就像亲人一样。如果踩你亲人的头，日本人也会生气吧？你懂不懂我们藏族人为什么冒着生命危险还要去转山？"

我被扎西搏命般说出来的话所击溃，不由得退缩了一下。

对这片土地和这里的人了解得越多，对人与山之间的深刻联系感受得也就越多，我不断地思考我们一直在做的"登山"这件事到底意味着什么。

"神山就像是亲人"——卡瓦格博是他们须臾不可离的存在，我第一次明白了这一点。

天已经黑了下来，开始能看到村里的灯光了。我为此次搜寻工作平安结束，向扎西和马进武表示了感谢。

四天之后，我们再次上冰川，去运回遗体和遗物。我和扎西两人先行，十五位村民跟在我们后面。

我俩到达现场后，赶紧先着手确认四天前未能辨明的遗体身份。

因为一旦村民都来到，现场就会太乱，进而影响仔细查看。在后面的人到来之前，我总算辨明了其中一具遗体的身份。在身上的毛衣内侧有署名"宗森"，是比我高十一届的山岳部学长宗森行生。

在附近搜寻的扎西又发现了一具遗体。但遗体的大部分都被埋在冰层里，今天怕是无法完成收容了。

村民们三三两两地上来了，但他们只是看着我们做事，在旁边指指点点，没人上来帮忙，只有我一个人跑来跑去忙于遗物整理。他们一定很不情愿去触碰那些企图爬到他们神山顶上的登山队员的遗骸吧。不过意外的是，其中有几个人帮忙去挖掘新发现的那具遗体，出手相助的这些人是扎西的兄弟和亲戚们。

今天有四具遗体需要运下山，还有各三十千克重的两个袋子。一直在旁观的村民，一旦分配到了各自的任务，倒是马上用随身带来的木棍抬着遗体和遗物往回走了。

搬运遗体的工作，如果没有村民们的帮忙是无论如何也完不成的。冰川沿岸的路，就算空着手走都极其困难，更不用说抬着重负下山了，难度绝非一般。虽然他们也并非单纯出于善意，但每次他们肯帮着运送，我都已经非常感激了。

傍晚时分，所有人抬着遗物和遗体安全地回到村里，我一直悬着的心也总算是落地了。这过程中万一发生点什么差池的话，补偿等问题一定会是个大麻烦。这是第一次在只有一个日本人的情况下运送遗体，我看到扎西似乎也长舒了一口气。

我举杯向村民们致谢，大家也笑着举起酒杯。这一瞬间，我感觉到自己和他们的距离变得稍稍近了一些。

9月　艰难的搜寻工作

8月下旬的明永村，梨、苹果、桃和李子等各种水果多得简直吃不完。全部都是纯生态栽种，非常好吃，尤其是李子，格外地受欢迎。同一时间，核桃也开始采收了。男人们爬到十多米高的核桃树上，用竹竿把核桃打下来，女人和孩子们则等在树下收集核桃。如果被核桃砸到脑袋那可是相当疼的。大家在欢声笑语中将核桃收到筐里。核桃平时当小零食吃，但更多是用来榨油。

一入9月，凉风习习，夏天就算结束了，荞麦也到了收割入仓的季节。荞麦分甜荞和苦荞。苦荞就是日本人说的鞑靼荞麦，这里习惯将苦荞籽实颗粒碾成粉，用来烙饼或者灌猪血肠吃。

刚到村子时，我每隔一两周就要去冰川上进行一次搜寻工作。不过随着搜寻的次数增多，我越来越感到这份工作的艰巨。偶尔遇到天气不好搜寻计划推迟时，我反倒会有一点小庆幸。

9月上旬，在第七次搜寻工作开始之前，扎西提议说："这次的搜寻，咱们别去原来的地方了，试试从高处俯瞰冰川吧。""有这种合适的地点吗？就这么干！"据扎西说，有个地方是他上山狩猎的时候偶然发现的，从那里能看得到冰川全貌。

早晨8点，我们从村里出发。来这儿之后，阿尼每天清晨的祈祷代替了我的闹钟。我们先顺着路走到太子庙上面的莲花寺，然后沿着一条不很明显的小径继续往上走一阵，再往后就是完全没有路的山坡了。我们拽着树枝攀上极陡的山脊，走了五个小时终于到了目的地。树林在这里陡然消失，成了一个天然的瞭望台。俯视即是一览无余的明永冰川，视线的正面则是卡瓦格博。虽然确认遗物的距离远了些，但想要拍下搜寻现场的全景，却是个绝佳的取景点。我们刚到达的时候，卡瓦格博被云雾笼罩着，我们决定再等等看。

眼前的明永冰川，显现出奇异的景观。当地高山上的林线在海拔4000米以上，但冰川的海拔比林线要低很多。冰川末端一直延伸到海拔2000米的树林里。森林和冰川并行，这在全球山岳冰川中也是极罕见的自然景观。

本来我俩说好16点开始下山，但是主峰上的云层迟迟不肯消散，到了约定下山的时刻，云雾开始有点要散开的迹象。我央求扎西再等会儿，"就等十分钟"。五分钟后笼盖在主峰上的厚厚云层逐渐散去，比预想中更加壮观的主峰出现在冰瀑的上方。我拼命按着快门。

云层再次聚集笼罩在山顶时我低头看手表，已经快17点了。扎西正无奈地看着我。我们急匆匆地往山下走。因为我的原因耽误了下山时间，我满心歉意，同时也很感激扎西什么都没说就那样默默地等待。当晚我们住在太子庙曲扎阿尼的小屋里。

9月末，进行第八次的搜寻工作。很难得地，那天一早开始就是个大晴天，卡瓦格博在碧蓝的天空下闪闪发光。我们沿着冰川，向着红叶尽染的山坡攀登。站在搜寻现场环顾四周，我们发现冰川表面的高度比以前有所下降。这是因为在夏季，冰川的冰持续融化所致。也正是因为如此，遗物才会陆续暴露在冰面上。依据在搜寻过程中所做的测量，得知在过去的一个月里冰川高度下降了2米。

暴露在冰川上面的大块遗物不多，只有一些碎布、塑料碎片之类，捡拾这些东西有点像是在捡垃圾。

今天来帮忙的是扎西和他的四弟小马。因为连日来采收核桃，扎西比较疲惫，但在行动中他完全没有疲态，仍然是那副麻利精干的样子。他的确是个可靠而有担当的男人。

好容易在冰块里发现了睡袋，用冰镐挖了一阵，发现埋得很深。能看到睡袋里有露着腿骨的靴子，再往里应该是身体部分。今天时间已经不够了，只能明天再来。一想到明天的行动大概是今年最后一次搜寻，我瞬间觉得更累了。

第二天我们让扎西休息，我和小马带着十一位村民上了冰川。这一天用砍柴斧子替换了冰镐来挖掘冰块里的遗体。在这个相当于富士山山顶的海拔高度，不断挥舞沉重的斧头让人不免缺氧，有窒息感。但是小马每一下的敲打似乎都要把冰川震碎，动作强劲有力。

两个小时后，整个睡袋都被挖了出来。里面只有一小部分骸骨。从睡袋上的名字，确认了是已经发现过遗体的队员。我原本满心希望会是尚未找到遗体的队员，可惜愿望落空了。不过我们已经把到今天为止暴露在冰层上的全部遗体和遗物都清理干净了，我的心里总算是有了些许的满足感。

10月 月光下的卡瓦格博

进入10月，玉米已开始镀上一层金黄。10月初已然是雨季的末尾，我和明永村的村民们一起出发，开始了梅里雪山转山之行。

梅里雪山位于平均海拔4000米的青藏高原向平原过渡的地带。因为有南北流向的三条大河以及与其平行的险峻山脉阻隔了东西交通，因此这片山脉被称为"横断山脉"。这三条大河分别是金沙江（长江上游）、澜沧江（湄公河上游）、怒江（萨尔温江上游）。

梅里雪山的转山路，是从澜沧江干流经海拔5000米左右的分水岭到怒江，然后再经过分水岭返回澜沧江的漫长山路。从生长着仙人掌的干热河谷出发，经过飘着松茸清香的森林地带，一直爬到遍地高山植物的寒冷垭口，沿途的气候多样性之丰富令人咋舌，难以置信这一切居然属于同一个地区。

二十天的转山之旅，让我得以用更广阔的眼界去观察这片土地。看到了在大山周边生活的人们，也看到了从遥远的地方专程来转山的信徒们，我实实在在地感受到了梅里雪山作为崇高信仰的存在。

结束转山之行后，我意识到了自己对梅里雪山的懵然无知，心里有种被山抛弃了的感觉。但也正因为这种感觉，反而让我下定决心要认真拍摄梅里雪山。我开始计划去体验这片土地上每一个不同的季节。

转山回来后，发现冰川上尚没有积雪，所以我决定再进行一次搜寻。此时的山里已经完全是一派怡人秋景。

这次又发现了新的遗体。这是今年最后一次做冰川上的搜寻工作。这一年里共计进行了十次搜寻，确认了七人的遗体。他们分别是佐佐木哲男、工藤俊二、宗森行生、王建华、林文生、井上治郎、李之云。加上去年发现的遗体，已经有十二位队员的遗体得到了确认。与这项工作同时收获的还有另一项成果。历史上从未有过对明永冰川流速的正式测量，我们在进行搜寻工作的同时进行了实测，得知明永冰川的水平流速为每月32米。另外，从遗体移动的距离可以计算得知，明永冰川的流速在每年200米至500米之间。

根据冰川学者的研究，喜马拉雅山脉上冰川的流速，最快的也不过是每年流动数十米而已。明永冰川的流速则在该值的十倍左右。这样的冰川流速，说明了梅里雪山的降雪量之大，以及山岳地形之陡峭。地理杂志和报纸介绍明永冰川时说："（它）很可能是全球山岳冰川中流速最快的一个。"

遇难的十七人中有冰雪和气象研究的专家。他们付出了生命的代价，让我们得知了这样一处冰川的存在。

10月下旬，雨季彻底结束。我好像从没见过这样澄蓝的天空，一整天都可以看得到梅里雪山。因为夏季里的降雪,山顶上的雪量更多了。

周边的山上,可以清晰地看到红叶从山坡高处向山脚洇染蔓延。地里的玉米已经收割完了,核桃叶子也在慢慢变成金黄色。

转山回来到回日本前的这段空隙里,我开始有机会拍摄夜晚的卡瓦格博。之前虽然也尝试过很多回,但因为夏季天气不好,一次都没有成功过。

这一晚,月将圆。沐浴着溶溶月色,夜空下的雪山清清楚楚。我去到拍摄角度最好的人家屋顶上,摆好三脚架,打开相机的快门,铺上睡袋躺下了。两个小时后闹钟响起,我忐忑不安地睁开眼睛,心想:"不知道天气怎么样呢?"

"太棒了!仍然是晴天!"

夜空下的梅里雪山如飘浮的白绢,似乎大山本身就是个白色的发光体,多么不可思议的景象!

关掉快门,我马上进入下一次的曝光。那一晚我重复进行了五次拍摄。眺望着星空慢慢进入梦乡,真真是在幸福的巅峰啊。

清晨6点半,天色慢慢亮起来。有点冷,但今天又是个大晴天,相机还开着。7点半,梅里雪山的山顶上映照出一线光亮,这是日出地面的瞬间。薄薄的、桃色的光逐渐变强,很快覆盖了整个山顶。就在照彻山体的刹那,晨光骤然变成了燃烧的火焰般的粉红色,又逐渐转变为橙红色。待到初日的光芒一直笼盖到山脚下,那光又变成了不甚耀眼的金黄色，就像是澎湃的激情回归平静。

这个过程其实不过只有十数分钟，我一直目不转睛地屏息凝视。这是我到这里的四个月以来与卡瓦格博的第一次神秘相会。

10月末，我要离开村子了。那天，我正在屋里打包行李，扎西手里拿着什么东西走进来。"小林，这是我的一点心意，拿回日本喝吧。"他这么说着递给我一壶酒。侧面写着："临别赠日本友人，明永村长，扎西。"我非常喜欢这个礼物。阿尼和阿佳分别送了一袋核桃和一袋糌粑，硕大的袋子让我感到有些为难，但明白这出自他们的真情厚意，我感激地收下了。

扎西说："虽然近期也许不能再来了，但等到我们头发白了的时候一定能再见面的。"

"谢谢！我一定会再来的。"

我俩紧紧地握手。

对于和他的相识，我的内心有切实的感受，这是我第一次如此没有保留地信任一个其他国家的人。因为和扎西以及村民们的相处，我关于山的思考发生了变化。梅里雪山不再是一直以来的"攀登目标"而已，而变成了叫"卡瓦格博"的神山。

我问阿尼："您最喜欢哪个季节呢？"

"当然是冬天过春节那段时间啦，我们会做山一样多的好吃的，跳一整天的舞呢。"

我听到这个回答，心里就暗暗定下了再度拜访这里的时间。

傍晚时分，村里的朋友们来告别，还有人带酒给我作为分别礼物。

从德钦来的车到了，我们将遗体和遗物装上车。天擦黑的时候，我在村里人的目送下告别了明永村。我们都微笑着约定再见面。

汽车开出村子后我再次抬头仰望。和我来时一样，卡瓦格博隐藏在沉沉的云雾中。

梅里雪山转山之行

横跨南北的梅里雪山山脉，被漫长的转山道路所环绕。这条路全长约 300 公里，徒步需要十天以上。来转山的藏族佛教信徒非常多，但走路转山的外国人屈指可数。

1999 年，第一次在明永村长驻的我，决定利用在那里的最后一个月时间去转山。不只是为了解梅里雪山周围的景观，也是为了体验一下从西麓看卡瓦格博是什么样子。卡瓦格博有东、南、西北三个侧面。其中南面和西北面的样子，不从卡瓦格博的西麓看是看不到的。至今没有从西侧拍摄卡瓦格博的图片公开发表，也从没有人进行过从西侧登山的路线考察。

我原本打算将转山之行的相关事宜委托旅行社来做，但后来在村里住久了，发现转山的路还是和村里人一起走更合适。我把这个想法说给扎西，他说："现在的小林的话应该是没问题的。"并给我推荐了曾经转过山的两位村民。他们是村长的弟弟扎西尼玛（三十三岁）和善于驭马的安堆（四十六岁）。由他俩各牵一匹骡子来驮行李物品。所谓骡子，是马和驴杂交出来的形态似马而比马更强壮有力的一种家畜。就这样，由三个人和两匹骡子组成的队伍成形了。10月初，我们的小小转山队在扎西村长的目送下开始了二十天左右的转山之行。

干热河谷察瓦龙

第一天，我们走的是澜沧江峡谷底部的蜿蜒小路。这是古时被称为"茶马古道"的一条通商道路。在还没有出现公路时，内地的茶、西藏的盐，都要靠马来运输。

我们把行李分成了帐篷、食物、马料、摄影器材等四份，各自分装在一个箱子里驮在两匹骡子上。安堆和扎西尼玛二人几乎就没带什么行李，只有一些随身物品放在背包里背着，不愧是走惯了山路的藏族人。

澜沧江的江岸多为沙地，气候干燥炎热。沿着遍地仙人掌的山路，水也不喝地一口气走下去，见到绿色的村庄时恍惚感觉那就是沙漠中的绿洲。我昨晚因为即将开始的新奇旅程而兴奋过度，多喝了些酒，结果旅途的第一天就从宿醉开始，真真是难堪。更尴尬的是，我还喝了太多村中水渠里冰凉的水，结果把肚子喝坏了。

第二天，上了公路走到羊咱村，据说很多转山的信众会坐车从德钦到这里来。前一天拉了一天肚子，这天爬坡时感觉痛苦不堪。

从羊咱村的桥过了澜沧江，就到了一座叫支信塘的寺庙。安堆他们绕着寺院转了三圈，在香炉里焚香。寺院的墙上画着一尊骑着白马、武将打扮的卡瓦格博神。知道从这儿开始就算是真正的转山之路了，我立刻打起精神。

第三天，沿着澜沧江的支流一直走到深山里。越靠近梅里雪山，降雨量就越大，所以海拔较高的地方植被很茂盛。从这一天开始，一路上不断遇见其他的转山信众。出发后七个小时，树林消失，到了一个叫永是塘的高山牧场，我们决定住在夏牧场的小屋子里。这是此行第一次宿营。什么都不需要交代，安堆和扎西尼玛就开始麻利地卸套取行李，然后进林子里给骡子割草。三十分钟后，他们挑着小山一样高的细竹子回来了。紧接着就拾柴禾，在小屋的炉子里生了火，准备做饭。身体还未恢复过来的我只能看着他们忙活。晚饭是炒青椒和猪肉汤，还有米饭。藏族男人做饭也都是一把好手。

天一黑下来我们就准备睡觉了。我带了睡袋，他们二人就铺了张骡鞍下面的毡子一起躺下了。两个男人同睡一张褥子，对我来说很不可思议，但对他们好像是很正常的事。因为这样的话行李就可以带得很少，确实很合理。第一次在山里过夜，我兴奋得又睡不着了。明天就可以到海拔4500米左右的垭口了。

第四天清晨，天一亮我们立刻起床。早餐是典型藏式的，酥油茶和糌粑。在用酥油茶拌的糌粑里放上扎西家阿尼手工做的蜂蜜，好吃极了。

我们在 8 点多时出发。沿着沼泽地的边，从长着青苔的树林里走上通往垭口的陡坡。本来身体就没有恢复好，再加上高海拔，我走得气喘吁吁，只能用平时一半的速度慢慢往上爬。终于走出林带，眼前是一片开阔的冰斗。在其深处，一条蜿蜒崎岖的小路通向垭口。所谓冰斗，是在冰河时代被冰川侵蚀而形成的开阔的 U 字形洼地。午后到达垭口，玛尼堆上挂着很多风马旗。

"呀拉索！"

先到的安堆和扎西尼玛喊了一声祈祷语，之后吟诵了一小段经文，绕着风马旗走了一周，解释说是在祈求我们路途平安。

在这海拔 4480 米的垭口上，氧气浓度只有平地的一半，加之又冷、风又大，身体不大听使唤，但是心情十分畅快。这里就是澜沧江和怒江的分水岭。垭口东侧的降水由越南流入南海，西侧的降水则由缅甸流入印度洋。对于自己能够站立在这样一个大地形的分界点上，我感到非常开心。

休息过后由西坡下山。大概下降了 1000 米左右，又进入到有沼泽的森林地带。这边的森林比东坡的更加潮湿。沼泽里的水量很丰沛，水边的石头完全被青苔覆盖住。因为要拍照，我常常一个人落在后面走着。

这天我们找了一块森林里的平地搭起登山帐篷，我们三人共用一顶帐篷。

天将暗的时候，又来了一行四人的转山者，他们准备在我们旁边宿营,但没有带帐篷,只是直接在地上铺了块用塑料包着的毛毯就准备睡觉。

夜里开始下起雨,安堆在帐篷里小声嘟囔:"他们那才叫真正的转山,我们这只能算是登山队。"雨一直下着,但他们毫无动摇的迹象,真不愧是生长在大山里的人。

从第一天开始就每天都下雨,雨季似乎还没有完全过去。

第五天,沼泽里的路因为下雨变得更加泥泞不堪。在海拔3200米的地带有自然生长的竹林。转卡瓦格博的人们好像都会从这儿砍竹子当拐杖的。离开了沼泽地,顺着林子往上走,就到了一处叫鲁·为色拉的小垭口。"拉",在藏语里是垭口的意思。查了地图,从这里应该能看得到卡瓦格博的南面,但因为天阴我们没看到。这个垭口上除了风马旗,还放着许多碗和旧衣服,另外还撒着很多糌粑,不知道这代表什么意思呢?乍一看过去像是垃圾,很不美观。转山者们焚烧着松柏叶,张挂带来的风马旗。

我们决定明天再来,暂且下到叫作曲那通[1]的河流汇合处扎了帐篷。曲那通的意思是黑色的水流过的地方。眼前的这条河因为水中夹杂了大量冰川里的沙土,看起来黑而混浊,这河的上游就是连着卡瓦格博主峰的那条冰川。

---

[1] 原书记录有两处地名均为曲那通,且对语义的解释有所不同。因已无从查证是受访人叙述有误或是作者记录错误,故仍保留原文写法。

第二天难得的一早开始就是晴天。我让他俩休息，一个人上了鲁·为色拉垭口。早晨的时候山顶上还有云，10点多的时候云散了。卡瓦格博的南侧全貌终于出现在眼前。海拔3000米，岩壁陡滑得站不住人，我不断按着快门。一想到自己有可能是拍摄卡瓦格博这一侧山貌的第一人，我就兴奋不已。我还尝试去探察从这一侧登山的路线，但看到的都是极陡的山坡，似乎无路可选，想来从这一侧登山的可能性不大。一小时后，山顶再次被云雾遮盖。

　　从我们队伍的后面一直陆续有转山者到来。看到卡瓦格博，他们就开始默默地磕长头。

　　第七天，从第一天就病恹恹的身体终于完全恢复正常了。我们离开了沼泽地往林带攀登。周围是生长着松茸的栎树林，树上缠挂着松萝。一直往上爬，前路突然开阔，眼前出现了整片山脉。那通拉垭口（海拔3740米）到了。从这里第一次看到了深深的怒江峡谷，到达一片新土地的感动紧紧包围着我。

　　从垭口那儿开始就有来自青海的转山者们同行，顺着长松树林的陡坡下去，就到了西藏这一侧的第一个村庄阿丙村。这里的房子是石头砌成的，彩色的窗框很漂亮，和明永夯土的房子相比，显得精神多了。扎西尼玛带着我们到曾经投宿过的一个人家里借宿。

　　出来之前听扎西村长说了一件匪夷所思的事情。他说在阿丙村不能吃主人家给的食物。我们吃了自带的食物。村里没有电灯，只能烧松树柴照明。扎西尼玛他们用藏语和主人家聊着天。看着摇曳的火焰，我感觉很惬意。赤红的火舌似乎在诠释着大自然的温和与残酷，我好像看到了十年前明永村的生活面貌。

第八天，从阿丙村出发，到了叫察瓦龙的怒江流域干热河谷。

从曲那通流淌而来的河水在这附近汇入干流，两边是数百米高的狭窄岩壁。让我感到无比惊讶的是，在岩壁上的路边山体上，雕刻着绵延数百米的佛教画和经文。这似乎是人类向自然力量献上的敬畏。不过佛像的脸都已经被削去了，原来就连这样的地方也没能逃过"文化大革命"的影响。

过了隘口，就是怒江的干流了。这些连世界地图上都会标注的河流，我竟能步行横越其间，从这一条到那一条。现在的海拔是1700米，转山路上的最低点。强烈的阳光直射着，非常燥热，果真是名副其实的"察瓦龙"（干热河谷）。挨着路边，有一座叫亚空然的寺院，里面供奉着卡瓦格博神的神像。

下午，我们溯江而上。江面宽约50米，两岸峭壁直立，深褐色的江水翻滚流过。江岸上台地和岩壁交互出现，凿壁而就的山路让人不由得要犯恐高症，似乎风一吹就会失去平衡。

再往前走一点，江边有一处叫作曲珠的温泉。我们在那里赤身裸体地泡澡，面朝大江而浴。高峰入云，清流见底，甚是畅快。

傍晚时分，我们去附近村子里投宿，却遭到了非常干脆的拒绝。

扎西尼玛说："转山者里也有小偷，所以这边的村里人都不让陌生人借宿了。"数百年的转山历史中，是什么样的事都有可能发生

II 遇 见 卡 瓦 格 博

的吧。

当晚，我们在江畔露营，枕着水声入眠。

第九天，早上天晴，很热。江边有一大片非常干燥的沙石滩。这里离卡瓦格博峰的主棱线很远，所以不易生成降水云系。

上午走过了一大片沙石地，到处都是仙人掌和长着刺的草，就好像是走进了沙漠里。这里的仙人掌茎长得像团扇一样，据说藏语里称为"大象舌"，或者是"妖怪的靴子"。仙人掌红色嫩芽中的水分含量很高，味道有点儿像猕猴桃，极润喉。

下午到了察瓦龙的核心区扎那，这里有学校。我们在这儿还起了一点小风波。我一个人落在队伍后面走着，被一个喝醉了的村民缠住，拉着我去了政府。外国人进西藏自治区需要入境许可证，但我这次没办这个许可。我用仅会的那点汉语交涉了一会儿，他们还是不肯放我走。只能把政府的工作人员领到扎西尼玛他们等我的地方，让他替我说明情况。心里正忐忑不安，不知这件事会怎么解决，就看到二人唠家常一样地聊起来，我被"释放"了。扎西尼玛还顺便向他问了明天的路，他真是个可靠的男人。

从扎那开始，转山路就偏离了怒江干流，顺支流而去。途中路过一个叫吉那的小村子。

今天的目的地是龙普村，在这条怒江支流的最深处。村里有一位老家在澜沧江边雨崩村的老奶奶，我们借宿在她家。之后的六天里，我们就以她家为据点考察转山路的内圈。

晚饭前，我第一次吃了烤玉米，品尝青稞酒"琼"，这两样东西我在明永村都没有尝到过。所谓"琼"，是制作蒸馏酒"阿日"之前的液体，所以度数低，有点酸甜。我品尝到了地道的察瓦龙风味。

守护卡瓦格博的村子

出来之前我找到了一张地图。地图上显示，在转山路的内圈一个叫"扎得通"的地方可以看到梅里雪山的西北面。我们拜托龙普村老奶奶的女儿达追给我们当向导去找这个地方。扎西尼玛和我同去，安堆带两匹骡子留在村里等我们。

第十天，阴。我们离开转山路，沿着山坡往上攀登。四个小时后，翻过了叫作那曲的垭口，就确定了梅里雪山的方位。但因为云层低低地盖在山峰上，看不到山顶。

我们从山坡上 z 字形横切下降[1]，到了一处叫棚贡的山丘。其正面就是梅里雪山 II 峰（海拔 6509 米），但山顶有云雾，还是没能看到。这座山峰的名字叫确达玛[2]。沿着宽阔的山脊前进，从日吉拉垭口迎着梅里雪山的方向往山下走。在前方宽阔的山谷里，一个小

---

[1] 登山运动中在山坡上采用横斜路线攀登或下降，叫作横切攀登或横切下降。

[2] 该峰多称为卡瓦格博 II 峰，亦见"狮子雪山"或藏语"贡该僧格那宗"之称谓。本书中的山名"确达玛"为作者询问多位山下村民后记录到的藏语山名的音译。

村庄渐渐出现在视野中,这个村子叫佳兴村,村子周围环绕着海拔6000米级的高峰群。我们从龙普村走了十个小时,看到这样一处深山里居然有着一个村庄,感到十分惊讶。

佳兴村的海拔是3700米,有四户人家,人口只有三十来个人。我们借宿在达追的朋友家里。面对突然到来的陌生人,家里的孩子们都露出紧张的表情,暗暗地观察着我们。

第十一天,天阴,不时下起小雨。这一天仍然看不到梅里雪山。我们决定留在村里等待天晴。达追说还有活要干就回家了,我则冒雨探寻山谷深处。在房子的上面有一片很大的草地,草色略呈橘黄。草地的两侧是红叶点缀的针叶林,这样的风景让人犹如置身童话世界。草地的中央立着一座很大的焚香炉,周围挂着很多长条经幡。在梅里雪山的俯视下,这样的场景再契合不过了。

溯谷而上,三个小时后我看到了一条冰川,一直绵延到梅里雪山的山顶。从地形图上看,沿着这条冰川应该可以攀登卡瓦格博的西侧棱线。可是雾太浓,什么也看不到。周围想必群峰环绕,但同样还是什么也看不清。四周鸦雀无声,我一个人在这里感到有些毛骨悚然,就迅速返回了。

晚上,隔壁邻居家的老奶奶过来串门,看到我后说:"还不是因为有老外来拍卡瓦格博,才会下雨的嘛。"这个说法让我心里有点不是滋味。卡瓦格博同样被这里的人们奉为神山。大的山脉从不同的地区看到的角度不同,所以名称也常有不同,但梅里雪山的最高峰在明永村正背面的这个地方也同样叫作卡瓦格博。

孩子们仍然像是看怪物一样盯着我。

第十二天，多云有雨。今天还是看不到山顶，我就在村子的周围瞎转。佳兴村在宽阔的山谷里呈细长条状分布，有着三处放牧场。地图上标注的"扎得通"就是最下游处牧场名称的汉语音译。

那片有焚香炉、长着橘黄色草的草地叫作曲那通，意思是上游处有冰川的地方。这是一处神秘不可测的存在。在这样的深山里竟然有着一片能够看得到梅里雪山的美丽草原，还有人生活在这里，说出来怎么都像是一个传说。佳兴村如同位于卡瓦格博西北面的守护者。"卡瓦格博是座神山"——在这里，我深深感悟到了这句话的意味。

第十三天，阴有雨。卡瓦格博照旧不见真容。我们怕安堆会担心，所以决定回去一趟。隔壁老奶奶家的女儿送我们出了佳兴村。一直到最后，孩子们跟我还是非常生疏。

我们一口气登上棚贡的山顶。眼前的确达玛被云雾盖了个严严实实，除了山脚下的一点地方之外什么都看不见。扎西尼玛在经幡竿上挂上了风马旗，嘴里念叨着经文。做完这些之后他对我说："我发现了一件事情。我们在明永的时候，每天早晨念诵的经文里有一个词叫'佳兴'。经文里的'怒·佳兴'是在赞颂位于卡瓦格博东西南北四方的圣地之一，其中'怒'是西边的意思，所以肯定指的就是这里。"

II 遇见卡瓦格博

原来是圣地之一啊，真是个谜一样的传说。但此时的我，满脑子只想着一定要从西北方向看到卡瓦格博这件事。

黄昏时我们回到龙普村，安堆正在生气。他正胡思乱想我们是不是死了。害他这样担忧，我们连忙道歉。他非常担心一旦垭口那儿下雪就走不过去了，恨不得马上就出发。稍事商议，他勉强答应给我两天时间再去一趟那曲垭口。

第十四天，小雨间阴。我和安堆两人上了那曲垭口，山顶还是被厚厚的云层罩着，眼前一片白茫茫。我们栖身于山上的小屋子里。

第十五天，小雨转多云。今天已经是和安堆商定的最后一天。周围仍然乌云低垂，时不时下着小雨，看不到梅里雪山。9点左右雨一停，我就拿着相机爬到垭口最高处。山上有一处寺院的遗迹，周边的经幡在风中轻轻摇曳。

藏族人所信仰的"神山"到底是什么呢？

望着苦等多日而不得见的山峰，我不由得思考起这个问题来。

"要不就试试以神山为主题的摄影？"我开始蠢蠢欲动。

到了下午，确达玛峰那一点点露出来的山体也被云雾遮了个严严实实。

唉，还是明年再来吧……我终于死心了。不过在收纳摄影器材的时候我下定决心"一定要认认真真地拍摄梅里雪山"。我所一直寻找的拍摄主题，就在这一瞬间确定下来了。

从那曲垭口下来时，我发誓一定要再回到这里。

说拉垭口的风

第十六天,我们离开滞留了六天之久的龙普村。转山之旅也已接近尾声。从这里到澜沧江需要三天时间,其间将翻越三座大的垭口。

第一座是堂堆拉,海拔3350米。那天我被马蜂蜇伤了脚和腰部,疼得钻心。我拖着一条腿穿梭在林子里,行走在山坡上。后面赶上来的转山者告诫我说这样走路很危险,但我实在是没有办法。

堂堆拉是个森林环抱中安静的小垭口。走在我们前后的都是各地来的转山者,其中有一队人居然来自拉萨北部的那曲。跋涉万里远路来转山的虔诚,让我不胜震惊。

穿过林带下了山,就能看见怒江支流玉曲河两岸那刀削般的峭壁了。如果能从这边的山崖上走过去的话倒是可以抄近路,但实在是过于危险,所以只能翻越达古拉垭口,迂回兜圈一整天。沿着玉曲河边的路一直往下走,地势逐渐变成开阔的山谷。路上遇到了乞讨食物的转山者。

当天晚上我们住在格布村的一所空房子里。

第十七天,翻越海拔4100米的达古拉垭口,格布村和达古拉的海拔相差1800米。这是我们出发至今走过的最长一段爬山路。

天还没亮,我们就点着照明灯出发了。被马蜂蜇肿的伤处已经消肿,所以我的身体状态还不错。这片斜坡上的视野非常好,从这里横切下山,然后一鼓作气往林带上攀登而去。雨又下了起来。

路遇采松茸用的小屋子，我们停下来吃午饭。在那里还遇到了只身一人从拉萨来转山的僧人措布，大概是三十大几的年龄。我们相伴着走了一段路程。

再往上走，树木的高度明显变矮。就在快要到达林带边缘时达古拉垭口到了，从出发到这里用了五个半小时。落叶松的叶子已经变得金黄，美极了。有雾，所以视线不是很好。

四岁的母骡子"花敏"的状态不太好，口吐白沫，看样子是吃了有毒的杜鹃花。安堆把骡子的舌头拽出来用针扎进行放血治疗。只消片刻，它就好像什么事都没了，满血复活。安堆善于养马的名声果然名不虚传。

林子里到处都是松萝，空气出奇地好。我们用了四个小时下山，走到了玉曲河上游的峡谷，这一大圈的路总算是兜回来了。接着朝说拉垭口方向溯流而上，一个半小时后到了来得村。出发到此整整走了十二个小时，真是漫长的一天。

我们在村边支帐篷准备宿营，僧人措布也来借我们的帐篷过夜。虽然四个人睡在一个帐篷里非常拥挤，但对僧侣却不敢轻慢。离我们熟悉的明永村就只差一天的路程了，我们都因为开心而兴致盎然。

晚上，我们让措布给我们讲讲十二座神山的事情。他说除了卡瓦格博，还有珠穆朗玛峰、冈仁波齐峰、南迦巴瓦峰等神山，他已经把这些神山都各转过一次了。

第十八天，到达转山路上的最高点，海拔4815米的说拉垭口。

上去 1700 米，下来 2600 米，一段漫漫路程。

这一天又是没吃早点就摸黑出发了。树木的缝隙里闪烁着星光，我们在森林里迎来了朝阳。今天我难得地走在队伍的前面，安堆他们也没追上来。这一路下来他们也累坏了。树林外，是一处叫作"梅求功崩"的台地，据说采冬虫夏草的人们常在这里扎营。一到说拉下面的冰斗就开始有积雪了，九岁的母骡"福利"陷在雪里折腾了一阵子，还好有惊无险。

过了中午，我们跌跌撞撞地到达垭口。这里的经幡一多半都被埋进了雪里。安堆他们三个未做停留，径直下山。

"呀拉索！"

我大喊了一声，开始观察垭口的两侧。两面的冰斗都被雪盖住了，能够平安抵达这个地方，我心中充满感激。拍照片的时候风越来越大，我用冻僵的双手拍完照，迅速走下垭口。

下山的路上有大片大片的杜鹃花群落。时值深秋，杜鹃花丛只剩下茎叶，如果是在盛放的季节，景色一定很壮观吧。沿着坡度很大的溪边沼泽下山，我们在水流中间东挪西躲，踩着满地碎石子向下走，追上了拖着伤腿蹒跚而行的措布。大概是因为长时间负重走路，引发了他的膝关节痛。我们说起在垭口上遇到强风的事，他说道：

"知道为什么会有那么大的风吗？在那个垭口上是不能长时间停留和拍照的。因为你破了规矩，所以那是在惩罚你呐。"

这到底是怎么回事？当时我并不明白他说这句话的真正意思。

从卡瓦格博山顶到澜沧江,落差4700米的大斜坡。明永村就在从山顶逶迤绵而下的明永冰川融水造就的山谷中

夏季的明永村。玉米地里有很多繁茂的核桃树

扎西村长一家。左起依次是：央宗、扎西、嘎玛次里、卓玛拉姆、弟弟

扎西村长（三十七岁）

从村中水渠接水喝的斯那次里（六岁）。冰川融水冰冷刺骨

尼玛乌姆（十五岁）和噶太次里（一岁）

在窗口做个和平手势。正在哭的是已经两岁的喝太次里

小阳春天气里,舒舒服服地泡个澡

秋季的明永村。每家屋顶上都晾晒着黄澄澄的玉米。红色的是辣椒

剥核桃的手会被色素染成黑色

用自家种的小麦磨粉做成的烙饼"库瓦"　　　　　　　制作青稞蒸馏酒"阿日"

用猪肉制作盐渍琵琶肉"帕夏"　　　　　　　　　　当地叫做"尼阿姆"的蒸馍

热气腾腾的酥油茶　　　　　　　　　　　　　　　给鸡脱毛什么的，小菜一碟

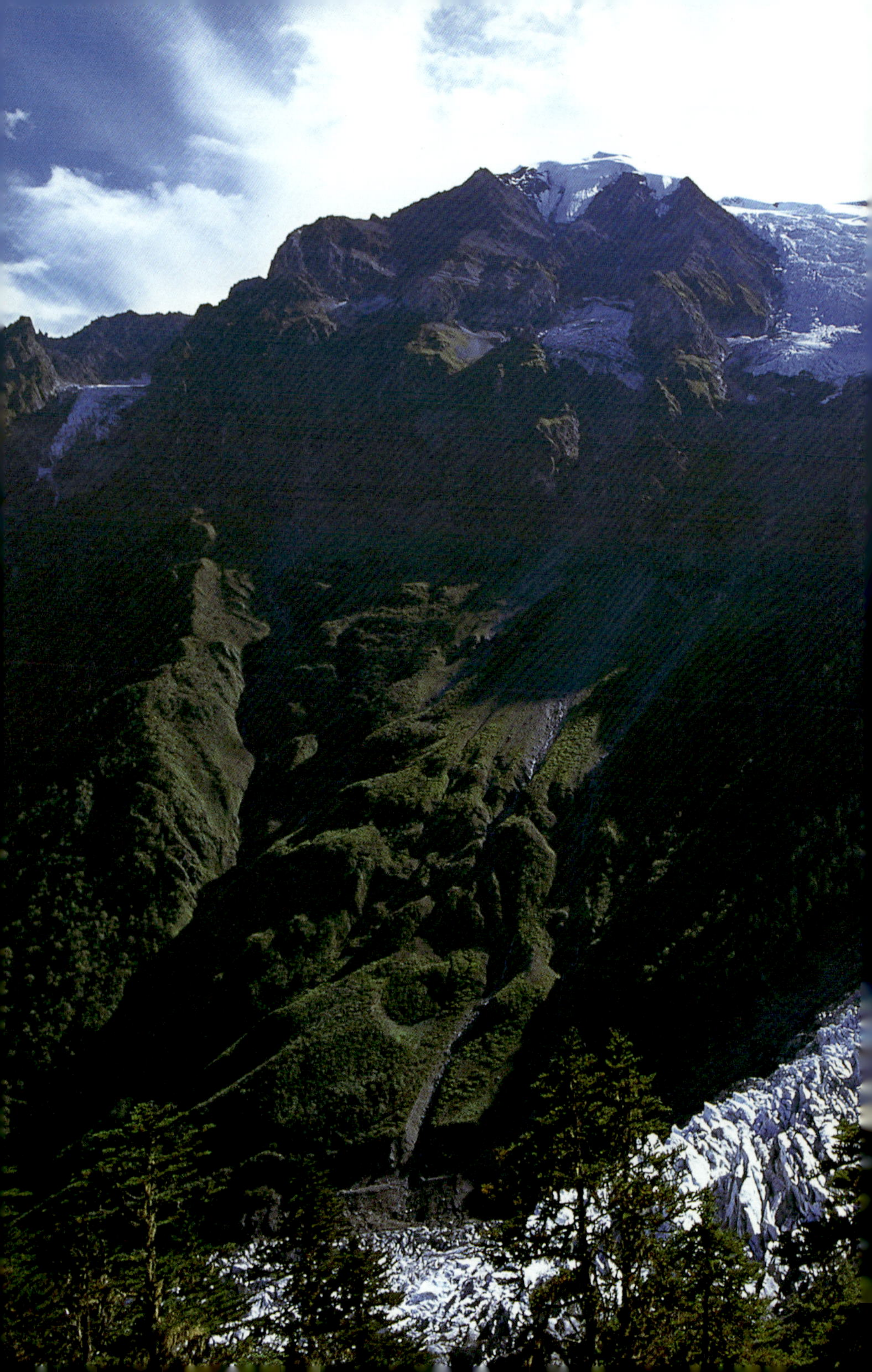

森林中间的明永冰川。右上侧的冰瀑落差有近千米。下面皱褶的雪原就是发现遗体的现场。冰瀑一直绵延至图片前景的树林处

卡瓦格博转山者正在参拜岩壁上的佛像

怒江支流上的峡谷，谷底就是转山路

转山路上经过生长着高大仙人掌的干热地带（海拔1800米左右）

沿着森林边缘的草地行进的转山者（海拔3600米左右）

白桦树的叶子已变黄，上面挂着很多松萝

从鲁·为色拉眺望卡瓦格博的南面。眼前耸立的岩壁落差约在3000米左右

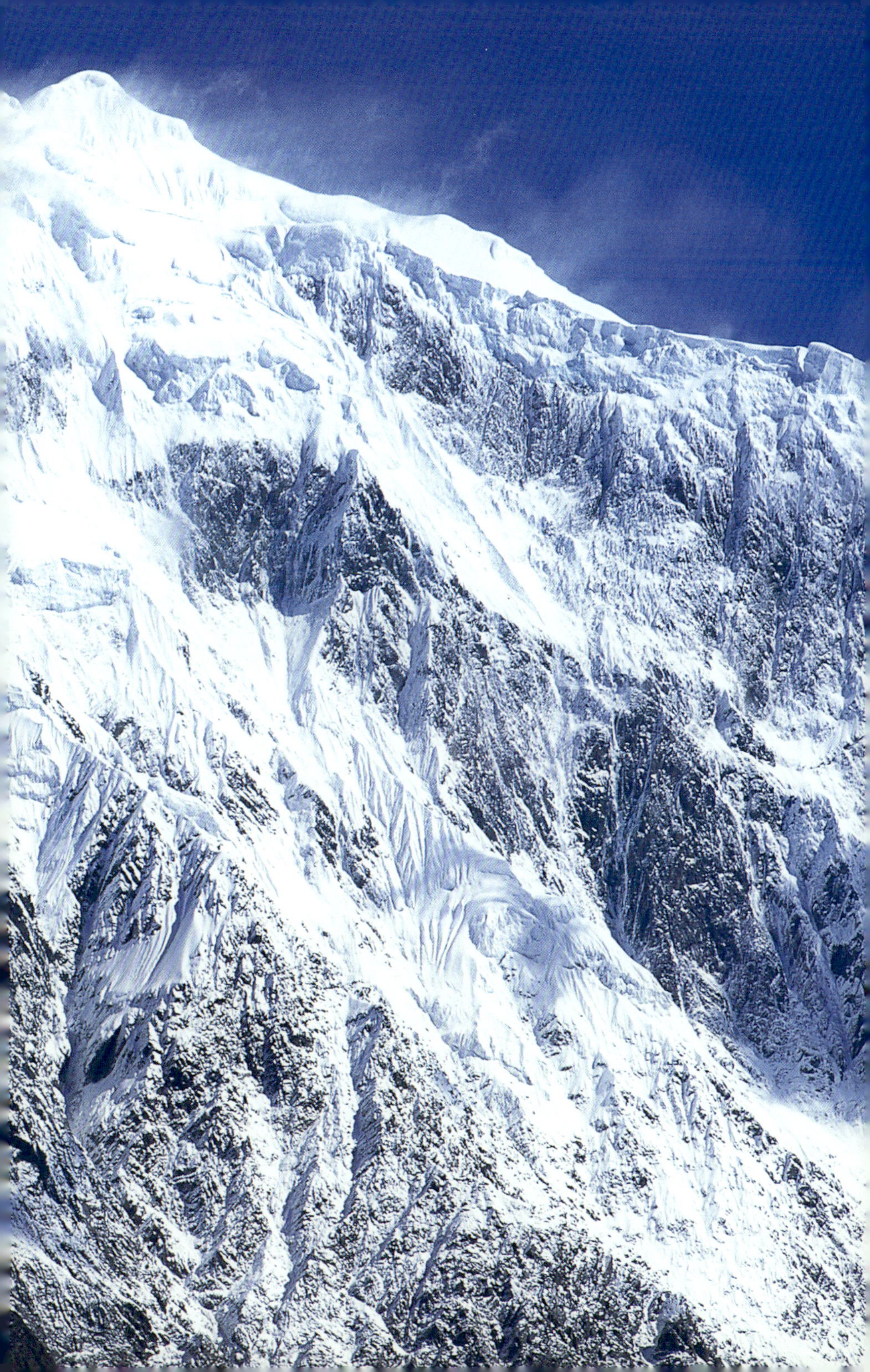

向着转山路上的最高点说拉垭口（海拔4815米）行进

月光下的卡瓦格博

春季里桃花繁盛的明永村

四

III

梅里雪山
的四季

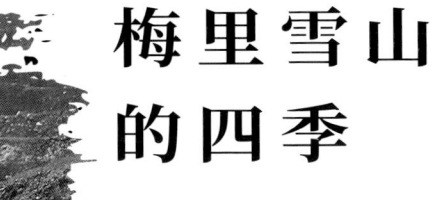

の梅里雪山

山之魔力、山之神圣、山之丰饶

正月里的祭祀

2000年1月末,为了体验严冬时节的梅里雪山,我搭乘老掉牙的长途汽车从昆明出发一路摇摇晃晃而去。第二天,在到达金沙江和澜沧江之间的垭口时,开始下起了暴风雪。我是长途汽车里唯一的外国人,其他乘客都是回家过年的归乡人。所有人的手里都拎着大包小包的年货。

这是从昆明出发的第三天,雪太大,长途车抛锚了。我和十几位藏族乘客一起被安排上了一辆拖拉机的车斗。因为没有车篷,拖拉机开始跑起来以后刺骨的寒风简直要把我撕碎了。为了不被从车斗里甩出去,我死命抓住扶手丝毫不敢放松。夏季从昆明一天就能到达的地方,现在用了四天才总算到了德钦县城。

德钦县城,是一座紧挨着梅里雪山的藏族城镇。在狭长的山谷里,建筑顺着山坡自上而下分布。此刻小雪纷飞的街道,被购买年货的顾客们挤得热热闹闹。

第二天我又坐着长途客车，离开隆冬时节的德钦，往海拔落差1200米的澜沧江山谷一路开去。路途过半就已经能看得到明永村了，这儿没有什么积雪。啊，何止是没有雪，青稞嫩芽都已经冒出来了，地里一片绿意盎然。因为在谷底的村子海拔很低，所以气温较高。

一进村子，就有孩子发现了我，朝着我挥手。他们还记得我！一种回归故乡的感动霎时涌上心头。

走进扎西家的院门，阿尼嘴里说着"小林来了哦"，走出来迎接我。扎西村长也笑脸相迎，相隔三个月，我们又一次握手重逢。

"这次我是想来过春节的，不知道还可不可以住在您家里呢？"

"当然啦，这还有什么客气的？"

扎西答应得爽快而肯定。虽然这次的目的不是搜寻遗体，但他仍然和去年一样热情地接待我，这让我感到非常开心。

屋子里没有暖气，比预想的还要冷一些。阿佳端上来的热酥油茶驱走了身上的寒意，这份温暖也融化了来到这里之前一直心存的不安。

从第二天到春节前的两天里，我拿着冲洗出来的去年的照片挨家挨户分发。很多家庭都在杀年猪，炸油粿子，不时能听到杀猪时刺耳的猪叫声。

除夕，阿尼上房顶悬挂新的经幡，扎西用新漆重新描绘棚顶上象征吉祥的"卍"字图案。佛龛里供奉着水果和点心，过年的一切准备已经就绪。

公历2000年的2月5日是这一年的农历正月初一。每年春节的具体日子和年节持续的时间都会因年而异。据说今年的明永村，春节有十二天。

清晨4点钟，隔壁人家的爆竹声就开始响了起来。8点左右，天亮了，扎西家的春节祭祀也开始了。一家人穿着簇新，共同迎接新年。早饭是大米和青稞粒的混合粥，还有细长的藏式炸粿子（卡自）等点心。

早饭结束后，扎西的侄女此里吉堆（八岁）端着一盘点心和一瓶青稞酒来了。正月之始是孩子们串门拜年的日子，她站在那里，看起来很有些紧张，样子很可爱。邻居在放礼炮，年轻人们敲着锣在村里游行。隔壁人家里传来念经的声音。

下午，我去拜访相识的人家，结果从中午开始就一直被劝酒。他们家的朋友和亲戚也一个两个地陆续来到。他们一直劝，我一直喝，一直叨扰到晚饭时间，大家一起享用了一大桌丰盛的美食。就这么着，大年初一悄悄地到来了。

从正月初一到初四没什么特别的大事，大家都在悠闲地转亲戚拜年。离村子挺远的佛塔那儿，一整天都有老婆婆们在绕塔祭拜。

初四，我去拜访以善制弓箭而闻名的布村。男人们在村里的广场上练习射箭。弓高等身，靶子在数十米开外。从这个布村也可以望到卡瓦格博。位于峡谷的底部，却能清清楚楚地看到卡瓦格博的村子，大概只有明永和布村两个村子。

关于梅里雪山，有着各种传说。最为知名的，当属将梅里雪山山脉看作一个家庭的那则神话。最高峰卡瓦格博是一家之主，高耸入云的缅茨姆是他的妻子。卡瓦格博两侧大大小小的山峰则是他俩所生的孩子，以及他们的护卫。这些孩子和护卫的名字，在不同的村子有不同的命名。因此我向一位观看射箭的老人询问布村人称呼他们的名称。本来一开始很热情地给我讲解着的老人，聊了几句后突然严肃起来，盯着我说了一些什么。因为听不懂，所以我拿出笔记本写汉字交流，原来他说的意思是："日本人不要再攀登卡瓦格博了。""爬这座山的人会死的。"我似乎被这突如其来的话刺了一下，也由此深刻明白了住在山下的人们对这座神山有着何等虔诚的信仰，并怎样拼尽全力在保护他。

初五，明永村正月里的仪式正式开始了。因为非常看重五的倍数，所以村民要在初五去太子庙做正月的初次祭拜。从村里出发走两个小时到了海拔3000米的太子庙。村子周围没有积雪，但寺院附近却是一个银装素裹的世界。来参拜的人们拨雪开路，往寺院走，在院墙外面焚香，嘴里喊着"呀拉索"向神山祈祷，然后进到寺庙里，向佛像磕长头。

仔细琢磨这个参拜仪式，有一点很奇妙。这是在同时参拜山神和佛教的神。神山崇拜和佛教信仰本来应该是两回事，但从村民的参拜仪式看，两者都是信仰对象，地位等同。去年在明永村长驻时我感受到了村民们对卡瓦格博的信仰。他们对山充满了敬畏，又像爱亲人一样爱着他。连从未受过宗教浸染的我都觉得，在这个地方敬拜卡瓦格博是件再自然不过的事。

从初六开始的三天，村里广场上每天都会跳藏族舞蹈。我这次到明永后第一次看见卡瓦格博，就是在开始跳舞的第一天。他比夏天雨季时更加银光闪闪。

村里的人们穿着鲜艳的民族服装，在广场上围成一圈，舞蹈开场。他们和着弦子的旋律，同唱共舞。粉色和棕色为主的藏装在冬季素色背景的映衬下显得分外明艳。此情此景，宛如在向卡瓦格博敬献歌舞。组织歌舞会的家庭似乎是每年轮班的，其他村民则边喝酒边观赏，享受这热闹的时刻。

晚上有夜场的活动。除了传统的歌舞，还有孩子们的游戏、年轻人的交谊舞以及男人们的喜剧表演等。为了在这一天闪亮全场，大家平时都会铆着劲儿悄悄练习。观众们在星空下围着篝火欣赏表演。夜场是不散的，有时候场地专属成年人的传统舞蹈，有些时候则会变成年轻人的交谊舞池。

初九，这一天明永村要举办赛马会。一年半之前刚通的公路提供了很大的便利，成了赛道。共有五十匹骡马竞争比赛名次。这个赛马比赛据说由扎西提议，新近才开始举办，别的村里看不到这样的活动。扎西当村长后似乎给明永村注入了吸纳新鲜事物的力量。

初十，是参拜村外佛塔的日子。虽然走到佛塔只不过十分钟的路程，但前往佛塔的男人们必然都会穿戴整齐，还要给骡马备上装饰一新的鞍子。所有人到齐后，人们开始在佛塔前跳起与前日完全不同的气氛庄重的舞蹈。

舞蹈告一段落，家人、亲戚们集中在佛塔周围，开始享用带来的丰盛食物。这个佛塔似乎有着什么不寻常的意义。

在就餐的间隙，身边的老人给我讲了关于卡瓦格博的传说。

"早年的时候，藏族人内部发生了战争。敌方的士兵从来没有见过卡瓦格博。待他们进攻到德钦一带，第一次看到卡瓦格博便慑于神山的美丽与威严，约定凡是能看得到这座山的地方，都不可再起战事。"

因为是信仰虔诚的藏族人，这传说确有其事也说不定。老人接着说：

"还有这么个说法。在卡瓦格博的怀抱里有一汪隐形的湖水，水的颜色就像牛奶一样白。平时是看不到的，但一旦出现了，那就一定会发生不好的事情。听说你们登山队遇难之前也有人看到这个湖了呢。"

真是个可怕的说法。如果说神话传说之类总会有着某种因由，那么这个传说是怎么来的呢？我暗自决心一定要找机会寻根问底。

用餐结束，整理好衣帽服饰后男人们骑上骡子，大家一起回村。在村口，穿着民族服装的女人们正手把酒盏迎候着。男人们到了跟前，用手指在酒里蘸一下，然后向着天空弹三次，这似乎是个辟邪净化的仪式。在这之后，只有年长一些的男人和女人们聚集在广场上，开始跳传统舞蹈。

据说今天的这一系列活动都是为了纪念建造佛塔的那位活佛。活佛自印度远道而来，自从他建造了这尊佛塔之后，村里的水患和灾害少了，也不再有战争。佛塔守护着整个村子的安全和吉祥。可见他们的信仰不只是在心中，与现实生活也紧密相关，所以才会如此坚定吧。

村边的白塔

正月十一，广场上又有欢乐的歌舞会。

正月十二春节结束，这一天也是饮神水的日子。所谓的神水，是指从佛塔附近的岩缝当中涌出的泉水，至今不曾干涸，所以被视为神圣之物。村里人用这水熬了酥油茶，所有人一起享用。这一天的人们不是对着佛塔，而是面朝卡瓦格博的方向安静地坐着，这是在感谢清澈泉水的源头——卡瓦格博。

Ⅲ 梅 里 雪 山 的 四 季

阿尼曾对我说，春节是他在一年当中最喜欢的节日。为了亲眼一见，我来到冬季的梅里雪山。春节期间有很多农忙时节体会不到的乐趣，神山信仰则自然而然地融于其中。虽然因为不懂语言，无法一一理解每个仪式的意义，但仍然能够深刻地感受到人们的生活和卡瓦格博之间那根紧密的纽带。

明永村的春节仪式结束之后，我又在附近的村里转了一阵子，一共停留了一个来月时间才离开卡瓦格博。

离别的前一天，扎西和副村长设宴为我送行。席间，他们将称为"卡达"[1]的白色绸缎戴到我的脖子上。在藏族风俗中这是在表达祝福。我这次来和遗物搜寻工作没有任何关系，只是纯粹的个人拜访。这条卡达，证明了我作为"一个人"已被大家所接受，这让我喜不自胜。

第二天，我离开明永村沿澜沧江南下。桃花和油菜花正开得烂漫。3月初，卡瓦格博的春季到来了。

初夏时节割麦子

我在3月下旬回到了东京，回归日常生活。只是坐在杂物凌乱、仅有四叠半榻榻米大的公寓里，或者在地铁里一分一秒地数着时间

---

[1] 藏语称为卡达，蒙古语称为哈达，此处沿用藏语叫法。

过去的时候，在卡瓦格博山下度过的日子就会从回忆里跳出来。在大自然怀抱中的山居体验和被人造物品包围的都市生活，其间的天壤之别让我感到困惑和迷茫。就好像是我在另一个世界里走了一遭回来，在卡瓦格博的那个我和在东京的这个我，成了人生链条上的两个断点。

不过，一个月后，我又习惯了都市生活。接下来，为了体验梅里雪山中我尚未遇见过的季节，我决定再次出发前往卡瓦格博。一方面，遇难队员中尚有五人的遗体还未得到确认，马上就到积雪融化大地开春的季节，可能还会有遗体和遗物出现；另一方面，家属和山岳会的同人们也在翘首企盼今年会有新发现。

两个月后，我又一次踏上了探访初夏时节明永村的旅程。

5月下旬，山上到处盛开着紫色和桃粉色的杜鹃花，地里的青稞穗已经薄染金黄，去年初冬时种下的青稞正迎来收获的季节。

回村第二天，我就迫不及待地到青稞地里散步。泥土的清新气味沁人心脾，从朝阳辉映下的麦穗中间走过去，我站到高大茂密的核桃树下向上仰望。

"阿木！（对小孩子的一般性称呼）"

从远处传来母亲招呼孩子的声音和家畜的各种叫声。周围的山上深深洇染着油油的绿色，我整个人似乎都已经融化进这个环境里了。在东京的生活里萎缩了的感官得到了解放，在这一刻与大自然

Ⅲ 梅 里 雪 山 的 四 季

瞬间融为一体。

每到这个季节，各家各户都会把农家堆肥运到地里，集全家的劳动力一起收割青稞。村里到处都能听到热热闹闹的歌声、笑声。

"是怎么做到如此丰饶多姿的呢？"

最初住进明永的时候我就曾惊愕于这种"丰饶"。

这就是那座夺去了十七位登山者性命的魔力之山。俯瞰峡谷，谷底除了贫瘠的山坡一无他物，干燥且赤色连片的地表很是刺目。看到这个，心里不禁想，那一个个小村庄里的生活将会是怎样的贫苦？

但是一旦看到在那里生活着的人们，脸上的那种明快笑容，与贫穷和苦闷完全挨不上边。山坡的上部是成片的森林，本以为没什么收成的小村里，种类丰富的作物正在生长。卡瓦格博的雪给山下提供了稳定的水源。山谷里海拔低，温暖的气候全拜这座大山所赐。这座有魔力的山，孕育着多样的生命。

收割持续了两周左右，结束后村民开始往地里施肥。削去猪圈地面的上层得到的就是肥料。这不是土。半年前在猪圈里提前铺上树叶、秸秆屑等，半年里任由猪的粪尿混合和猪群踩踏的充分搅拌、发酵分解，将其挖出来，再换新的树叶和秸秆碎屑进去以备明年用。这样沤出来的肥料经过了完全发酵，冒着热气。

"就是因为有了这种农家肥，青稞和玉米才得以连年不歇地耕种哦。"

阿尼这样告诉我。

这样的循环也会从土地逆向惠及家畜，因为地里生长的杂草和玉米的茎秆都会成为猪和牛的饲料。几乎没有什么东西是毫无用处的。这个地方之所以如此富足，其中一个原因，大概就是因为拥有这样完美的循环型农牧业。

地里施过肥，就要给"佐"套上犁，开始犁地种玉米了。6月中旬，等到收割的青稞干透了，开始脱粒的时候，山村也将进入雨季。

收青稞的三个星期内，村里的人们从早到晚都在地里劳作，因此原来计划的搜寻工作和高山之旅一直无法进行。直到6月底，第一次搜寻才得以实现。

当天，不合时宜的雨时缓时急，我和扎西两人冒雨攀登冰川。高山上盛开着常绿杜鹃。

我们爬山上到去年主要搜寻现场的高度之后转到冰面上。大半的冰川表层上仍然覆盖着积雪，所以裸露物品很少，不过我们还是发现了安全帽和衣服的残片以及一些骸骨。在离遗物200米远的冰川下游，可以看到冰瀑的流落口。我们意识到今后仍然需要定期巡回搜索，就结束了当天的工作。

晚上，我和扎西商量今后的搜寻方式。我说："今年我无法长期驻留在村里，怎么办好呢？"扎西回答说："如果像去年那样，有日本人参加是最好不过的，但是我们自己也可以进行搜寻。""真的吗？如果发现了遗物和遗体怎么处理呢？""遗物和小块的骸骨，就集中在岸上，到秋天时一并运下去就可以。不过，如果发现较完整的遗体我们会通知你，你们需要过来认领。""明白了，如果可以这样拜托你们的话就太好了，我会告知山岳会。"

扎西说："咱们今天搜寻的那个地方你也看到了，下面是个冰瀑。如果遗物掉到那里面的话会比较危险，人进不去，无法靠近。所以今年的搜寻工作很重要。"我们考虑的正是同一个问题。在一起经过了十多次搜寻之后，我们俩的想法越来越合拍。由村民独力承担搜寻工作这件事，我俩也曾经反复讨论过多次。更可喜的是，我们之间不需要翻译也能够有一定程度的交流了。我决定接受扎西的提议，从今年开始进行由村民独立承担的搜寻活动。

7月初，在村里待了一个多月后，我准备回日本。此时玉米的嫩芽刚刚开始破土，露出一张张羞涩的小脸。开始长驻明永村正好是在一年之前，彼时也正值细雨滋润初绿的玉米地。我感知到了这片土地上一整年时光的长度。卡瓦格博又被笼罩在了云雾中，我不断回眸，看着那些和一年前一样的雨季景物，踏上归途。

与遗属们同行

我走后，扎西开始按约定定期进行搜寻并发送报告。

9月初，又有两具遗体被发现。因为我当时无法脱身，所以由山岳会其他人员代为前往收容遗体，所幸事情也进行得很顺利。其中一具遗体被辨明是广濑显。广濑对梅里雪山抱有十二分的热情，是参与过第一支和第二支登山队前前后后所有过程的唯一一位日方成员。

此次派去的人员，在德钦与当地的高虹主任的多次交流中意外发现了一件事。两年前，在第一次进行遗物收容时曾有五具遗体未能辨明身份。笹仓俊一的笔记被找到也是在那一次。据高虹主任描述，笔记本是在一具相对最完整的遗体上发现的，也就是说那一位很可能就是笹仓。这是我第一次听说此事。在当年首次发现遗体和遗物时的慌乱状态中，中日双方之间的联络很不充分，由此错失了本来有可能辨明遗体身份的难得机会。

听说此事后我惊愕万分。我当时也在遗体发现现场，而在山岳部时代我与笹仓又是近乎形影不离的好朋友。可我竟然没有能够辨认出他的遗体，我对自己的失误懊悔不已。

处理遗物的山岳部会员回国后，我尝试去寻找两年前带回的骸骨。但那些骸骨早已经随同其他遗物一起埋葬。我们犯下的错误已无可挽回。

山岳部将此事如实汇报给了笹仓的父母。第二天，我在极度沮丧懊悔的情绪下给老人打了电话，是笹仓父亲接的电话。我当时原本做好了面对严厉指责的心理准备。但是听到我的连连道歉后，老人却说："小林君，这是没办法的事。其实在两年前，听到对于未明身份遗体的描述，我就想过'这不就是我的儿子吗？'，所以当时已经道过别了。虽然现在事已至此，但对我来说已经不算是多大的打击了。"

对我们来说，这番话无疑是最大的慰藉。

笹仓的母亲接过电话说："虽然他爸爸这样说，但我仍然无法接受。昨夜一直在回想往事，以泪洗面。"虽然笹仓母亲说话的语气很温和，但我能感受得到她内心深处满溢的、无处安放的悲伤。面对命运的无情，似乎是在责问："这是为什么？！"我无言以对。

在确定了广濑和笹仓的遗体身份后，山难搜寻第三年，十七位遇难队员中已有十四人的身份被确认。

这一年10月，我为完成第二次转山计划，再次回到了明永村。日本的五位遗属也和我一起同行，他们想亲眼看看发现遗体的冰川。

从日本出发后的第二天傍晚，我们一行人安全抵达了海拔3300米的德钦县城。五位遗属中有四位都已是七十岁左右的老人，我很担心他们会有高原反应，幸运的是大家都安然无恙。当天我们就去到飞来寺旁的慰灵碑祭拜、献花并祭酒。雨季尚未结束，卡瓦格博峰上雾霭厚重，未能得见。

第二天到达明永村。见过扎西村长后我们就去了太子庙，日落前到达了明永冰川边上。我看到五位遗属的精神状态很好，稍感心安。这是逝者家属们第一次到达明永冰川。因为最初担心他们的身体状况可能会出问题，怕是来不到明永村现场，所以在他们终于可以亲手触碰到冰川的时候，我心中感慨万千。

当晚我们住宿在太子庙附近新建的山庄里。一直到此时，卡瓦格博仍然一次都没露出真容。

第二天，我在心中默默祈祷着慢慢睁开眼睛。走到外面，看到在未尽的夜色中卡瓦格博赫然矗立在眼前，周边一丝云彩都没有！五位遗属也已经起床，我们站在视野最好的地方，默然等待着日出时刻。半个小时后，曙色微晓，山顶上映照出第一道桃色的光芒。随后光线逐渐增强，覆盖了整个山脊。五个人目不转睛地看着，生怕错过一丝一毫。噙满泪水的、带着愠怒的、柔和微笑的……此时离山难已时隔近十年。我无从想象在此期间他们每一位的人生都经历过些什么，对这座山又抱持何种想法，只知道我必将终生铭记他们当时的眼神。

当天下午回到村里，我们再次拜访了扎西村长家，并在村中民宿住了一晚。那天晚上一位遗属说的话，让我印象深刻。"在山难发生后第一次看到的卡瓦格博和今天看到的日出时分的卡瓦格博，竟完全不像是同一座山啊。"没有什么能比这句话更能清楚地描述出作为逝者家属的他们，十年前看到梅里雪山时心里的感受。失去亲人的苦楚与悲伤，都包含在这平静的言语当中。

翌日，我们离开了明永村。归途中，看到卡瓦格博再次拉上了沉重的云雾帷幔，姿容不现。

机场送别了遗属们后，我回到明永村，立刻与扎西和马进武一起投身2000年最后一次搜寻工作。大概是受到温室效应的影响，明永冰川的外观变化很大。冰川末端已经退后10米左右，表面高度也降低了约3到4米的样子。冰川沿岸的情形也是迄今为止遇到最险要的。置身于似乎下一秒就会崩塌的冰块中间，我们在近乎垂直的冰壁上凿出落脚点，跨越尖细的冰脊前进。

　　遗物散落的区域，较去年已经下移了约200米。向上游眺望，可以清晰地分辨出两年前和一年前的位置，以及与当年位置的差距。

　　这一天我们收集到了一组未明身份的遗骸，以及约四十千克重的遗物。正如在6月份时所预见的，待到明年时，遗物散落的区域大部分会埋进冰瀑里面。到时候搜寻工作就会变得更加困难。因此这一天我们越发用心地搜集，之后结束了第三个年头的搜寻工作。

　　搜寻一结束，我就随村民们一起出发去转山了。

　　同一座山，拥有着不同样貌的多个侧面，同时又寄托了芸芸众生各自的信念与想象。对

祭拜飞来寺慰灵碑的日方遗属

我来说，对卡瓦格博的不同形象的想象可分成"魔""圣"和"丰"，以及对"登山者""遗属"和"依山而生的人们"的思考。

无数复杂多样的要素，交织塑造了这座名叫卡瓦格博的大山，而其背后广阔又深邃的未知所带来的吸引力，对我来说更是有着无限的魅力。

卡瓦格博巡礼

梅里雪山的雨季结束得很迟。一直到了10月中旬以后，能看得见卡瓦格博的日子才渐渐多了起来。澄澈碧蓝的天空下，红叶漫过山麓的时候就到了巡礼的时节。

1999年的那次转山，因为是在雨季结束之前，阴雨天气居多，没有能够见到卡瓦格博西北侧的样貌。一路上还感受着当地人的冷漠，旅途结束时简直有种得到山神赦免的感觉。

2000年，是我在明永村驻留的第二个年头，我再次出发，踏上梅里雪山巡礼之途。选定出发的日子比上一回晚了二十天，就是为了契合看得到山貌的好天气。我也祈盼着能在这一次的巡礼中领略到卡瓦格博作为神山的更多侧面。

多克拉的雪

10月下旬，我们的小小转山队伍开拔了。这次预计会用二十二天的时间转山一周。同行的队友和去年一样，还是安堆（四十七岁）、扎西尼玛（三十四岁）二人。我们将带上两匹分别叫"福利"和"花敏"的骡子。最初的两天都是大晴天。我们在炎热而干燥的茶马古道上艰难前行。晴空万里，我们便以为雨季已经完全过去了。

然而第三天却是个阴天。我们和转山的众信徒一起从永久村出发。身边的男人们都背着很大的包裹，上面挂着锅和水壶，走得汗流浃背，妻儿跟在后面。妈妈们将小孩子放在背篓里，大一点的孩子则跟着父母走路，像是要去郊游一样，看起来开心热闹。老人们缓步跟在队伍的最后。每个人脸上都洋溢着快乐，精神饱满。

坐在包裹上歇息的转山者母子

第七天，晴。这家主人次里诺布带了两个人来。穿着普通衣服的他们，一手拿着斧头和铁锹，一手拎着干粮袋。这样的装备，真的可以吗？

我们六个人出发了。秋色浓重，层林尽染，树木缝隙间透出来的阳光美极了。晚上还是住在永是塘熟悉的小屋里。次里诺布他们仨没带寝具，就那么抱膝蜷在火塘边上睡着了。

第八天，从清晨开始一直万里无云，但寒气袭人。

爬上冰斗，宽阔的雪原银白耀眼。通向垭口的山坡完全被雪覆盖，遥遥可见转山者们的身影。途中看到一头倒毙的骡子，大概是在雪地上失足跌落的。我夹在转山者的队伍中间踏雪爬山。所有转山人都戴着墨镜。

出发四个小时后又到了垭口。积雪比四天前更厚了，寒风阵阵，天空澄澈无垠。我望向西坡，次里诺布等三人正在用斧头和铁锹在坡上凿出台阶。因为只是凿刻在各个险要处，所以进行的速度比想象中快了很多。只是，冰斗的底部仍然显得很遥远。

我站在垭口上，观察着风马旗周围的转山者们。他们高声吟诵祷词，然后将带来的风马旗系在岩石的一角。这种风马旗，藏语叫作"拉铁"，大多旗子上印着藏文的经文以及马的图案。据说风吹动旗子，就象征着马儿飞向人间各方传播佛经。旗子上马的图案叫作"润塔（风之马）"，转山者们绕垭口三周后迅速往山下走，避免长时间逗留。

我们的队伍终于爬上来了。安堆停住骡子，自己过去查看前路，次里诺布等三人早已走到了下面。安堆大喝了一声，两头骡子听到前进的信号开始往山下走。我们踩着他们在坚硬的积雪上凿出的台阶，沿着四天前难住我们的这条陡坡徐徐下行。真是上天保佑啊！心中升起的激动让我浑身震颤。没多久，凿完了台阶的次里诺布也走了上来，五个人从两边护着骡子继续下行。"福利"滑了一下，但他们合力拽住了，有惊无险。这真是一段出色的团队协作。

半小时后，走过数百米的急坡，两头骡子都平安到了山下，终于大功告成。次里诺布他们的自信果然了得。这些和山生息相依的人们，其力量和智慧让我深深折服。

当晚，我们到林带边缘扎帐篷宿营。正准备睡觉时，我发现自己患上了雪盲症。两眼灼热刺痛，一直不停地流眼泪。原以为不过就是在雪地里待上几个小时而已，这份大意让我意料之外地中了招。海拔4500米上的紫外线强度远比想象当中厉害得多。我这才明白那些平日完全不拘小节的藏族转山者都戴着墨镜的原因。

翌日清晨醒来，眼睛停止流泪了，但还是有些对不准焦距，身体平衡就比较差。我落在队伍后面，沿着沼泽边上长满青苔的小路踽踽独行，有时也能遇到几个停下来吃东西的转山者。我试着用汉语对他们说："可以拍照吗？"那几人一声不吭地盯着我看，眼神有点吓人，我便逃也似的走开了。他俩正在前面等我，扎西尼玛虎着脸对我说："小林，你这样一个人走是很危险的哦。"自那以后，我行动时就更加谨慎小心了。

近中午时到了鲁·为色拉。今年可以清楚地看到卡瓦格博的南坡景观。去年安堆和扎西尼玛没有看到这边的景色,此时如受招引般地磕起长头来。刚才还在热热闹闹聊天的两个人突然这样认真地跪拜起来,这让我有些吃惊。我第一次见他们虔诚得如此心无旁骛。后面又陆陆续续有转山者走过来,他们也同样面向神山,烧香念经。看到此情此景,我突然为去年的自己感到羞愧。当时我自以为是拍摄卡瓦格博南侧景观的第一人,现在想来这是一种多么无知的傲慢。自我拍到那些照片的数百年前开始,这座山的形象已经被世世代代转山的藏族信徒们看在眼里,刻在心里。撇开世居的当地人,反以"世界第一人"自诩,今后断不能再如此夜郎自大了。

那天晚上,有一位独行的转山人挨着我们的帐篷宿营。他希望能够通过转山祈福,治愈自己所患疾病。生着病,还要背负沉重的行李徒步转山,其中的艰难一定超乎想象。那人铺开褥子,以磕长头的姿势进入了梦乡。

第十天,我们经过那通拉。垭口上有来自青海的转山者正在歇脚。让我感到非常惊讶的是,其中有好几位拿着相机和电子游戏机。虽说是转山这样神圣的事情,但做这件事的毕竟都是凡夫俗子。在轻松的交谈中,他们愉快地满足了我为其拍照的愿望。

第十一天,到达怒江干流。去年经过这里时江水还是非常混浊的茶汤色,而今年比去年的日子只晚了二十天,江流已然清澈见底。单是看水的颜色,便可知雨季已经结束。怒江两岸分布着好几处地图上未被标记的村落,多处河面上架着供两岸村民渡江用的溜索。当晚我们就住在江边。因为天气特别好,连帐篷也没有搭,就地铺了席子便睡下了。夜色初降时分,两位十四五岁少女突然到访,把我们吓了一大跳——原来是来兜售土特产的对岸村民。看到她们篮子里的石榴和核桃,被每日单调的方便食物折磨得苦不堪言的我们喜出望外,当即成交。买卖做完,她们二人走到江边的一处溜索,用滑轮顺索而下,如同被吸进了夜色里,顷刻间已消失不见。真是一次梦幻般的相遇。

第十二天,天空中尚余星光,我们就起床了。必须早早出发,因为今天要经过叫"对格"的山体滑坡地带。那是个被白色小石块覆盖的三角形大斜坡,远远看去非常醒目,卡瓦格博的传说里还有关于那个地方的故事。据说那里今年已数度发生滑坡,导致事故。幸运的是,我们在天黑前就很顺利地通过了那里。在那之后是一片长满仙人掌的地带,走过去,就到了一年前来过的龙普村。我们仍然借宿在那位雨崩村老奶奶家里。老人拿出了青稞酒和烤玉米来招待我们,那是让人怀念的干热河谷的美味。

通往佳兴山冰川之路

第十三天,万里无云。我踌躇满志地向着佳兴山出发,决心一

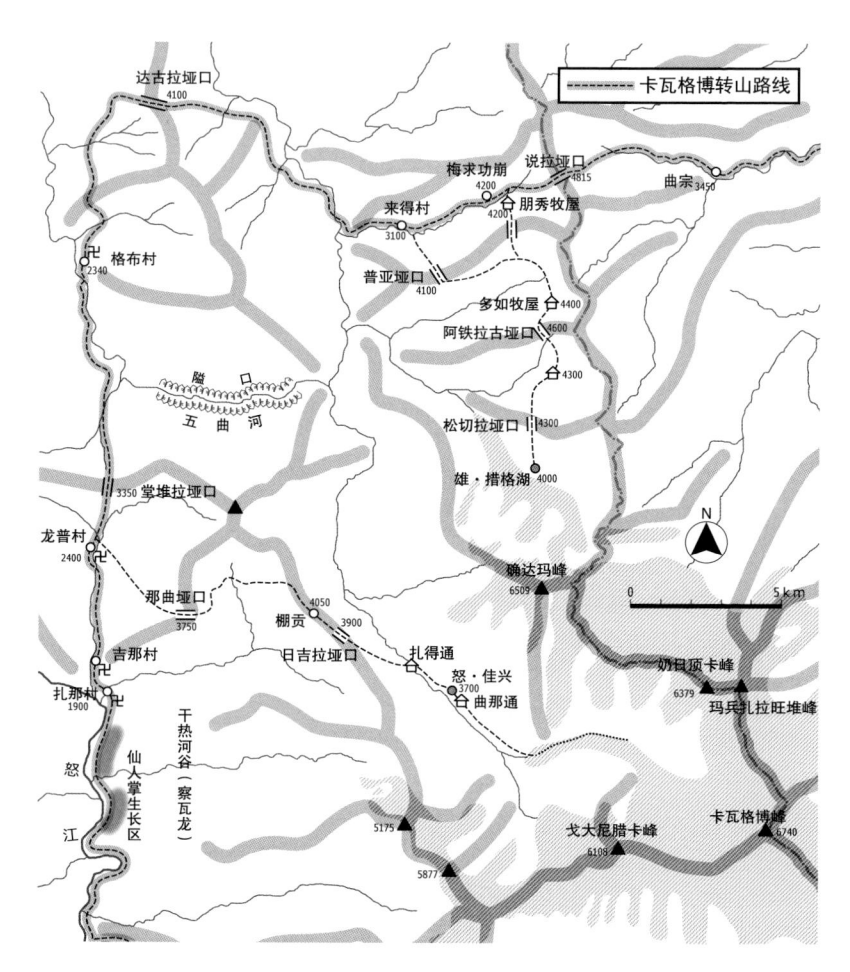

圣地怒·佳兴和雄·措格

梅里雪山：寻找十七位友人

雪去年之憾。和上次一样,还是拜托龙普村的女孩达追和安堆与我同行。正午之前,我们到达了那曲垭口旁边的小屋。去年来时正值秋意浓烈,今年却已是黄叶落尽。万里晴空中一丝云彩都看不到,能遇到这样好的天气,正是托了延迟出发的福。我站在垭口下,努力使呼吸平静下来。翻过垭口,不断出现在梦中的景致真实地展现在眼前。面前是如同正襟危坐的确达玛峰(海拔6509米),右手边横亘着5000米级的前卫峰。而最远处的卡瓦格博在前卫峰的护卫下,露出洁白的身姿。

"呀拉索!"极自然地,这句经文脱口而出。牵肠挂肚一整年,终于得偿所愿。

卡瓦格博的西北面山体底部被岩壁所包围,山顶则被巨大的雪檐覆盖。安堆用望远镜看了看,感叹道:"就像是戴了一顶帽子呢。"我暗自搜寻登山路线。我们顺着通往佳兴村的斜坡继续往下走,佳兴山静默矗立,一如当初。我们还是借宿在去年那户人家,孩子们仍是用那默然的表情盯着我看。我将上一回拍摄的照片拿给家主人杰多,孩子们也来了兴趣,争相观看。就在此时,我第一次看到了孩子们的笑颜。他们用手在照片上指指点点,用藏语说着什么。我手脚并用,比画着给他们做讲解。孩子们渐渐消除了隔阂,我用心奉上的照片,终于贯通了我和孩子们的内心。

吃过晚饭,我们和杰多商量第二天的安排。我说明了自己想去冰川上游,以便近距离观察卡瓦格博的想法。因为佳兴地区的人只会讲藏语,所以只能是我用汉语说,安堆再翻译成藏语给杰多听。我们之间用汉语沟通本来就很勉强,用这样的方式,能将最基本的意思表达清楚就已经很不错了。

听我们说过后,杰多露出为难的神色,说道:"外来人是不能上冰川的。"原来是担心会有山体落石和雪崩等危险,不过看他的表情似乎还有话没说。我再三说明自己的来意只是为了拍摄照片,他最终还是答应了与我们同行。

在佳兴山的第二天,多云转晴。我们沿着冰川旁边低矮的山脊步行,但是走了一个多小时,刚刚可以看到一点卡瓦格博,前面却无路可走了。可这还没有去年我独自一人到的地方远呢。杰多之所以选择这条路,莫非是为了不让外人太过靠近神山?

在佳兴山的第三天,晴。我们再一次向着冰川出发。这次我与杰多商量,从冰川上面走。与陡峭的明永冰川不同,这边的冰川要平缓得多,一直延伸到卡瓦格博峰。我们顺着牧道走着。山,从四面八方窥视着我们。我感觉这个人迹罕至的地方似乎就是一处不可逾越的秘境,而我们正在偷越结界[1]。在这一刻,我真实地感受到了无数神山信众的存在。"攀登卡瓦格博,不就是对这些崇拜神山的人们内心信仰的践踏吗?"我对自己前不久还在企图寻找登山路线,生出了一种罪恶感。

1　结界,佛教用语,指运用某种超自然的力量形成的一个特殊空间。

梅 里 雪 山 : 寻 找 十 七 位 友 人

岩壁底下有一个小屋，我们在那里吃了午餐。据说以前这里是僧侣修行的地方。从小屋看过去，可以望见卡瓦格博的一部分身姿。杰多说路只能到这里，但我还是央求着他继续往深处走。旁边有从岩壁落下的石块，让我们不禁紧张起来。走到冰川谷口，杰多立刻停住脚步。他说这个地方叫"狭齐卡"。"再往上就不能走了。"果然上面看不到任何人畜足迹，我接受了这个结果。在这里我们看到了镇守在冰川尽头的卡瓦格博峰全貌，它似乎在警告："不可以再靠近了。"面对这重山层叠的佳兴山怀抱深处的神山，即便不是信徒，心中也会油然而生敬畏之心。"不可以攀登这座山。（此山不容冒犯）"我第一次产生了这样的念头。结束摄影离开这里的时候，我感到内心里有什么东西正在悄然改变。

在佳兴山的第四日，天气晴朗。我请孩子们带领着走访了村里的四户人家。隔壁的两家邻居正在给青稞脱粒，我在日本时见过他们所用的这种叫作梿枷的工具。劳动的人中，竟然有一半是孩子。和杰多家一样，屋子里面狭小而昏暗，没什么可称得上家具的东西。有位女性正在酿酒，她的脸颊皮肤因为冻伤而变成了茶褐色，似乎正在讲述着生活的艰辛。"这些人为什么要在这里生活呢？如果到怒江边住的话会比这里暖和得多，土地也是有的啊？"我心生疑惑。我向这家的老爷爷提出我的疑问，他说："我们在这里出生，在这里长大，这里是我们的家啊。"我颔首。佳兴村是离卡瓦格博最近的村子，能在这里生活，也许有着什么特别的意义吧。我又问："佳兴山最美的季节是什么时候？""秋天当然是很美的，不过在我看来，夏初时节树上刚冒出嫩芽、花开成片时是最美的了。"我真想看看老人描述的那个景色。干了老爷爷给倒的一杯青稞酒，我告别了这户人家。

在佳兴山的第五日，晴转多云。今天计划回到龙普村。清晨，我拍到了朝霞中的卡瓦格博，在孩子们的目送下离开了佳兴村。去年以来一直耿耿于怀的心结，此时似乎已经解开。即便语言不通，拥有了对"人"的关怀，心灵便能得以互通。在走上垭口的途中，我依依惜别，不住地回眸。安堆忧心着说拉垭口那边会下雪，不断催促，恨不能拎上我就走。于是我也自觉地加快了脚步。

故乡的山谷

转山之行第十八天，我们到了龙普村。已是 11 月中旬，地里的玉米已经收割完毕，家家的房顶上都铺满了黄澄澄的玉米棒。

在堂堆拉垭口我们遇到了从永久村来的转山者，一共有二十八人。其中有一位看起来像是领队模样的男子，我和他说起翻越多克拉的事，他说着"哦，你就是小林啊？"，然后直接递给我一个酒瓶："来，喝一个！"云南的藏族人，气质打扮都和明永村的人接近，很有亲切感。他说转山路上抽烟可不行，但喝酒没关系。那天我们直喝到两腿摇晃、步履蹒跚才作罢。

当晚，我们和白天遇到的那些永久村人，以及一队从昌都来的转山者，都在格布村各自找了地方住下了。他们虽然都是藏族人，但感觉上却有很大的不同。云南省这边的永久村村民们穿便装，汉语和藏语混合着讲话的人比较多；而来自西藏自治区昌都的人们则是身着民族服装，只讲藏语的人更多些。云南的藏族人称西藏自治区的藏族人为"阿曲"，以示和自己的区别。想来对方对这边的人也会有不同的称谓吧。无论这是否是他们所希望的，总之由此可以看到同一个民族在地理和历史因素的影响下，无可选择地被区隔开来的状态。

第十九日，多云。今天的路程会很远，所以早晨5点半我们就出发了。一口气攀登了1800米，翻过达古拉垭口（4100米）后又下到海拔2800米的山谷里。接着还是爬山，下午4点钟到了来得村。去年走到这里时路上用了十二小时，今年少花了两个小时。"看这云彩的样子是要下雪呢，要不咱们还是连夜赶路过了说拉再说吧。"安堆和扎西尼玛半认真半开玩笑地聊着。我们在多克拉那边确实耽搁了不少时间，万一真的因为下雪被困在这里，入冬前可能就回不去了。只是我们仨都已经处于极度疲劳的状态。

最终，他们二人还是决定继续赶路。走过了去年扎营的地方，到了真正需要开始爬山的时候我们又一次傻眼了。这时"花敏"突然想挣开缰绳往回走，连骡子也厌倦了没完没了的爬山。下午6点半，我们总算是晃到了能看到说拉垭口的地方。连着走了十三个小时，人和骡子都累得腿筛糠。扎西尼玛一个人落在了后边。我们看天气也不像是马上就会下雪的样子，就在路边扎了帐篷准备宿营。海拔4200米，从帐篷的门俯瞰下去，一片云海茫茫。

第二天清晨，天刚蒙蒙亮，就看到永久村的一行人走过去了，天空中还有星光依稀闪烁。看来天气还不至于太坏。

寒气直钻进骨缝里，喝了热热的酥油茶，周身才生出融融暖意。掺了蜂蜜的糌粑也让我们的精神振奋了起来。当品尝着这片土地上收获的食物，真心感受其美味时，心中也隐隐觉得自己正被这片土地所接纳。

饱餐一顿后我们出发了。爬山一个半小时，到了海拔4815米的说拉垭口。山上的雪比起去年要少一些，但依旧冷风呼啸，寒气逼人。

去年在这里遇到过从拉萨来的僧人，他警告我们说不可在说拉停留过久，我现在才明白了他当时说的话是什么意思。且不说这是否关乎神山的禁忌，但毫无疑问这是山里人的生存经验。说拉是转山路上的最高点，在这样高的山上滞留，一旦遇到骤变的天气或者出现高原反应，本身就是非常危险的事情。

我们不敢耽搁太久，奔着故乡山谷的方向，匆匆下山。

第二十一日。终于回到了熟悉的山谷和久违的澜沧江。江水的颜色从我们出发时的茶褐色变成了清澈的绿色，时间果然已经过去好久了啊。想到一路艰难坎坷，什么危险的地方都走过了，自己现在却仍在惴惴不安地担忧骡子背上的行李会不会掉进水里这种问题，我不由得自嘲起这份神经质。

第二十二日，经过斯农村，爬上最后一道山梁，到了斯雅拉卡垭口。再往后面，就不需要爬山了。

"呀拉索！"

我们三个人不约而同地喊出声。此时的我拥有着和去年完全不同的成就感。群山尽染，时值晚秋的明永村就在前面。扎西尼玛笑得一脸轻松，说："还是我们明永村最好是吧？"安堆立即附和。眼前展现出卡瓦格博最熟悉的样子，经过了两度巡礼，我感到自己与卡瓦格博更近了一些。

春天，两位奶奶离世

桃花故里

"春天的明永村，满山满地的桃花，特别漂亮呢，你一定要看看。"村长的妻子央宗曾经无数次这样对我说。

2001年。3月中旬的德钦冬未尽，春尚早。但听说现在明永正值观赏桃花的时节，我立刻启程前往。这是我离开日本后的第二天。

沿澜沧江河谷下去，江边村落里的点点粉红映入眼帘。是桃花！桃树在其他季节里相当低调，并不显眼，此时却让我惊讶不已——原来竟然有这么多桃树！

到达明永的第二天清晨，我迫不及待地去赏花。阡陌纵横间，看到了数十棵桃树。初冬时种下去的青稞，已经长到二三十厘米高，黄绿色的青稞田在阳光下闪着光。周边深褐色泥土单调的背景中，满树的桃花扑入眼帘。桃花灼灼，我如同置身日本的家乡。沐浴着柔和温暖的阳光，信步走在青稞地里，心中涌出的宁静感动正从身体的某处涓涓流淌而过。空气中草木的清香，季节更替的脚步声，被遗忘了许久的感觉正在苏醒。

这里，是圣山脚下宁静安详的桃花故里。接下来的整一周时间里，我如饥似渴地拍摄着桃花，浑然不觉时光的流逝。

桃花遍开的时节过去后，我去拜访了扎西的三弟马进武家。他们家有马进武夫妇、两个孩子以及老丈人、丈母娘，一共六口人。

一个藏族人之所以会取"马进武"这种汉名，据说是因为他出生在"文化大革命"开始的时候，当地藏族人都取汉语名字。兄弟

马进武一家。左起依次是：日增爷爷、此里吉玛、雄英、此里吉堆、马进武，最边上的是此里拉姆奶奶

五人当中，除大哥扎西（1962年生）和二哥扎西尼玛（1965年生）有藏语名字以外，1966年之后出生的兄弟三人都只有汉语名字。

相比严肃认真的扎西一家，马进武家的家庭气氛要轻松得多，孩子们也得以在放松自在的环境下成长。而这样的家庭氛围倚赖的是妻子的父母——日增爷爷和此里拉姆奶奶的存在。可是现在，五十多岁的丈母娘正因生病卧榻不起。

"阿佳，我又来啦。"我向躺在床上的拉姆奶奶打招呼，她报之微微一笑。老人的脸色有点蜡黄，脖颈一侧起了个大肿块，似乎是甲状腺病。看到她说话很困难，我简单打过招呼后就走出了房间。日增爷爷招呼我过去喝酒，我坐下来说："那就只喝一杯吧。"马进武不在家，他的妻子雄英过来给我们斟酒。雄英（二十九岁）是我最初来到明永进行搜寻时帮我运送遗物的村民之一。我当时以为她是谁家可爱的小姑娘，没想到她是村长的弟媳，而且已经是两个孩子的母亲，这让我很惊讶。坐下来没多久，她家的两个姑娘也放学回来了，看到奶奶仍然没有好转，她俩显得有些落寞。尤其是九岁的妹妹此里吉堆，她正在跟奶奶学习藏族舞蹈，更是忧心不已。"已经病了一个多月了。"日增爷爷低声嘟囔，从医院开回来的药没起什么作用。他说已经去过好几次医院，都说治愈的希望不大，所以只得回家来了。"从亲戚家借了好多钱呢，现在我和马进武都把烟戒了，就是为了节省些钱给她治病。"听到爷爷说丧气的话，雄英和姑娘们面面相觑。"阿佳一定会好起来的！"十岁的大女儿此里吉玛体贴地说道。这家人相互之间亲近温和的气氛仍旧在。

3月份一过，雪白的梨花次第绽放，核桃树吐露新芽，金黄色的油菜花也开得奔放耀眼。青稞地里传来正在进行疏苗的女子们爽朗的谈笑声。

有一天我拍摄归来，马进武正在等我。"我丈母娘的情况不太好，你这里有没有什么好药啊？""啊，你突然这么一问，我还真是……"我也急得抓耳挠腮，立刻给在日本的医生朋友打了国际长途咨询，问问我带来的药里有没有现在可以用得上的。在他的指导下我拿了几种药去日增爷爷家。老爷子正忧心忡忡地坐在床上。"哦哦，小林来啦？此里拉姆从三天前开始下不了床了，连厕所都去不了了。"日增爷爷声音微弱。老奶奶颈部的肿块变得更大了，看起来呼吸很困难，据说日增爷爷已经在给她准备后事了。我把带来的药递过去，心中祈祷能够有所帮助。

第二天马进武又来找我。"昨天的药好像是起效了，喝了之后肿块似乎小了一些，能不能再给一点呢？""真的吗？日本药真的对症了啊。"我很开心，拿了更多的药给他。

几天之后林子里的杜鹃花也开了，孩子们戴着深紫色的杜鹃花嬉戏玩闹。我向日增家走去，满心期待奶奶能好起来，但看到躺在床上的老人家还是老样子。我看见放在床头的药似乎没有怎么动过，问原因，日增爷爷说："不起效果了。"虽然我解释说药要持续吃才会见效，但老人家只是无力地点点头而已。"已经吃不下什么东西了,看来熬不了多久了。"日增老人耷拉着脑袋说。我在旁边的时候,老奶奶只睁开过一次眼睛,但也不过是眼神空洞地看着棚顶,这成了我见老人家的最后一面。

到了4月,苹果花变成了村里的主角。白色的花瓣中间夹杂着粉红色的条纹,非常漂亮。这个季节常常能看到孩子们上山采摘的身影。我问村长的儿子弟弟采的是什么东西,他说是一种叫作"咕咕"的蘑菇,大概是用这个季节经常能听到的布谷鸟叫声命名的,外形很像日本的羊肚菌。咕咕菌是要油炸吃的。咬下去,味道丰润、满口生香,蘑菇的滋味完全不会被油和辣椒掩盖,这大概就是这片土地上春天的味道吧。因为这种菌在中餐和法式餐饮中很受推崇,所以也给村民们带来了现金收入。

除了咕咕菌,春天的山里还有很多种野菜。长得很像竹笋的"匝冬",味道稍有些苦,还有当地人叫作"莫鲁"的木耳。忙完农活,人们会从地里摘些叫作"斯贾"的荨麻回家。虽然村里人在园子里也种蔬菜,从街上还能买到各种食材,但在这个季节各家的餐桌上很少见到那些,大自然赐予的应时野菜更受人们的欢迎。

一天傍晚,我和平常一样在扎西家正餐前小酌,突然邻居家的小孩子跑进来,大声地用藏语说着什么。爷爷顿时停住了手里的活,奶奶轻声叫出一声:"啊!"等那孩子跑出去后扎西说:"日增家阿佳去世了。""啊!"我被这突如其来的噩耗震惊了。男人们没有马上行动，因为爷爷说他也要去日增家，所以大家决定等他一起过去。

到日增家门口，就听到了女人和孩子们号啕大哭的声音，那是雄英和两个姑娘在哭。

屋里已经来了很多村里人，爷爷走了进去，我留在了外面。虽然想去和此里拉姆奶奶道个别，但又不知道外人是不是可以近前，有无忌讳，便只得在一片悲泣声中呆若木鸡地立在院外。

晚上，扎西对我讲起他们对生死问题的看法。"我们藏族人相信生死轮回之说，那位阿佳的灵魂在这个地方徘徊四十九天之后就会去投胎转世。普通人一般是不能再转世成人的，而是会生作虫子或者其他动物，只有修行得道的人才可以再世投胎成人。"晚上，扎西去守灵。午夜时分，我听到守灵的男人们说话的声音，大家喝了酒，间或还有孩子们在说话。守灵要一整夜，扎西清晨时分才回到家里。

第二天早晨我再次到日增家里去，男性亲戚们正在制作棺材。女人们带来了葬礼上用的酒和白面。中午时起灵。男人们抬起盖着红色毛毯的棺木走出来，他们走过的地方等间隔地放置了若干个火盆，据说烟雾升上天空，有着某种象征意义。

墓地在离村子较远的地方，并不起眼。在一小片清理掉灌丛的空地上，排列着十来座小坟堆。墓地周围插着白幡。男人们将棺木放进挖好的墓穴中。在卡瓦格博地区，人去世之后先要土葬，数年后再行火化。

男人们将干土、碎石和湿土依次填进墓穴里盖住棺材，最后放上鲜花。从亡人离世到入葬,所有的程序完全不假丧葬礼仪公司之手,而是全部由自己人来完成。

回到日增家,附近村里的人们和亲戚朋友们已经聚集在他们家中。男人们围坐在房顶上,谈笑着开始吃饭,并没有太过凝重悲伤的气氛。扎西告诉我说:"这是大家和去世的阿佳在一起吃的最后一顿饭,即便没有食欲也要多少吃一点。这是在祝福她转世获得新生。"

女人们聚集在楼下,口中唱歌一样反复念诵八字真言,旋律里透着深切的悲伤,庄重肃穆。为寄托哀悼之情我加入了她们的吟诵队伍,却被一位认识的老奶奶笑话了。虽然我态度虔诚,但可能是发音实在太奇怪了吧,也可能是因为这种事情男人不会参与?过了一会儿,邻村寺庙里的喇嘛到了,开始诵经超度。头七里,每天晚上都要进行这样的悼念活动,接下来则要每周进行一次直到满七七四十九天。藏传佛教和日本的佛教,虽然在形式上有很大的不同,但进行法事的间隔却一样都是七天。

晚上我再次来到日增家,希望能和老爷子说上几句话。老人家看起来非常颓丧疲惫,我递上一支烟:"阿尼,请节哀吧。"老人抬头看我,脸上写满憔悴,他平静地说:"此里拉姆走了,我想近期内动身去拉萨,如果小林能去的话就一起吧。"我点头同意。

生命的延续

此里拉姆老人去世三天后的早晨,我看到扎西家的阿佳抱着一捧鸡蛋出门。

前天开始下的雨,把苹果树上的花淋了个透。我奇怪阿佳要去哪里就跟了上去,又看到几位老太太同样抱着鸡蛋,一起走进某个人家的院子里,看起来像是要去看望病人。原来是此里拉姆奶奶的老母亲病倒了。听闻这个消息我惊异得无法相信自己的耳朵。就在十天前,我还给那位老奶奶拍过照片,每次看到我都会调皮地做鬼脸的乌金取初奶奶。一定是因为女儿先自己而逝,过度悲伤导致的吧?想到她已经是七十三岁的高龄,我不禁为她担心起来。

当天下午,我去走访一家准备做避邪法事的人家。喇嘛和村里的老人们坐在一起念经,鼓声和号角声不时地响起,他们同时向天空擎洒青稞米。供桌上摆着用糌粑和酥油混合捏制的佛塔,与葬礼仪式中使用的相似。我心想,如果能懂得这种宗教仪式的含义就好了,那样就可以更深入地了解这个地方。可惜我这可怜的语言能力实在不足以询问和探讨这些问题,真是令人懊丧。

法事开始后几个小时,有位村民慌慌张张地跑进来,用极快的语速对着喇嘛说着什么。好像是乌金取初奶奶去世了!

实在难以置信,老奶奶像是为了追随女儿,就这样去了。简单商量了一下,喇嘛匆匆结束了法事,准备去那边。我跟着喇嘛去了老奶奶家。他从旁边的便门进屋，我在窗户前面停住脚步，踌躇着该不该进去，不知村里人看到我会作何想法？思忖再三，我最终还是鼓起勇气走了进去，我想和老奶奶道个别。

一进到屋子里，就听到里面传出女人们的哭声。在屋子昏暗的角落里平躺着的人看起来像是老奶奶。在喇嘛做诵经超度准备的间隙里，不时听得到人们的抽泣声。屋子里的人大多都是认识我的，但谁也没有和我打招呼，这样的静默让我心生恐慌，逃也似的出了屋子。

这个刺激，让我又回忆起几乎被我遗忘了的感受。在我还被村里的人们唤作"外国人"的时候，能明显地感觉到村民和我之间横亘着一堵"墙"。随着我不断地进行访谈以及我驻留在村里时间的延长，渐渐地感觉不到那堵墙了，我变得可以自如地进出村民们的家里，与他们往来。然而，涉及生死这种严肃的场合，我仍然被挡在了外面。我又一次强烈地意识到生于斯、长于斯、铭于斯的当地人，和我这种不相干的过路人之间的距离是何等之遥远。

傍晚，我向扎西询问守灵的事。他顿了顿，说道："小林，这家的葬礼你最好是不要去。和日增家不一样，我们家和他们没有亲戚关系，他们会不高兴的。"听他这样说，我心里咯噔了一下，这才意识到自己倚恃村里人的善意，逾越了应有的边界。"人和人之间必须遵守的礼仪和体恤，就算是在相隔万里的地方也是同样的。即使是在短暂的接触当中也不应无视它的存在。"——这正是扎西的话里所暗示的。

雨又开始下了起来。

在我探访卡瓦格博的两年间，亲身经历了很多人的离世。让我第一次体验到藏族葬礼的斯那次里的祖父、我给拍摄遗像的央宗的母亲、难产过世的村里母子、连人带车翻落山崖的邻村男子、两位老奶奶……这些还不是全部。

和这么多次的生死相遇，我相信一切并非偶然。人生于世，死亡和我们的距离比想象中要更近。即便是这样，人们仍然感悟着生命，用尽全力为生存打拼。村里的人们明快的笑颜，似乎就是在诉说这份感悟。

我和扎西又开始了冰川上的搜寻工作。也许是因为这一年冬天下雪少，冰川高度下降，草原上的花开得比往年更早。烂漫的杜鹃花点缀在林间。

到了搜寻现场，我们爬上崩裂的冰川。一路小心翼翼，如履薄冰。但搜寻了一圈后，仍然没有任何发现。去年的担忧变成了事实，遗物可能已经被埋进了冰层里。这么一想信心折了一半，不过还是继续搜寻。突然，在冰瀑前面发现了破损的羽绒服，这里与去年发现遗物的地点相距150米，在冰川的下游，到处都是锋利的冰脊，非常危险。我们在周边继续搜寻，又发现了被衣服包裹着的遗骸。衣服上没有姓名标记，所以无法确定身份。

我们继续往下游走，走了一会儿就被一块很宽的冰隙挡住了去路。这里是一处落差500米的冰瀑的流落口。所谓的冰瀑，和字面意思一样，就是冰形成的瀑布。由于重力的作用和摩擦力，冰川会被割裂破碎，大的冰块就会悬挂、重叠，这样的冰瀑很容易崩裂，非常危险。我们看到大冰隙的另一侧有一些帐篷的碎片，但因为无法跨越，回收不了。遗物的大部分都被埋在冰瀑里面，经过了数小时的搜寻之后，我们终于安全地回到了岸边，长舒了一口气。遗体残骸的身份在几天之后被确认，是在之前的搜寻中已发现的一名队员。

我在心里问自己：我为什么会和"他们"相遇？如果注定是要被死亡所隔，那我和他们相识的意义是什么？这样的自问至今未曾停止。只是，当亲眼目睹了挚友们的遗骸，又体验过藏族人对生死轮回所抱有的认知和信仰后，我开始思索其他的一些东西——也许，越过死亡，生命仍然会以某种形式存续吧？

我们难道不是在被身边人们的言谈和努力生活的姿态所感染吗？遭遇挫折时，不也是会向深藏在心里的某个人祈求解答吗？这些，不都是生命存续的一种形式吗？就我而言，我希望自己能成为那些永远留在梅里雪山的队友们意志的存续。虽然生离死别的悲伤无法消除，但卡瓦格博教会了我一个道理——生命可以从这里再次启程。

在两位老奶奶的葬礼结束之后，我离开明永村去拍摄卡瓦格博。其实在内心里，我觉得自己是因为对那份"恃宠而骄"的难为情才离开的。两周后我返回明永村。苹果树的花已经谢了，核桃的新叶长得越发浓绿光亮，4月即将结束。青稞已开始抽穗，田间小陌上开着紫色的鸢尾和黄色的毛茛。我有个念想，一定要去看看两位老奶奶的墓地。产生这个念头的原因倒不是因为村里人对我的迁就和包容，而是出于摄影人的信念，我觉得我有责任留住这份影像。

　　我沿着通往墓地的小路走过去，周围已经完全被茂盛的草木所覆盖。因为之前的两周我在的那个村子海拔比这里高，气候也更冷，所以回到明永，感觉季节好像突然间转换到了快进模式，到处生机盎然。路上，我遇见一个孩子手里捧着紫色的花朵，他应该是在墓地那边玩耍来着。我是否会遇见想象中的画面呢？转过了最后一个弯，拨开挡住去路的树枝。眼前的景象倏然铺开，我几乎要情不自禁地叫出声——围着墓地，开满了鸢尾！上百朵紫色的鸢尾花竞相盛开着。这些花原本不是长在这里的，而是村里人从地里移栽过来的。我屏住呼吸望向前方，墓地一隅有两座紧挨着的新坟，两位老奶奶珍爱的拐杖被供奉在坟堆上面。四周静寂无声，空中弥散着一种难以名状的生机，似乎是在祝福着逝去的生命。

春日清晨，从桃花下走过的牛群

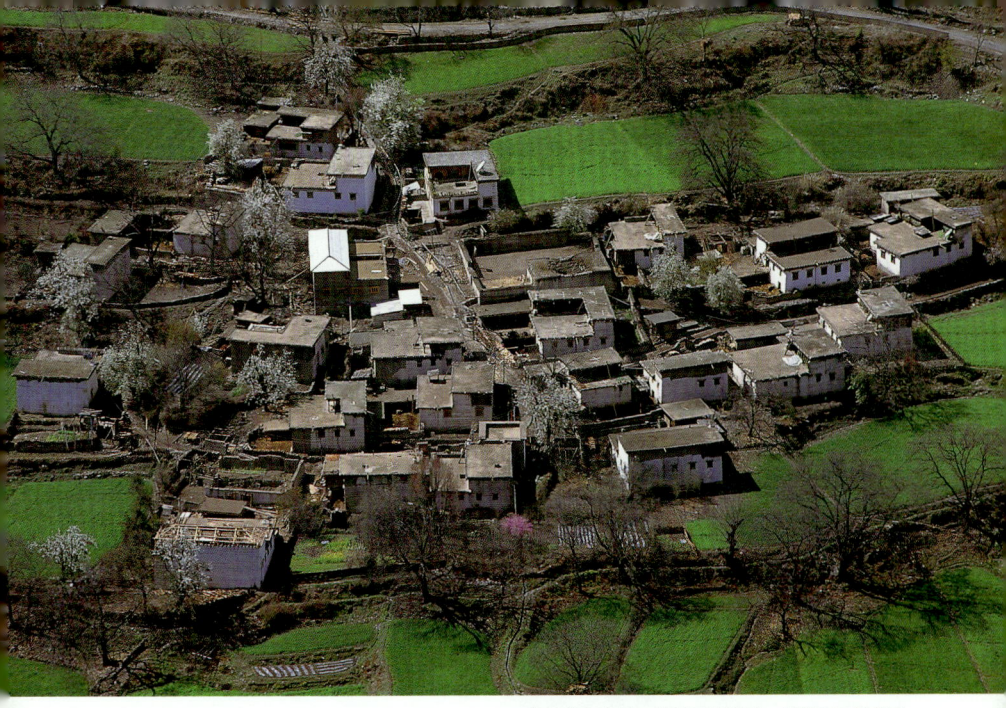

春季的明永村。桃花正值繁盛，梨花也开始绽放

如日本家乡一样亲切的景致

春天的麦田。核桃树刚刚露出新芽，女人们正在地里疏苗

初夏时节的麦田。背着沉重的堆肥的扎西村长

6月，麦田里处处是收获的歌声

强壮有力的犁牛

开着鸢尾花的墓地

晚秋的明永村。玉米已入仓,麦子刚刚播种完成,初雪也将来临

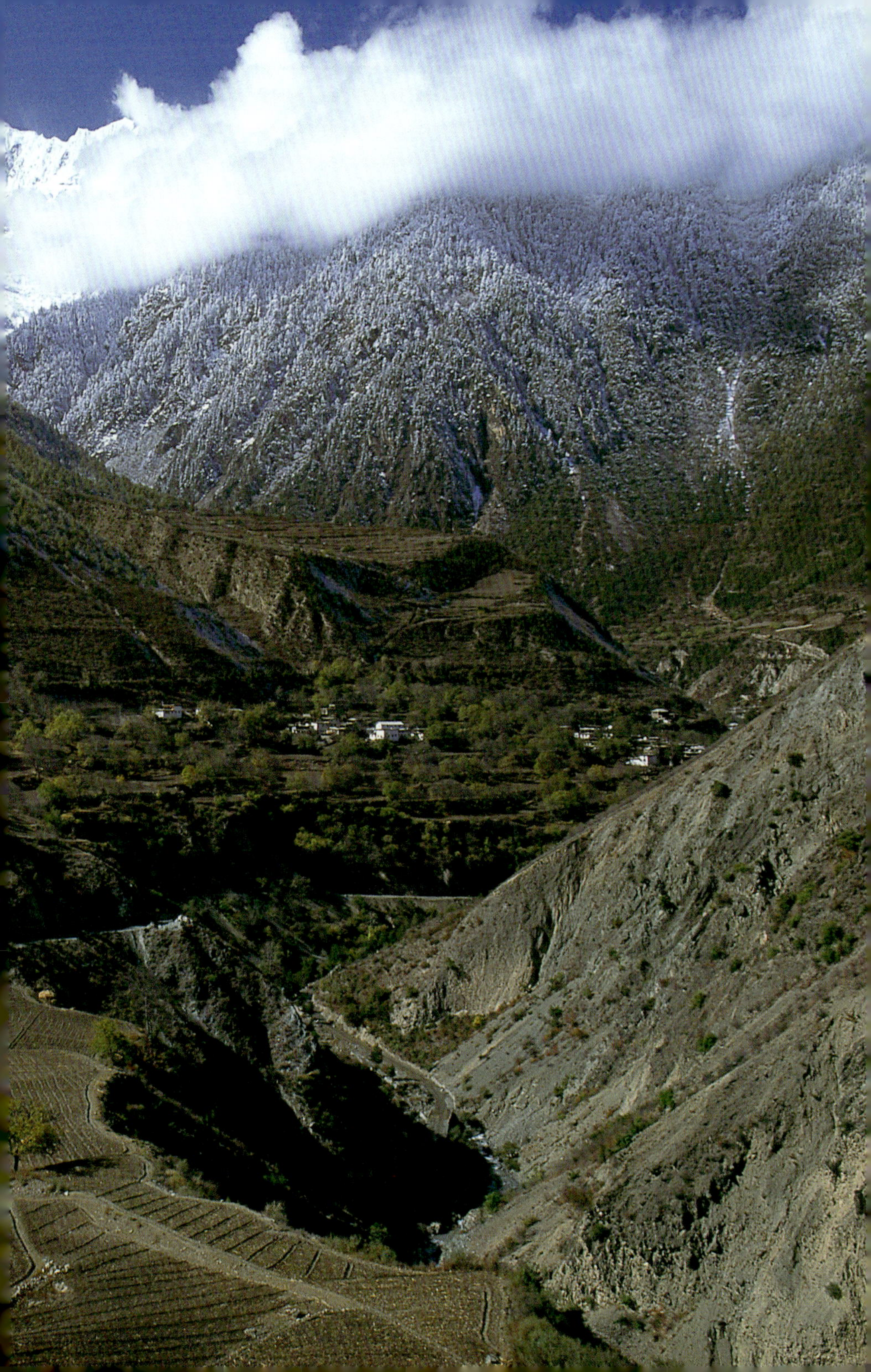

正月里的清晨，正在吃早饭的一家人

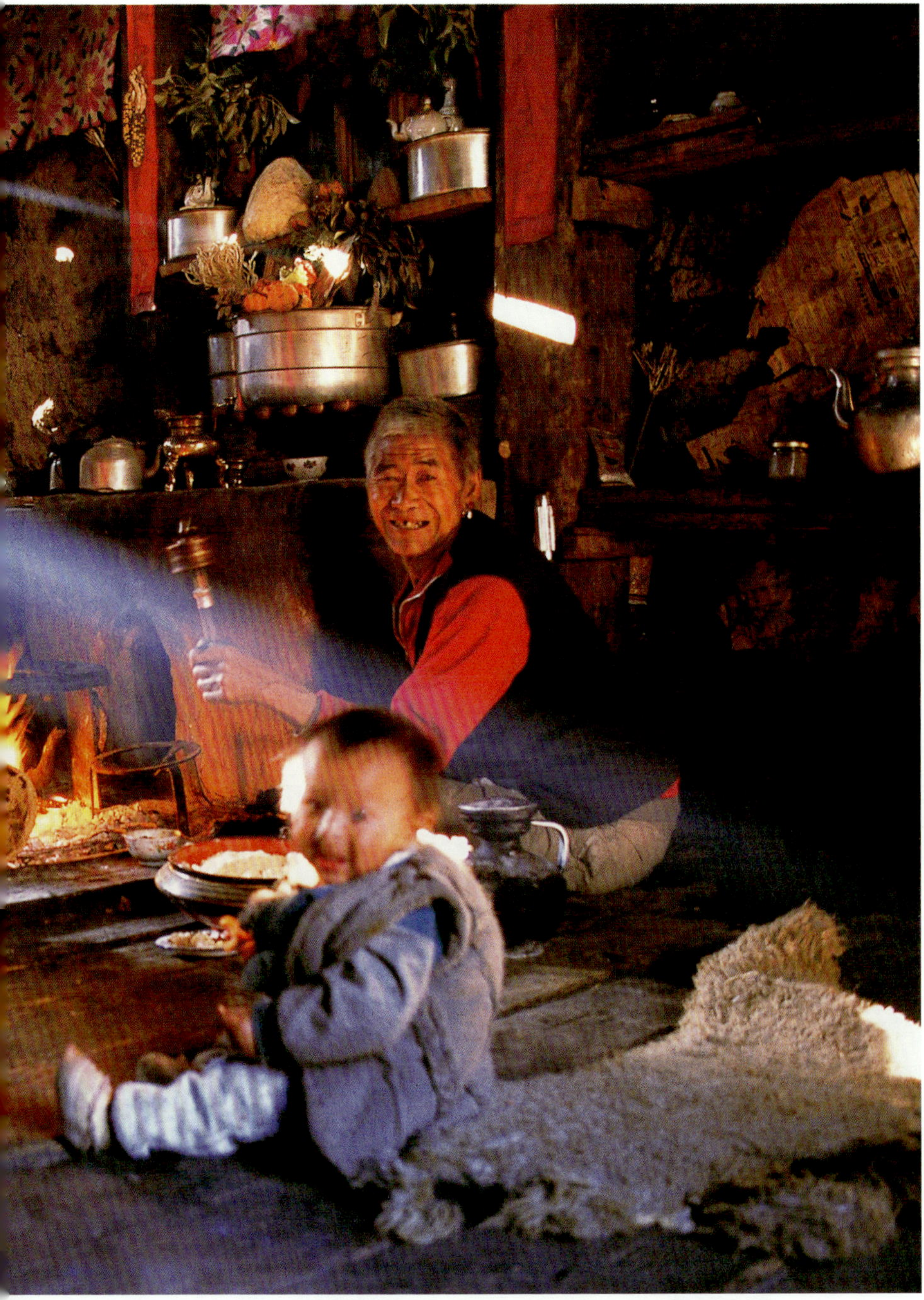

隆冬时节的太子庙。正月初五，第一批香客们到来

身着民族服装的一家人

明永村正月里的系列祭祀活动。饮酒、唱歌、跳舞

庆祝活动会一直持续到深夜

澜沧江与怒江的分水岭——多克拉垭口（海拔4480米）。转山者们虔诚祈祷着在转垭口上的玛尼堆

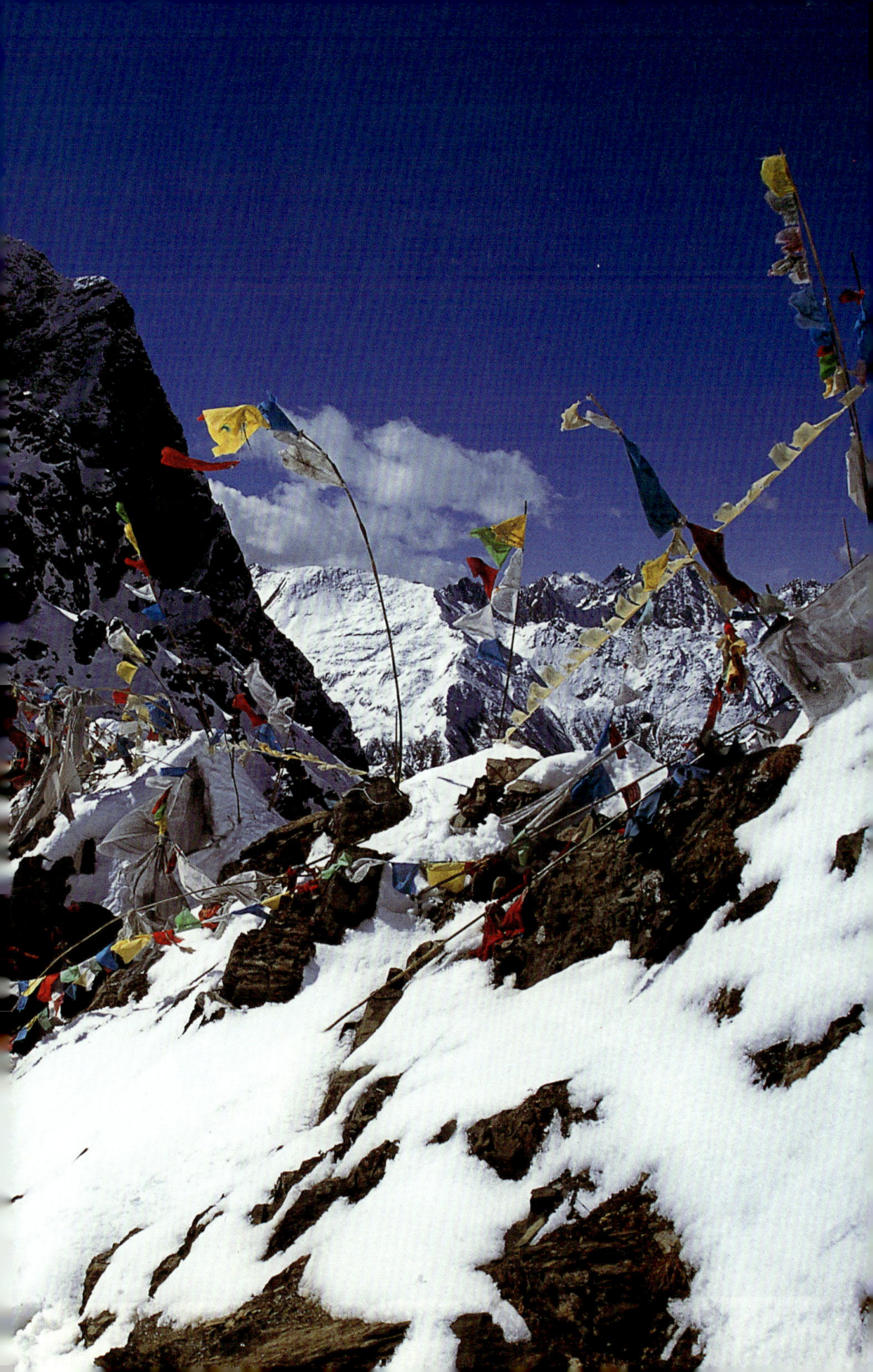

穿着冬装僧袍,走在察瓦龙干热河谷转山路上的少年僧侣

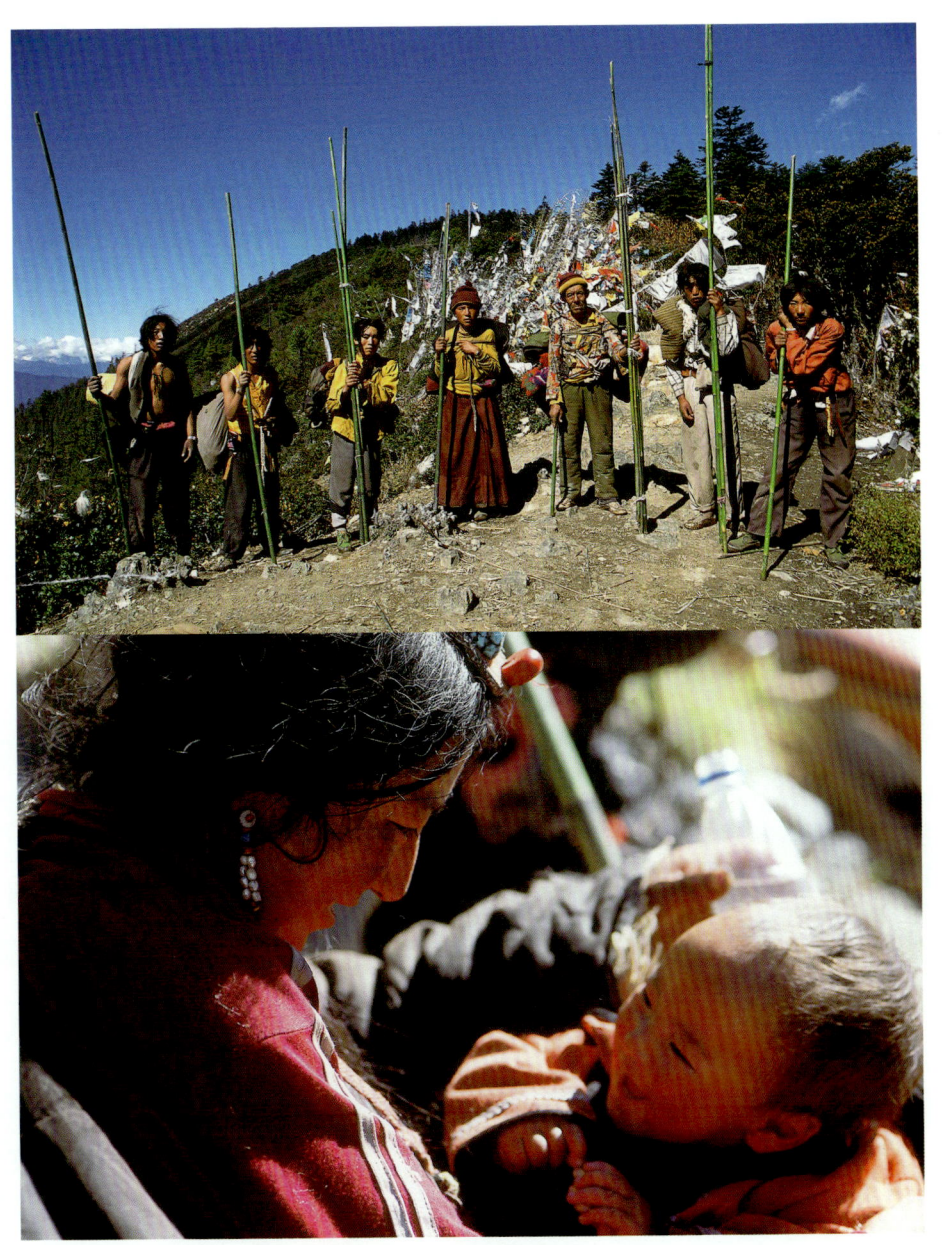

上图：转山者手中都拿着作为转山证物的竹杖。那通拉垭口
下图：转山的母子。母亲将孩子放在身后的背篓中赶路

佳兴村的清晨。这里生活着四户，三十二位藏族人

去往佳兴时路过叫棚贡的山丘。远处是确达玛峰（左）和卡瓦格博峰（右）

正在给麦子脱粒的佳兴村民。对面是戈大尼腊卡峰（海拔6108米）

杰多家的孩子们

缅茨姆和吉娃仁安脚下的雨崩村（下村）

森

IV

巡游森林
与冰川

氷河を巡る

松茸的清香

卡瓦格博的整个夏天都是雨季。

从印度洋吹来的季风在横断山脉遇阻,生成大量降水。从6月开始一直到10月,山里几乎无一日天晴。苔藓密布的雨季森林里生长着很多种蘑菇,其中不乏与我们的生活紧密相关的菌类,只是还不为人们所熟知。松茸就生长在卡瓦格博的森林里,据说绝大部分松茸都被出口到了日本。

2001年夏天,为了看看松茸自然生长的样貌,我又一次来到了明永村。

"我带你去我的秘密领地吧。当村长之前我差不多每天都要上山采松茸的。"扎西自信满满。

我刚来明永那年也曾央求过他一起去采松茸,但是以"太过危险"为由被拒绝了。现在已是我来这里的第三个年头,长时间以来的夙愿终于有望实现了。

8月中旬的一个清晨,云青欲雨。我和扎西二人上山了。"这条路很陡，你要跟紧了。"他这样说着，开始朝没有路的斜坡往上爬。说话间雨就下起来了，他完全没当回事。前面的岩石被雨打湿了，看起来很滑，感觉有点恐怖。扎西先爬了上去，从上面喊："当心着点！""我小心着呢，不过就没有更像样点的路可走吗？"我也冲着上面的他大声地喊。往下看，远远地能看到冰川模糊的样子。作为抓手的岩石上，有一朵黄色的小花孤零零地开着。翻上岩壁，我看到扎西正踩着一棵树的根，在寻找着什么。"找到了！"他如获至宝，笑着转回头，在落叶层下面有朵松茸探出了小小的光头。这是我第一次看到自然生长中的松茸，鼻子凑近闻了闻，一股独特的清香弥漫开来。扎西伸出手指，小心翼翼地将它挖了出来，是个蘑菇丁，菌伞还尚未打开。不用说，这就是松茸，如假包换。

　　站在雨中，我忘乎所以地按着快门。扎西看到我那副表情显得很无奈。"日本人干吗只对松茸这么情有独钟呢？明明这山里有的是比松茸更好吃的蘑菇。"他对此很不理解。比起松茸，扎西更喜欢春季羊肚菌的味道。是啊，为什么松茸就如此被珍视呢？最大的理由当然是它的清香味和口感更适合日本料理，但"稀少"也是一个重要的原因吧？松茸喜好树冠覆盖度较低、落叶层不那么厚的生境。而这种环境据说是人类开发利用程度相对较高的结果。日本的松茸产量很低，和大部分森林保持原始状态未加利用不无关系。

　　晚上，我吃到了心心念念的烤松茸。看到我把松茸放在炉子上面烤，阿尼和阿佳一脸担心地望着我。这边的人认为松茸里有毒虫，所以会洒上有消毒作用的花椒，再用高温油炸后才吃，他们觉得只是烤熟的话没法去掉毒性。可是如果那样烹饪的话，松茸的自然风味可就被破坏掉了呀。

在烤松茸的空当，我问扎西："上哪儿才能看到更多的松茸呢？"最近明永村采松茸的人少了很多。"那得到雨崩村，那里的山上开阔地多，松茸长得好，采松茸的人也多。"听他这么一说，我当即决定去雨崩村。我原本就有去那里看看的打算，我预感到自己可能会在雨崩停留很长时间。

松茸烤得恰到好处。我在阿佳担忧的目光中咬了一口还很烫嘴的松茸。"嗞……"一股热热的汁液喷进嘴里，松茸独特的味道顿时令我满口生香。"好吃吗？"扎西问我，我报以会心一笑。

大山深处的村落

雨崩村，是卡瓦格博东侧山麓位置最靠里的村子。海拔3200米，大约有一百五十人生活在这里。去雨崩，要在西当村公路的尽头下车，然后翻越一座海拔近4000米的垭口，步行整整一天才能到。走进村子里，立刻就能感受到一种来自土地的张力。尽管已经来过这里好多次，但我每次都会有这样的感觉。缅茨姆和吉娃仁安等高峰环抱下的这个山村，似乎时刻都由这些山神庇护着。历经千年的冰川、秀美险峻的地形以及众多圣地神山的存在，无一不在强

在田边歇息的阿亚、格宗、斯那通如等人

梅里雪山：寻找十七位友人

化着人们心中这样的感受。

藏语里，雨崩村叫作"些·雨崩"。"些"是东的意思，"雨崩"则是村庄的名字。村子的中央有一块据说是从天而降的巨石，这块巨石的名字就成了村庄的名字。卡瓦格博周围传说有四处圣地，雨崩是其中之一。

最初踏足雨崩，是在1996年参加第三支梅里雪山登山队。那时候，我们的到来遭到村里人的激烈反对，被困在村子里整整五天。决定放弃登山后，下山时也曾在这里住过一宿。

时隔四年，登山事件之后第一次探访雨崩村时，我和一位村民不期而遇。

原本我被介绍去借宿的那家男主人，竟然对我相当熟悉。我这才想起来，在登山队下山时，我曾给这位有点跛脚的男人赠送过一根登山杖。男子名叫丁如，他拖着那条跛腿，将那根登山杖拿过来给我看。"我一直留着呢。"手杖很眼熟，上面那无数的划痕，似乎正在诉说着他和登山杖相伴走过的岁月。

夏天的雨崩村，目光所及处翠色欲滴。地里的青稞金黄耀眼，正在等待收获的时刻。按在山谷中的位置，这个村子分为上村和下村。走进上村，田地里有马达声传来，我颇为惊讶地回头看，是位老熟人——斯那通如正开着拖拉机往这边过来。

"哈！你不是那个日本人小林吗？什么时候来的？"

"刚到，你这拖拉机是怎么回事？"

"买的二手车,便宜。不说这个,去家里喝酥油茶吧,就住我家嘛。"

听到他的话我非常高兴。春天见面的时候他说过:"下次再来,就住在我家吧。"原来他还记着这话呢。到一个不甚熟悉的村子,住在谁家里这件事对后面的行动会有很大的影响。三十六岁的斯那通如即使面对外国人也毫无做作,是个麻利爽快的男人,于是我就改住到了他家。

他家一共七口人。我被安排住在改建为民宿的房间里。这天往后的一个月时间里,我将以他家为基地,完成去往各处的探访计划。

斯那通如的弟弟阿亚今年三十四岁。和兄长相比,他体格纤瘦,看起来有点病恹恹的。但是在山里,他绝对是个可靠的向导,我们商量好一起去采松茸。到雨崩的第二天,我就和阿亚走进了到处缠挂着松萝的林子里。卡瓦格博周边的松茸,生长在海拔3000米左右通风良好的阔叶林里。森林里的优势种并不是红松,而是被当地人叫作"卜新"的常绿乔木——栎树。松茸的藏语名称"卜沙",意思就是卜新的肉。阿亚带我来的这片林子,虽然环境很适合松茸生长,但似乎已有人捷足先登,我们只找到了一朵。

"今年松茸少了啊。松茸出的多少是按年景轮换着来的,这一年多下一年就少。不过最近几年还是越来越难采了。"阿亚嘟囔着。据说松茸的价格是在20世纪80年代后半期开始涨起来的。正好和日本登山队进入梅里雪山的时间重合。自那时起,乱采乱挖的人就多了起来，产量也一年少似一年。本来挖出松茸后需要再把土盖住，太小的松茸也是不能采的。可是越来越多的人全然不顾这些规矩了。

回家的路上，经过村口时正好遇见很多村民围着松茸贩子。松茸贩子脚下堆放着当天雨崩村人采的所有松茸，装了满满一筐，里面还有拳头大小的。

想到这些松茸会被摆放在日本的超市里，我内心感慨万千。中国产的松茸因农药含量超标问题倍受指摘，但这事儿和山里的村民本不相干。从他们的手中收购的松茸，还会经过不知多少个中间从业者的手，问题发生在那些环节当中。

我向村里人询问，得知现在的松茸收购价是20元（约300日元）一斤，最近还有点落价。虽说价格最高也有达到200元一斤的时候，但这要看其他国家的产量来平衡总体价格。总体的产量本身就在减少，而价格的决定权又掌握在这些采摘者之外的人手里。显而易见，松茸采摘并不能成为一种可靠的收入来源。

村里开始进入青稞收割的农忙期，阿亚也需要每天去地里干活。在等待他能闲下来的这段时间里，我去了趟藏语叫作"茄协"的神瀑。这座瀑布是卡瓦格博东麓非常重要的圣地之一，很多人都会前来朝拜，沐浴瀑布水。冰川融水从数百米高的岩壁上落下，巨大的冲击力能将人压垮。到达瀑布的当晚，斯那通如给我讲了一个很有趣的故事。"这是我小时候听爷爷讲的。一百多年前，有个白人到雨崩村来。这个白人天天爬村子周边的山，采摘收集花草和树木的皮。

来参拜神瀑的人们

等这白人走后，山上的植物全都枯萎了。从那之后，村里人就决定再也不许外人进来了。"百年前的白人，这个传说里的时间点和当时常见的欧美植物猎人到卡瓦格博地区的时间吻合。明永村也有相似的说法。据说过去的明永冰川的冰线比现在要低很多。有一次英国人来到村里，在冰川底下架起大篝火，还往里面投掷藏族人极为珍视的酥油。从那以后，明永冰川就一直在不断地往后退。

　　百年后的今天，人们依然相信这样的传说。这就是我们的登山队被仇视的原因。人们相信在登山队撤离之后发生的天灾、家畜死亡事件等等，都是卡瓦格博神对人类降下的惩罚。无论是过去还是现在，自然之神一直与这片土地同在。

不过，现代社会的故事并没有就此结束。在我参加 1996 年登山队时，登山装备被盗事件频发。冰川上面的基地里也丢过帐篷。我向斯那通如问起这事，他悄悄地告诉了我一个秘密。"那个帐篷是那家的男人们偷的。他们去山上牧场的时候看到了你们的基地营，然后瞅准你们的休息日把东西偷走了。可能是日本人眼睛不好，没能发现他们吧。帐篷被他们拿到德钦市场上卖掉了，听说价格不低呢。"讲这些时，斯那通如的脸上有种说不出来的得意神色，看起来对我们也并没有感到抱歉的意思。那是因为他觉得试图攀登神山的人们，比那些偷东西的人要坏得多吧。自那年登山至今已有五年时间，村里仍时不时能看到登山绳、安全扣等登山装备。

斯那通如继续说道："每年冰雪融化时，总有人跑到冰川上你们原来的基地位置，去找登山队留下来的东西。我也上去过好几回。登山装备能卖很多钱，种地干活的时候用着也很顺手。以前我还有一个朋友，在冰川崩裂时被卷进去死掉了。"

"你说什么？"

怎么会这样啊？村里人居然冒着生命危险去拿我们留在山上的东西，我痛感登山队给这个地方带来的影响之大。说一句"太危险，不要再去了"并不难，但是这样的劝告他们也不会听吧？面对斯那通如，我不知何言以对。

连日淫雨霏霏。几天后，我和阿亚第二次去采松茸。阿亚兴奋地告诉我："今天要去的地方，是我在找牦牛的时候发现的，别人不知道。多的时候我采到过十几朵大松茸呢。"我跟着他往屋后的山上爬去。山特别陡峭,需要手脚并用。拽着湿漉漉的树干艰难地往上爬,我根本顾不上去拿相机。我俩一口气往上爬了600米,这才突然发现刚才还是满山的栎树,不知何时变成了针叶林,周围有一种阴嗖嗖的气氛。阿亚往斜坡上的某处看了看,小声嘟囔:"去年那里还有好几朵大松茸来着。"语气很是沮丧。顺着他的视线,我看到四朵很小的松茸。我俩相顾无言。"真可惜啊,今年只有这么几朵小的。"阿亚垂着肩膀无精打采地说。我们挑了两朵还算大的松茸采了回来,其他的没动。我们继续边找松茸边往林子的边缘走,看到我们爬上来的地方近乎是个断崖。"居然能从这样的地方爬上来呢。"我感慨道。村子上空云腾雾涌,只能看到房顶时隐时现。

雨依然下个不停。我们又找了大约半小时,就开始往山下走。大概是因为寒冷和疲劳,我的膝盖疼得都打不了弯了,疼成这样还是第一次。阿亚穿着一双破旧的鞋子,身上的普通便装也已经湿透了,步伐却和早上出来时没什么两样,精神抖擞。到底是山里人啊。我沮丧不已,扶着树步履蹒跚地走着,生怕一不小心就滚落山底。

走回家时已经过午,阿亚衣服也没换,就那么若无其事地下地去了。我虽然迅速换上了干衣服,但不一会儿就开始发烧,接着昏睡了一整天。

第二天晚饭时,斯那通如看我没什么食欲,从屋子角落里拿出来一样东西对我说:"这是贝母,是在这附近能采到的最好的药啦,啥病都能治,喝了吧。"那是个小小的球根状的东西。之前我见到过扎西家的阿佳也拿这个东西跟宝贝似的。我想试试效果,取了两粒就着热水提心吊胆地喝了下去。

第二天早晨,我浑身畅快地醒来。感觉已经好多了,也许是贝母见效了?想到有可能是被当地的草药治好的,我心里一阵窃喜。从那以后对雨崩村更是多了一份亲切感。

到雨崩已经十天,8月也已接近尾声。天空每天还是阴郁的老样子。我和一位叫巴桑的男子一起出发进行第三次松茸之旅。他从邻村来雨崩采松茸,据说采一个夏天能赚不少钱。

我俩刚走进栎树林里,巴桑就指着路边的蘑菇说:"看,在那儿。"从远处看只是一片白,看不清是什么,走近一瞧果然是松茸。没想到这么快就能遇到。再往里走,巴桑不断地有新发现。踏破铁鞋无觅处的松茸,这回竟像是被火眼金睛盯住了,一瞅一个准。我和他看的明明是同一个地方,但我就是看不到那个破土而出的"小蘑菇"。难道我俩的眼睛长得不一样?巴桑不仅视力好,眼睛还适应了"扫描"松茸。我又跟着他走了一段路,找到一朵已经开伞的。这是我靠自己的眼睛找到的第一棵松茸。我有点不太确定地凑近闻了闻,果然是松茸的清香。我兴奋地大声喊:"找到啦!"

见得多了,我感觉松茸至少有两种。一种褐色大伞柄的,还有一种白色小个的,闻起来味道都一样。日本也有一种长在栎树上叫作"傻松茸"的野生菌,和松茸很像。据说大小和味道都是一样的。

原本中国产的松茸和日本产的就有稍许的差别，新鲜的时候看不出来，待运送到日本，其香味就会变弱些。虽然都一样叫松茸，但这种菌类似乎有着多个品种。

巴桑又发现了新的松茸。我看着他小心地拨开旁边的泥土，向他说出一直以来的困惑。"巴桑，松茸的香味和森林的香味很像，是吗？"走在林子里，这个想法一直挥之不去。针叶树的松香、泥土和落叶混合后湿润的味道、苔藓微不足道的气味……森林里弥漫着各种各样的味道，似乎所有这些味道又融合在一起，凝缩成了松茸的味道。"我也那么觉得。"巴桑回答得漫不经心，似乎我说了一件理所当然的事情，眼睛却并没有离开松茸。他的这种淡漠反倒让我特别开心，觉得自己和当地人拥有了相同的发现。

突然，附近的树林里有"咔嚓咔嚓"的响动，两个女孩子走了出来，也就十岁上下的模样，也是来采松茸的。

"收获多吗？"我问。女孩得意地向我亮出一朵拳头那么大的松茸。看到它，巴桑受挫地苦笑了一下。到了这个季节能碰见这么大的松茸可是很难得的。女孩将松茸小心地裹上杜鹃叶后才放进袋子里，上面还铺上了松萝，以防松茸被压碎。

那一天，我们在林子里转了半天，找到了二十朵左右的松茸。可惜都很小，松茸贩子只给了 10 元（约 150 日元）。

拿着那一点钱，巴桑苦笑："今年的松茸差不多也就这样了。"我来雨崩的这个季节，对于采松茸来说有点晚了。据说 7 月初的时

内转山路线图

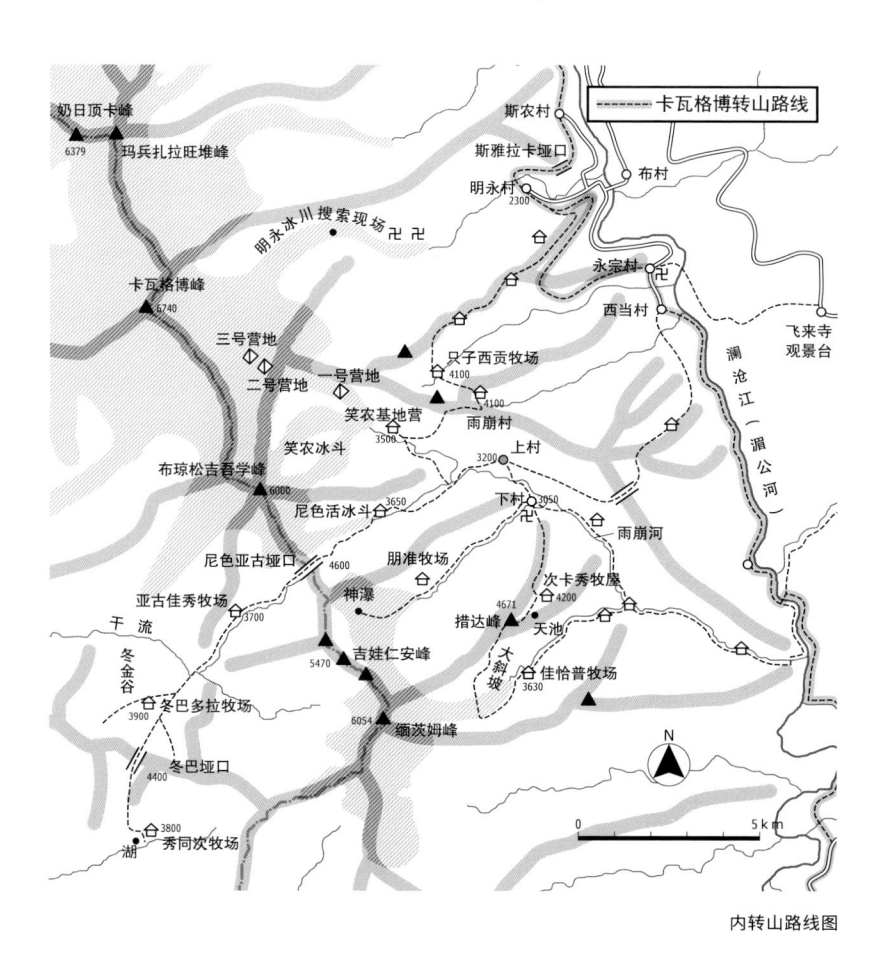

IV 巡游森林与冰川

候会更多一点。即便如此,我仍然感到很满意。亲眼见到山林中自然生长的松茸,又一次切身感受到了卡瓦格博的丰饶。回去的路上,我回味着松茸的清香,漫步于田间小路。环顾四周,青稞已经收割完了,各家屋顶上都晒满了金黄的麦穗。

卡瓦格博的森林

　　雨崩，是遇难的十七人经过的最后一个村子。登山队的基地营离这里有数小时的路程。村里人还能记起当年的登山队员们，尤其熟悉进驻时间最早的那几位先遣队员，对他们的名字甚至人品都还有清晰的印象。

　　他们十七位在到达这个村子时的心境是什么样的呢？终于结束了繁忙的准备工作，基地营也已就绪，只等着向山峰进发了，他们的内心一定充满着兴奋和期待吧？相信一定也有人曾感受到过这个在缅茨姆和吉娃仁安俯视下的小村子里独特的氛围吧？

　　雨崩村地处澜沧江支流雨崩河的上游，周围危峰环抱，大部分的土地被浓密的森林覆盖。这里有四条大的山谷，每个山谷尽头都有冰斗和冰川。我真希望能够用脚步遍览这片广博恢宏的大自然。

　　虽然已是 9 月底，雨崩村依然翠盖漫山。在这个时节的明永村已然能感受到秋的气息，但大山深处的雨崩，现在仍然是雨雾缭绕。到这儿以来整整两周的时间里，没有一天是不下雨的。

拍摄松茸的工作告一段落，我开始做进山计划。我将计划分为四个部分：

一、体验高山牧场的生活（三天）。

二、探访措达峰上面的天池（四天）。

三、翻越离卡瓦格博最近的垭口（五天）。

四、步行走一遍雨崩到明永的山路（两天）。

每一项都是我计划了至少一年以上的。在雨崩村的朋友斯那通如和阿亚的帮助下，这些计划终于要成行了。就这样，2001年9月初，在藏族朋友的陪同下，我开始了对卡瓦格博深处的探访和发现。

牦牛奶酥油

雨崩村周围有很多高山牧场。开阔的山坡，非常适合高原牦牛。到了夏天，所有人家都要把母牛赶到山上的牧场，家里出一个人在牧场上的牧屋里挤奶、打酥油和做奶渣。斯那通如家的牧场叫普金，听说他妈妈此里次姆阿佳在山上，我决定去那里。

从村里到普金，步行需三个小时左右，路上要穿过山谷边缘长满青苔的林子。林子里的冷杉上挂满松萝，不时能看到很粗壮的倒木。所有的倒木和树墩上面都密布着苔藓，厚厚地盖了一层。从苔藓的底下，偶尔探出一两颗红色的果实或者紫色的蘑菇。

我欣赏着山坡上星星点点的牧屋，登上了一处可以望见冰川的高地，看到森林当中的一小片草地。圆木搭成的两间牧屋相互挨着，那里就是普金牧场了。正在雨里拾柴火的阿佳迎接了我们。阿佳只会说藏语，我俩用手势比画着算是打过了招呼。在阿佳的牧屋里还住着一位叫阿纳的男性亲戚，四十八岁。他低沉的说话声让我印象深刻。阿纳会说汉语，这对我来说是个好消息。

牧场上的清晨，以向神山的祈祷开始。第一项活计，是要把散放在牧场上的母牛都赶回来。他们二人呼唤牦牛的声音回荡在牧屋周围。终于听到牛铃响起，十四头牛都回来了。

这里的母牛分三种，母牦牛叫作"支玛"，母黄牛叫作"罢"，母犏牛（牦牛和黄牛杂交品种）叫作"佐木"。附近牧场上最多的是佐木，公犏牛叫作"佐"，藏语里对雌雄家畜都有不同的称谓。

开始挤牛奶了。伴着"咻，咻"的牛奶射进桶里的声音，不知从哪里传来念经声。原来是阿纳边挤奶边念经呢。虔诚的藏族信徒就是这样的吧。因为我一直盯着看，阿纳停止了手里的动作，问："要不要尝一下刚挤出来的牛奶？""嗯！太好了！"我求之不得。

我对比着喝了佐木和支玛的牛奶。佐木奶和想象中一样有着很浓厚的味道，支玛奶倒是意外地清淡。"寻布，金恰！（好喝）"听到我用藏语这样说，在旁边挤奶的阿佳爽朗地笑了起来。

打酥油的活计，每隔几天要进行一次。将牛奶收集在木质大桶里，边数着数边上下搅动五百下左右。这种时候每个人数数的调子

打酥油茶的此里次姆奶奶

梅里雪山：寻找十七位友人

不一样，但听起来都像是在唱歌。阿纳的嗓音非常好听，我听得入神。搅动多次后奶油就会不断地析出，浮到牛奶的表面上来。将浮上来的奶油用手捞起来后放进冷水里冷却，得到的就是酥油了，藏语叫作"咩"。二十升牛奶大约能打出一到二千克酥油。

打酥油剩下的牛奶会变成具有粘性的白色液体，就是脱脂牛乳，藏语叫作"达曲"，喝起来像酸酸乳，很美味。但达曲不是拿来直接饮用的，而是会放进锅里，加热分离成脱脂奶酪（藏语叫作"当布"）和叫作"达卡"的清凉饮料。

```
牛乳 —搅拌→ 酥油
            脱脂乳 —加热→ 脱脂奶酪
                          清凉饮料
```

当布味道略酸，生吃也挺好吃，不过通常是在火炉上烤上几天，待烤干了之后再吃。卡瓦格博的地方风味吃法，是将烤干后硬硬的当布放进酥油茶里面，泡软后享用。

所有这些奶制品，我觉得都是大山的恩惠。当酥油桶里析出奶油时，人们会唱诵辞，并分别供奉给三个地方。首先是佛龛，然后是卡瓦格博头顶上的天空，最后是逝者所安息的大地。老人们在喝酒时也遵照上述象征，将手指蘸酒之后敬弹三下。他们对所受惠泽的感激之情，与日常生活的细节融为一体。

还有一些美味，是只有在高山牧场才吃得到的。一个是酥油炒当布，脱脂奶酪吸收了热酥油后，奶香四溢，吃起来让人心荡神驰。另一个就是藏语叫作"司喜"的熟奶酪。

用于过滤牛奶的细树枝上会沾上很多奶油，时间一久就慢慢自然发酵了，把这些收集起来，加热后饮用，就是司喜。闻着有一股很强烈的味道，但一旦喝过一次就再难忘怀其独特风味。只有在高山牧场才能有幸品尝到这样梦幻般的味道。

除了打酥油，牧场上还有一件主要工作，就是给公牦牛和母黄牛配种。在海拔很高的青藏高原上牦牛被作为主要的家畜，但在气候相对温暖的这个地方，犏牛则更适用。我到牧场的第二天，同村的一个少年牵着公牦牛过来了，平时高山牧场上是没有公牛的。"小林，离远一点哦。"我正要拿着相机拍照，阿纳大声地提醒我。在交配的时候，母牛会显得烦躁不安，不停地动来动去，公牦牛也会跟着移动它庞大的身体，因此靠近它们会有危险。隔壁牧屋里的男人们也走了出来，一帮人共同见证了这个制造新生命的过程。

到了傍晚，又到了挤奶的时间，这次要用牛奶来准备晚饭。阿佳和阿纳的劳动节奏非常合拍，就像一对很和谐的夫妻。在这深山里的牧场上，时间在安静地流淌。

在离开普金当天，我去看了山谷尽头的冰斗，藏语名称叫"尼色活"。穿过森林，就到了开阔的草地。环视四周，发现正置身于一个如同大碗的盆地底部。冰河时期的冰川填满了两山中间的山谷，将山坡削成了如今这片宏伟的大洼地。现在的冰川，只不过是残存下的极小部分而已。

周围山霭苍苍，不辨东西，只有一处垭口若隐若现。据说翻越这个名叫尼色亚古的垭口，就能到达卡瓦格博群峰的对面了。从垭口吹来的风，似乎正在召唤我去探索那边未知的土地。

缅茨姆的冰川

措达峰，是在雨崩村南面的一座锥形的秀美山峰。在缅茨姆延伸下来的山脊上兀自生发的山体，从村里看过去也极为醒目。措达峰的"措"，在本地藏语方言中是"湖"的意思。跛足的丁如以前曾告诉我说："措达峰上面有一个特别美丽的湖泊，周围是草地。到了夏天村里人会赶着牛去那里。"

9月4日　多云有雨

清晨的雨中，我和斯那通如向着措达峰出发了。第一天的攀爬高度1100米。我们在雨中默默地爬山，穿过山坡上的林带。斯那通如背着装睡袋和食品的大登山包，我背着相机等摄影器材。爬山过程虽然艰难，但一路有色彩鲜艳的菌类和野生草莓愉悦着我们的视觉。

"不要出声！"斯那通如突然小声地对我说。

拿着猎枪的他似乎是发现了猎物，正猫着腰盯着鸟鸣声传来的方向。可惜还没有进入射程，猎物就逃走了。因为斯那通如说不需要带肉，我们此行没有带任何肉类食品。我本来对他能否打到猎物半信半疑，但看到他果真三次打到了大型禽类，我很是惊讶。

在森林和草地的边界上有一个小木屋。我们决定这一晚就住在这个叫作次卡秀的牧屋里。

走进屋内，斯那通如说着："先喝点儿吧。"就拿出了酒瓶，我喜出望外。喝上一杯，滋味果然美不胜言，所谓"肝肠热醉不能醒"，大概就是这个感觉吧。虽然此处海拔高度显示4200米，但经过在雨崩的生活，我的身体已经完全适应了高海拔。

晚饭是美味的禽肉汤。我虽然对猎食卡瓦格博的动物有所抗拒，但客随主便。喝下热汤，周身温暖。

据说这边的藏族人自古就有打猎的习惯，人类的生存总是随着环境而变化的。这也正说明了卡瓦格博的森林里有足够多的猎物。

天色渐暗，雨停了一会儿，此时又开始下起来。气温下降，我们在炉膛里填了很多木柴。在这个高山上的牧屋里，只有藏族人斯那通如和我两个人围炉而坐，我感到很开心。在一个完全陌生的地方，可以进行如此轻省的旅行，这完全是拜我至今遇到过的以扎西为首的所有朋友所赐。是他们，教会了我在高山地区的生存之术和处世之方。从取水到生火，以及如何寻求他人的帮助……尽管经历过许多次失败，但总算是一点一滴地掌握了这些技术和能力。

睡觉前，我们再次确认了炉子里木柴的量足够一夜之用。铺开睡袋，我俩进入了梦乡。

9月5日　雾浓有雨

今天，我们把行李放在牧屋里，去看措达峰上的天池。早晨的雾很浓，能见度非常低。顺着门口的草地往上走，发现这个地方也是个小的冰斗。路上遇到一个只剩下石头地基的牧屋旧址。地基的一部分也已经塌了，屋里的地上长满了花草，看来被遗弃已经有些年头了。

斯那通如突然蹦出一句："最近没人上这儿来放牧了，佐木少了，村子附近的草场也就够用了。"这么说起来，周围确实没有牛群。大概今年开始次卡秀牧屋也会被弃用吧？和其他村子一样，畜牧生计在雨崩也同样经历着变迁。山上的这些牧屋如实地记录着这样的变化。

再往上走，看到一条小溪，一些风马旗横跨溪流挂在那里。溪流的尽头，一面湖水平如镜，这就是措达峰天池了。与其说这是湖，倒更像是被遗忘在这块冰斗中的一个小水池。它是曾经填满这片山谷的远古冰川退去后的一点残余吧。浓雾如障，20米之外的对岸若隐若现。湖水周围长着许多高山植物。苞叶雪莲如同一盏盏照亮草原的小灯塔，不甘示弱的蔚蓝色龙胆正竞相开放。

冰斗中的措达峰天池

  我们从湖边往围住冰斗的山上走去。回头看，一眼能望尽绿茵覆盖下平缓的冰斗底部。两侧的山谷上升腾起一片云雾，似乎这绿色的冰斗就飘浮在云海上面。如此光景似神仙云游，让人心旷神怡。

  沿着山脊走向缅茨姆，云雾中现出巨大冰川的身影，自缅茨姆的峰顶绵延滑落。据说从这边的山脊下去就可以到达冰川脚下，我们决定明天出发。

9月6日 多云有雨

我们还是继续沿着昨天走过的路走向能看到缅茨姆冰川的地方。望着宽阔的山坡我问斯那通如:"往冰川走的路能通到哪里呢?""没有什么路。只是感觉顺着咱们之前的路线是能走到那儿的。"斯那通如的回答一脸的想当然。"啊,你没到下面去过啊?"这和出发前说的完全不一样嘛,我还以为肯定有前人走过的经验呢。

我们现在站立的山脊到谷底,海拔落差大概有700米,是个很长的斜坡。到处都是裸露的岩石和混杂其间的植物,待到真走起来,比刚看到时更加举步维艰。前进还是放弃,我犹豫再三。最终我选择了前者。土生土长的斯那通如说能走得通,那就信任他。何况眼前这大气磅礴的风景也让我跃跃欲试,欲罢不能。

前进。一开始还沿着山脊走,很快就遇到岩壁受阻了。往冰川方向看过去,山坡宽且陡,中间的岩沟如刀切般一裂到底。如果只身一人,我是万不敢涉此险境的。

"小林,我们得从这面的坡往下走,有没有问题?"

"哦……好,多加小心点就行吧。"

下行过程非常消耗体力,脚底下一旦打滑,很可能就垂直掉到700米以下的山底了。"慢慢来,集中精力,注意安全!"我提醒着自己,小心翼翼地挪着步子。猛然抬头,看见洁白的雪莲花盛开在碎石坡上面,那震慑心魄的美丽,如同给我倾注了万担力量。

继续往下走了一阵，坡度缓和了下来，可以采用横切下降了。但是在林立的岩石当中如何选择前进的方向又成了难题。斯那通如背着沉重的登山包，一只手里还拿着来福枪，权衡抉择目标方向。不愧是藏族人，走起山路来果然厉害。

　　"伏身！"斯那通如突然一声低喊。我不知发生了什么事，向他望去，看到他以岩石作为掩体，正在架枪瞄准着什么。好像是岩羊。"叭！"一声枪响。"应该是打中了，我去看看，你在这儿等着！"斯那通如说着放下背包，往足有百米高的岩石丛上爬去。

　　我怔了一怔，想正好可以喘息一下，便坐了下来。大概是因为过于紧张，感觉有些疲惫。从这里可以俯瞰到缅茨姆冰川。白色的冰带似乎将绿色的山谷拦腰斩断，只有冰川和森林极为发达的土地才能透出这样的遒劲力道。

　　斯那通如一脸懊丧地走回来。岩羊的足迹倒是看到了，但猎物已然逃之夭夭。

　　开始下雨了，我们加紧步伐。前面还有断崖和岩沟横亘在去路上，但都走到这儿了，我们可不想打退堂鼓，于是硬着头皮往山下走去。穿过草地时稍事歇息，看到冰川就在脚下。

　　最后一段路是被冰川消融的砾石区，从这里慢慢蹭下去，就到了冰川上面。这是我第一次踏足缅茨姆冰川。放眼望去，冰川上游满是狰狞尖峭的冰瀑，但整体要比明永冰川纤小，让人感觉到一种女性化的优雅。四周一片静寂。

走过大斜坡去往缅茨姆冰川

"我小时候这边很平坦宽阔,都够直升机起落的样子。"斯那通如环视着周围说。但现在的冰川没有那么宽阔,也许是在这数十年的时间里冰川萎缩了?

我们穿过宽大约百米左右的冰川上了对岸,看到这边有了路。我们顺路而下。随着绿色渐浓,紧张的心情得到释放,疲倦顿时袭来。只能慢慢往前踱步吧。在穿越草地时看到很多红色的果实,我好奇那是什么,拿到手里一看,原来是熟透了的野生草莓。我立刻放进嘴里,真好吃!酸酸甜甜的果汁直透进疲惫的身躯里。我们暂时停止前进，起劲地吃起野草莓来。等到继续赶路时，感觉身上一下子轻巧了许多。

前面开始出现栎树林，我们的宿营地佳恰普牧场也到了。走到牧屋旁，花楸树上红色的果实正迎面招摇。在树木的缝隙里，隐约可以看到缅茨姆冰川。

"天晴时从这里能看到缅茨姆呢。"斯那通如从牧屋里探出头来说道。佳恰普牧场上有五六间牧屋，但无一例外都弃用已久，能住的也只有斯那通如父亲的这一间而已。我走进屋里时斯那通如早已等得不耐烦。"今天累坏了，先喝点儿吧。"说着他倒上了酒。"加纳巴西（谢谢）。"我一屁股坐到床上，一想到可以不用走路了，顿感力尽筋疲。不过虽然身体像散了架一样，心里却是满满的充实感。斯那通如用小屋周边采到的蘑菇做了晚饭，他对山里可以吃的东西了如指掌。飞禽也好、食用菌也好，这种就地取材的旅程，让我得以贴近这片土地用心感受，这便是和当地山里人结伴同行的妙趣所在啊。

我俩很珍惜地慢慢抿着所剩不多的酒，"雨崩啦""神山啦"地聊到了深夜。

9月7日　多云有阵雨

早上我们起得很早，可是云遮雾绕，看不到缅茨姆。我们只得作别这针叶林和花楸树相映成趣的风景，沿着山谷下山了。

过了雨崩河的干流，看到有田地和人家。雨崩村所在的位置气候寒冷，不宜种植玉米，而这个海拔较低的地方则种了一片玉米地。斯那通如指着那座小屋小声说："那个屋子里住着一对得麻风病的父子，住了很多年了。基本和村里断绝来往了。"我也曾经风闻这边的山谷里有病人，不过还是第一次看见他们住的地方。小屋被庄稼包围着。不止是卡瓦格博地区，在西藏旅行时也时不时能遇见麻风病人。我心中祈祷着他们能够得到有效的治疗，走过了小屋。

一看到村子，斯那通如的步子就不由得加快了。傍晚时分我们走进下村，走上了通往上村的坡道。走到家附近的水渠那儿，五岁的格宗看到斯那通如，立刻飞奔着扑上来。"阿爸！回来了！"格宗乐开了花，直接猴到爸爸身上。斯那通如抱起儿子。父子俩手牵着手走回家。听到儿子叫声的拉姆，正抱着一岁的女儿在家门口等着。拉姆二十一岁，比斯那通如小十五岁。

"你们好吧？一路可顺利？""嗯！"面对拉姆的问候，斯那通如笑着大声地回答。

回到家，他立刻回归了一家之主和父亲的角色。疲惫之色一扫而光，向拉姆询问着他出门这几天家里的情况，并疼爱地回应着撒娇的儿子。正因为经历过了大自然的严酷，眼前这幅温馨的家庭画面才更显出耀眼的人间光辉。

感谢斯那通如。我感受着这种愉悦的疲累，开始收拾行囊。

IV 巡游森林与冰川

铭刻在山上的足迹

　　第一次听到尼色亚古这个垭口的名字，已经是一年多以前的事了。当听说卡瓦格博和缅茨姆之间终年积雪的山脊上有一处可供行人往来的垭口时，我内心一震。据扎西村长说，他年轻时曾翻越过那个垭口。跨越垭口内侧宽阔的冰川，咫尺距离直面卡瓦格博的西侧身姿——自那以后我就一直在心里描绘着这样一幅画面。平时总能看到梅里雪山群峰的东侧景观，我想象着，如果能从西侧看一看，那将是一种怎样的风景？

夜幕降临尼色亚古垭口

从措达峰回来的第二天，我找阿亚商量。因为阿亚曾经翻越过尼色亚古垭口，所以我决定与他同行。即使是在雨崩村，走过这座垭口的人也并不多。

我向斯那通如打听他弟弟阿亚的住处，意外地得到了一个非常干脆的回答："不知道！"他接着说，"进山后，酒必须由小林保管。要是让那个酒鬼喝上一天，保准没好事。"

当晚，阿亚醉醺醺地回家。我第一次看到他这个样子。难道是有什么情由吗？第二天早上快出发了仍不见他出现。不过时间到了，他也来了。我虽然满心疑虑，还是和他一起向着垭口出发了。

9月9日　多云有雨

我们穿过青苔满径的树林，向着普金牧场走去。雨收云薄，我坐在牧屋里喝着酥油茶，与许久未见的阿亚聊天。"雨崩村的人没有什么必要去尼色亚古的那边。不过永宗村和西当村的牧场在垭口的那一侧，到了夏秋两季，他们会赶着大概两百多头佐过到这边来。那个场面很壮观的哦。"阿亚说这些的时候语气沉稳老练。虽然仍能闻到些酒味，但他已经又恢复到了往日的状态。

淅淅沥沥的小雨中，我们朝着尼色活冰斗多石的陡坡攀登。背着大登山包的阿亚在前面开路，走得很快。

过了17点，我们到达海拔4600米的尼色亚古垭口。这里是离卡瓦格博最近的一座垭口。我原来想象中有无数风马旗迎风招展的景象并没有出现，这里几乎没有什么风马旗，只有几十根树枝插在玛尼堆上面，分外地安静。大概是因为往来的人很少的缘故吧。风很大，雨点不断地敲打在身上。

阿亚早已经下山去了，我小声地喊了声"呀啦索！"就赶紧跟过去。翻过垭口就算是跨过云南省的边界，到达西藏自治区境内了，不过周边风景倒是没什么不同。顺着云雾缭绕的冰斗下去，终于看到花草和灌木丛。出发九个小时后，我们到达了冰斗低处的亚古佳秀牧场上的小屋。

牧屋的周围开着很多看起来像苍葱一样的紫色花朵。晚饭是放苍葱的野菜面条。睡前我俩一人斟了一杯酒，边喝边聊天。聊到阿亚的家庭，他说斯那通如他俩虽说是兄弟，但是同父异母。兄弟二人差别很大，果然事出有因。

望着炉火，阿亚继续说："我以前结过婚，不过跟女方合不来就离婚了。女人有的是。"我默默地听着。阿亚经常酗酒，也许有他的苦衷吧。木柴噼噼啪啪地燃烧着，阿亚已经开始打哈欠，他杯里的酒还剩着一半。

9月10日　多云有雨

早上8点出发，一直走到亚古佳秀山谷和河流主干汇合的地方。

这条河就是在转山路上遇到的那条。水量充沛，涉水渡河时颇费了一番周折。

想看到卡瓦格博的西侧，需要爬上对岸陡峭的山谷侧壁。我们在森林的边缘看到有一个木棚。这个被称作冬巴多拉的小棚子，据说是为了给来这附近打猎的猎人提供方便而建的。木棚极为简陋，只有地铺而已。云太厚，看不到山，我们决定就在这儿住一宿。

下午我们到上面去察看地形。眼前开满黄色的报春花，我们溯支流而上，亚古佳秀山谷旁边壮阔的冰川慢慢出现在面前，这就是扎西说的他曾到过的那条边热冰川了。这里相当偏僻，但据说在冰川岸边还有一间小屋子。

我原本以为卡瓦格博的最深处无人到访过，但显然是我想错了。诚然附近没什么村落，转山路离这里也很远，但就是在这样一处深山里，仍然刻下了人类的足迹。这让我深深体会到了人类这种生物强大的力量。山里的人们用一己之身踏入深山的怀抱，一点一点地将这里变成自己的土地。而与此同时，他们又界定出禁止人类涉足的神的领地。望着眼前的深谷和冰川景观，我在心中如是想。

猛然间看到有两个男人走近我们的小屋。"这俩到底是谁呢？"因为翻越垭口到现在，一直没见到人影，我被突然出现的俩人吓了一跳。"肯定是永宗或者西当村的家伙们，以防万一我过去看看吧。"阿亚说着就往坡下迅速走去。尽管我有些担心，但还是由他去了。我独自一人继续溯流而上，到达冰川源头。

冬巴多拉的小木棚

　　傍晚，我回到木棚的时候，阿亚已经做好了晚饭等着我。他说："刚才那两个是永宗的男人，说是到前面的佳吉顶牧场找牛的。据说是三年前走丢的犏牛，今年在那边有人看到了。""啊？还有这种事？"三年当中那牛一直游荡在这深山老林里，那它是怎么过冬的呢？我又向阿亚问起一个一直深感好奇的问题，是有关卡瓦格博四方圣地的。最初听说四方圣地的事，是在两年前的转山途中。自那以后我已经探访过其中三处圣地——西边的怒·佳兴，东边的些·雨崩，南面的鲁·为色拉，分别指佳兴村、雨崩村和为色垭口。"小林想问的是措格吧？刚才来过的那个永宗村人说，措格说的就是佳吉顶那边的湖。"阿亚这样告诉我说。

"这倒是个有趣的说法。明天我们去看看那个湖吧？"能去四方圣地的机会来之不易。此行原本的目的是要看看卡瓦格博西侧的景观，没想到临时起意，计划生变。

9月11日　多云有雨

这是我们到这儿以来起得最早的一天，5点半就起床了。6点半左右天才会亮，所以外面还很黑。虽然夜里有点漏雨，但铺了栎树叶子的地铺非常舒适。

我们在稀稀落落的小雨中出发了。因为打算当天返回，所以没带行李，轻装上路。在海拔4400米的冬巴垭口，绑在竹竿上面的风马旗在冷风中飞舞。今天仍然是个阴天，还是看不到山峰，我们直接走下去了。踏着前人的足迹往前走，谷底出现了一汪碧绿的湖水。湖畔草地上有五六间牧屋，有炊烟从中升起。这里就是传说中的措格吗？

走近牧屋，狗狗们应声而吠。我瞬间僵立在那里，牧民的狗可是真的会咬人的。幸好狗是拴着的，我们又上前几步。奇怪的是明明有人，但却看不到人出来。"有人吗？"阿亚用藏语喊。从一间屋子里鱼贯走出几个男人，神情严肃。看来我们是被当成"入侵者"

秀同次牧场的人们。最右是松吉次里

了。阿亚上前说了一番,他们的表情和缓了下来。看起来是头领模样的男人松吉次里把我们让进屋里。原来他们是澜沧江边上甲日顶村的,一共有十人。从 6 月到 9 月,他们会徒步两天的路程到这个他们叫作秀同次的牧场来放牧。端上来的酥油和奶酪,是每隔几周托村里人带来的,同时还会带来其他食材。他说碰巧今天是村里来人的日子。

松吉次里端上来的新鲜当布非常好吃,市场上卖的那些完全没有这个味道。"这里是不是就是措格啊?""你说的措格是卡瓦格博的圣地吧？那个湖在更北面。以前听村里老人说过，我也没去过。"四十岁的松吉次里用汉语这样说。我原本满怀希望这里就是措格，不过再好好想一想，这个地方其实是在卡瓦格博的南面。

探访四方圣地的愿望是无法达成了。不过对我来说，卡瓦格博的魅力又加深了一层。所谓的四方圣地究竟是什么呢？那里又有着什么样的传说呢？

喝过酥油茶，我走到外面看那碧色的湖水。湖水深约数米，因为清澈见底，能清楚地看见沉在湖底的倒木，湖中心的小岛上挂着风马旗。对他们来说这个湖水的颜色也是很不寻常的吧。在对岸吃草的佐木慢慢蹚入湖中，悠然游走。

一晃已是下午2点。虽然松吉次里挽留说："住一宿再走比较好吧？"但因为距离回国剩下的日子已然不多，我只得恋恋不舍地离开了。我们回去时，十个男人都走出来目送我们。走进林子之前我驻足回头，看到从山坡上下来了一队人，应该就是带着新鲜肉和蔬菜来看望他们的甲日顶村人吧。他们会在这里住上一宿，我似乎听到了他们的欢声笑语。

卡瓦格博的地图上，又多了一处给我留下深刻记忆的地方。大概总是在这样的时刻，某处风景在一个人心目中的广度和深度会倏然间得以拓展。人与人之间珍贵的相遇，能使原本平面的风景也随之变得立体而有纵深感。我俩向着云雾深处的冬巴垭口，加快了脚步。

Ⅳ 巡 游 森 林 与 冰 川

9月12日　雾转雨

今天我们计划从旁边名叫冬金的山谷翻过去后返回亚古佳秀。

登上冬金谷，刚走到我们估计应该是垭口正下方的地方，突然听到阿亚大声喊："雪莲花！那块石头下面有一株特别大的雪莲花！"我望向阿亚所指的方向，看到地面上有一株白色椭圆形的奇特植物，很像棉花的果实，周身覆盖着绵密的绒毛。

雪莲花（风毛菊属），被作为妇科病的特效药使用，因而价格不菲。我听说当地人大量采摘雪莲花并出售。我让阿亚稍等，我先拍照。等我拍完刚说"可以了"，他就迫不及待地将其连根拔起。看到眼前的一幕，我不知该对他说什么才好。他们世代与山林共存，也世代利用着这些植物。问题的责任不在当地人，而恰恰是在我们这些将某个特定物种抬价炒作的"外人"身上。关于松茸和冬虫夏草的高价收售，问题也是同样的。

山雾又起，卡瓦格博的方向不见一物。这段旅行已历经四天，卡瓦格博一次也没露面。努力至此却要无功而返，我禁不住心中遗憾。我们沿着碎石斜坡上留下的脚印往前挪着步子，看到好几朵雪莲花，阿亚非常开心。

一时间雾气散开了些，对面的风景开始展现在眼前。我发现从这个地方可以看得到卡瓦格博群峰西侧全景。下次找个天气好的季节再来吧。只是短短几分钟后，浓雾重新聚集，周围万物又隐匿在了白色纱帐的背后。

　　回去的途中，我们生火准备吃午餐。我已经完全习惯了在雨中生火做饭这种事。到了河流边上，发现水涨得很厉害，来时费力渡河的地方，已然不可能过得去了。河流宽度大概5米，水流奔涌。我们来来回回地寻找着流速稍缓的地方。阿亚用柴刀砍倒了一棵不太粗的树，找了个河面狭窄的地方架上一座桥，我们总算是安全渡河了。果然是藏族人啊，在这样的山中旅行，他绝对是个可靠的同伴。

　　我们赶在天黑前回到了亚古佳秀的小屋。

9月13日　多云有阵雨

　　每天都是天没亮就起床，用蜡烛火点燃木柴。山谷中依然云雾低垂。我们登上开着雪莲花的碎石坡望向尼色亚古垭口。雨季里开放的花，在一生当中又能见到多少阳光呢？我们在雨中艰难前行，翻越了尼色亚古，傍晚时分回到了雨崩村。斯那通如微笑着出来迎接我们，阿亚显得颇有些扬眉吐气。

　　旅行的疲惫积蓄多日，这一夜睡得极沉。

　　第二天一早，我被斯那通如的大声叫喊惊醒了。

　　"今天可是好天气呢！"

望向外面，缅茨姆被清晨的霞光涂抹上了一层金光，日照金山。又中招了！千挑万挑，偏又在雪山之行计划中仅有的一个休息日来了个大晴天。去措达峰的时候也是这样。为什么每次都这样呢？这回村里人又有的说了："一有外国人靠近卡瓦格博，天气就会不好。"

通往牧场的路

到雨崩村已经一个月，现在基本上没有人上山采松茸了。

回明永村时，我没有选择来时那条从西当村过来的路，而是改走经过高山牧场的路。这路本是从明永到山上牧场的，不过我听说能一直通到雨崩村，所以想走这条路试试。

9月15日　多云间晴

我和在雨崩村期间帮助过我的人们一一道别后出发了，斯那通如与我同行。途中经过笑农牧场时正好遇到从朋准牧场搬来这里的此里次姆阿佳。雨崩有三个大的高山牧场，藏族牧民在这三处牧场之间轮牧。笑农牧场地处笑农冰斗中间，是个有着七八间牧屋的大牧场。

遭遇山难的1991年登山队，以及我参加的1996年登山队，都曾在这里建过基地营。乍看起来，笑农牧场和五年前没有什么变化，

雪崩后倒伏的树木。笑农牧场

但事实上,在我们登山队离开后这里曾经发生过一次大雪崩。

"那次雪崩发生的时候隔着一座山,村里都听到声音了。"斯那通如神情严肃地说。1996年那次登山中,我们离峰顶只差了区区500米,却因为天气即将恶化的预报而中止行动。我原本极力请求登顶,但最终未能获允。如果当时真的登顶,结局会是什么呢?那样或许我们也早就不在人世了吧?知道了雪崩的消息后,不得不开始思考是否真有超自然力之存在这个问题,我也感受到了卡瓦格博所昭示的那种神秘力量。

笑农牧场上，被雪崩损坏的牧屋已经修葺过了。不过原来靠山那一侧的树木已全然不见，周围有超过一百棵的树向着同一个方向倒伏着，它们的根部朝着陡峭岩壁上的倒挂冰川。显然是那个冰川崩塌了。在倒木中间，有些树的年轮显示树龄已有近百年。

在一堆倒木中，不知从哪儿冒出来一头牛，正悠然地吃着草，似乎这里什么都没有发生过，又似乎它早已了然，忤逆自然终将徒劳……

我们在阿佳的牧屋里品尝着手握奶渣，吃过了午饭。

午后，我们继续出发。顺着围绕冰斗的山坡往上爬，越过林线，就看到了登山队曾上去过的冰川和一号营地的雪原。1996年登山时偷我们营地帐篷的那哥儿们，大概就是在这条路边看着我们，伺机出动的吧？当年初来乍到，根本无从料想会有盗贼从哪个方向来这种事，而五年后的今天，我已经可以大致判断出他们的活动轨迹。

走在视野极为开阔的草原小径上，我们到了今晚的住处如色牧场。隔着深深的澜沧江峡谷，从这里能够看到对面飞来寺的瞭望台。这和平时经常看到的风景正好是反方向的，让我感觉很是新鲜。

天黑之前，我们去登近处的山。站在山脊上向着山峰方向远眺，只能看见一小块白雪皑皑的峰顶。对这山峰的形状我太熟悉了。是卡瓦格博！我没想到从这里能看得到他，何况在雨季中期能看到峰顶实在是难得的好运。运气真的是太好了！

我凝视着，只片刻间山谷中升腾起的云彩就压顶而来，将眼前

笑农冰斗全景。左下是牧场上的牧屋，右上部可看到登山队的登山路线笑农冰川

的整个草原盖了个严严实实。黑色的山影和云海相互重叠，日落千峰，云销万壑，如同一幅气势磅礴的水墨画。一抹桃红色的光线从卡瓦格博的背后伸向天空，这是太阳西沉瞬间的光芒。仅仅过了几分钟，光亮褪去，一片沉寂的黑暗笼罩住四周。

整个过程不到半个小时。这种云与光的交织场景完全可遇而不可求，这份幸运让我反复回味了许久。

回到小屋，斯那通如已经用他从林子里采来的蘑菇做好了饭等着我。

"小林，我没等你，先喝上了哦。"斯那通如的脸因为喝了酒映出一片赤红。

"你可真是个酒仙啊。不过托你的福，这趟旅行非常不错，谢谢你啦。"

这是我和他最后一次围炉而坐。我举起酒杯表达这些日子以来对他的谢意，一仰脖干了。

9月16日　多云间晴

次日，天没亮我们就起床去爬昨天那座山。可是卡瓦格博完全被云雾遮住了，没看到。在草原的对面，能看见一年前和小马一起去过的只子西贡牧场。

9点多我们出发了。再往那边，我和斯那通如都没有走过。原以为就是这一条路顺着走就行，结果走过林子却到了另一处牧场。我俩你看看我，我看看你，不知如何是好。这边的牧场真是多啊。

我们又沿着沼泽边上的模糊脚印往回走，走到了只子西贡的草场上。去年6月时蓄满水的池塘，现在已经干涸了。这大概也预示着雨季即将结束吧。我们走进其中一间小牧屋，生火准备喝酥油茶。

望着门外连绵不绝的山峦，我沉思许久。当我将卡瓦格博视为攀登对象去观察的时候，眼里看到的只是雪山下面广阔的山麓，除此别无他物。但是今天，我能够看得到迂回林间的小路、散落深山的牧场。除了这些,我亦可依靠想象去贴近草原上盛开的花朵、森林里生长的蘑菇,我的脑海里还会经常浮现出来往于牧场之间的人们的面容。映射在我心中的卡瓦格博,已经成了一道立体又有深度的风景。

离开牧场时,天空开始掀开湛蓝色的一角。登上山脊,我俯瞰近乎垂直落下的明永冰川。这里和明永村的海拔落差大约有2000米。直达澜沧江边的山坡上,细细地凿刻着蜿蜒的长路。

告别了草原,我继续往山下走,前面是夹杂着杜鹃花的针叶林。途中经过两个牧场,海拔高度一直在下降。越靠近明永村,空气也变得越干燥。天空已经完全放晴,阳光透过树枝照射下来。"和雨崩的林子很不一样啊。"斯那通如小声嘟囔。这里没有雨崩那种长满青苔的湿润的森林。尽管时节一样,但在靠近大山的雨崩与山较远的明永,森林的面貌却不尽相同。红色的忍冬果实和白桦树金黄的叶子被森林的绿色映衬着,这边的山林已然是初秋的模样。

终于,透过树木的缝隙,明永村的景色出现在眼前,我离开这里已过了一个月的时间啊。犹如涂上了薄薄一层金色的玉米地里,有人影在闪动。村里的人们都还好吧?我怀着一种久别归乡的亲切感,往扎西家走去。探访卡瓦格博的冰川、森林的旅程已告尾声。

卡瓦格博森林里的松茸

夏季的雨崩村。多雨的气候让周围翠色葱茏

在森林中遇到的采松茸的女孩，正在向我们展示她采到的大松茸

雨季里的深山终日云雾笼罩。在雨崩村的最后的日子里，
难得地拍到了从云海深处探出峰顶的卡瓦格博

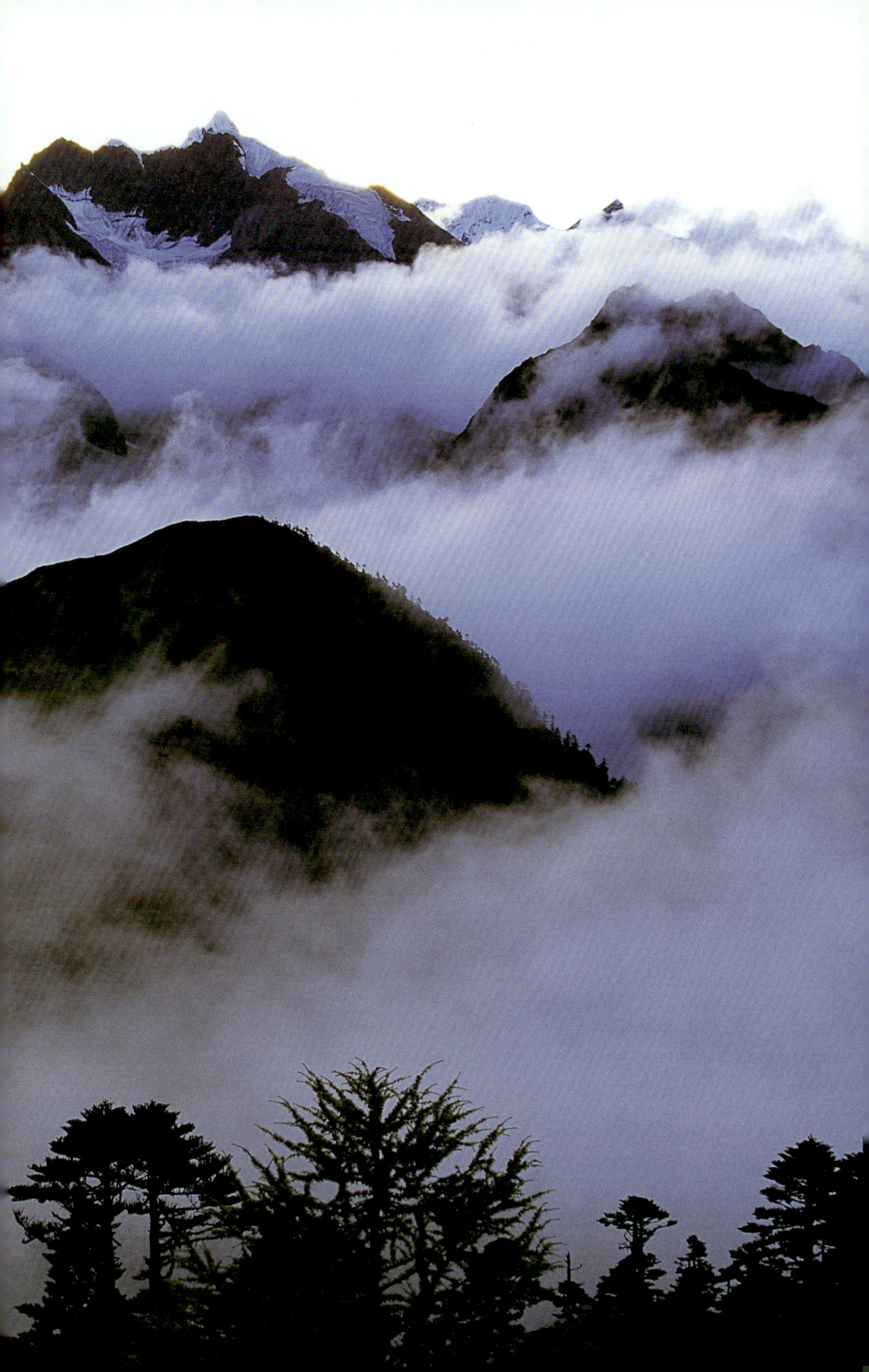

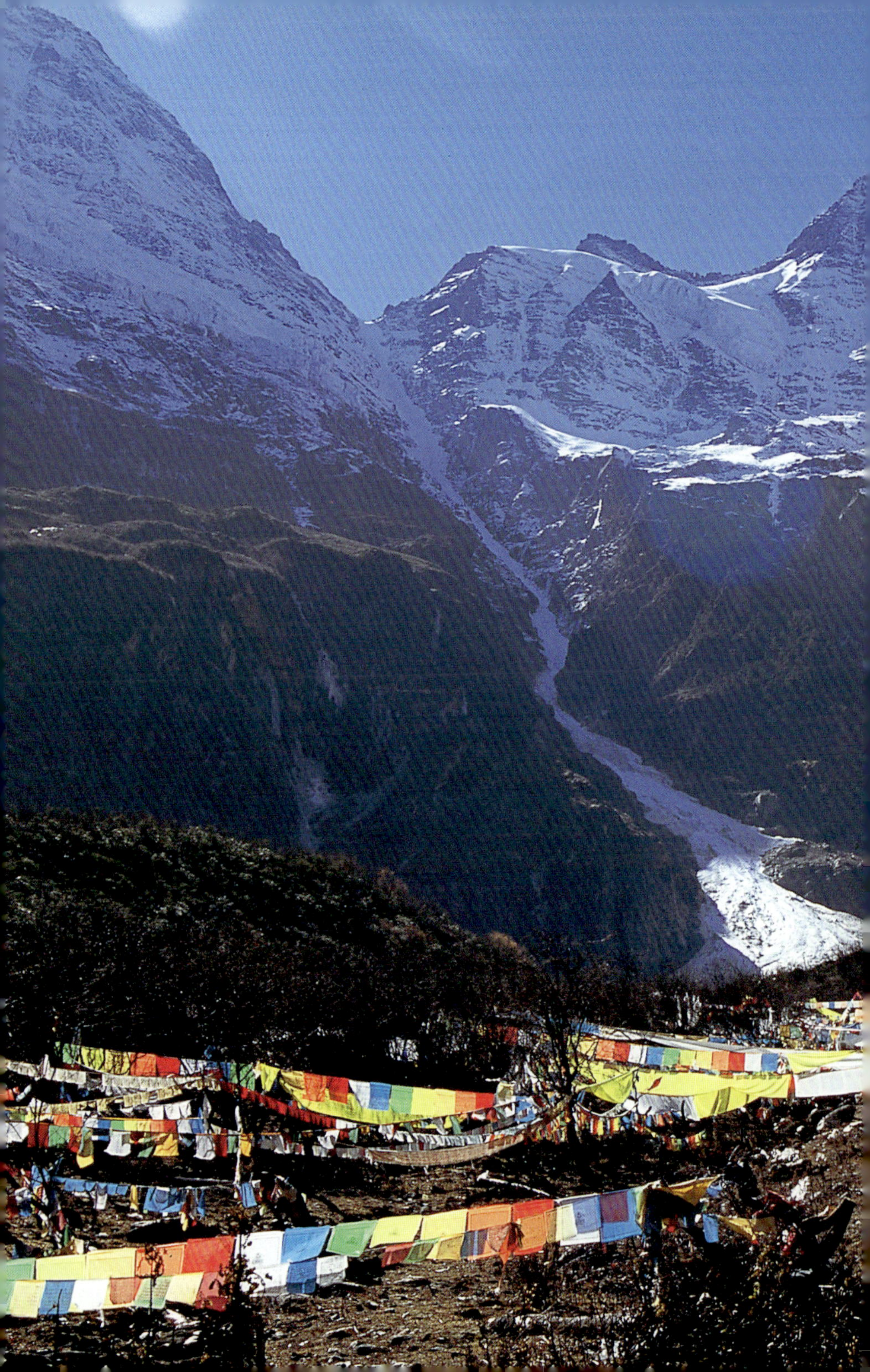

向着从吉娃仁安（五冠神山）落下的神瀑行进。瀑布在岩壁的右侧深处

在高山牧场劳作的此里次姆奶奶（六十五岁）

苞叶雪莲如同一盏盏照亮草原的小灯塔。措达峰天池

图1：报春花，白马雪山。图2：贵重草药绵头雪莲，冬金谷的上部。图3：像宝石一样的白珠树果实，雨崩森林。图4：杜鹃花，明永村太子庙附近。图5：虎耳草，尼色亚古垭口。图6：紫堇，尼色亚古垭口

朋准牧场的牧屋，挤奶时间，母牛被集中在牧屋附近

此里次姆奶奶（左）和阿纳（右）在高山牧场上居住的小牧屋

上图：制作奶渣
下图：具有梦幻般味道的熟奶酪司喜

从开满杜鹃的林带俯视明永冰川。丰沛的降雨和险峻的地形组成了特殊的景观

秀同次牧场。远古冰川残留下的碧蓝湖水

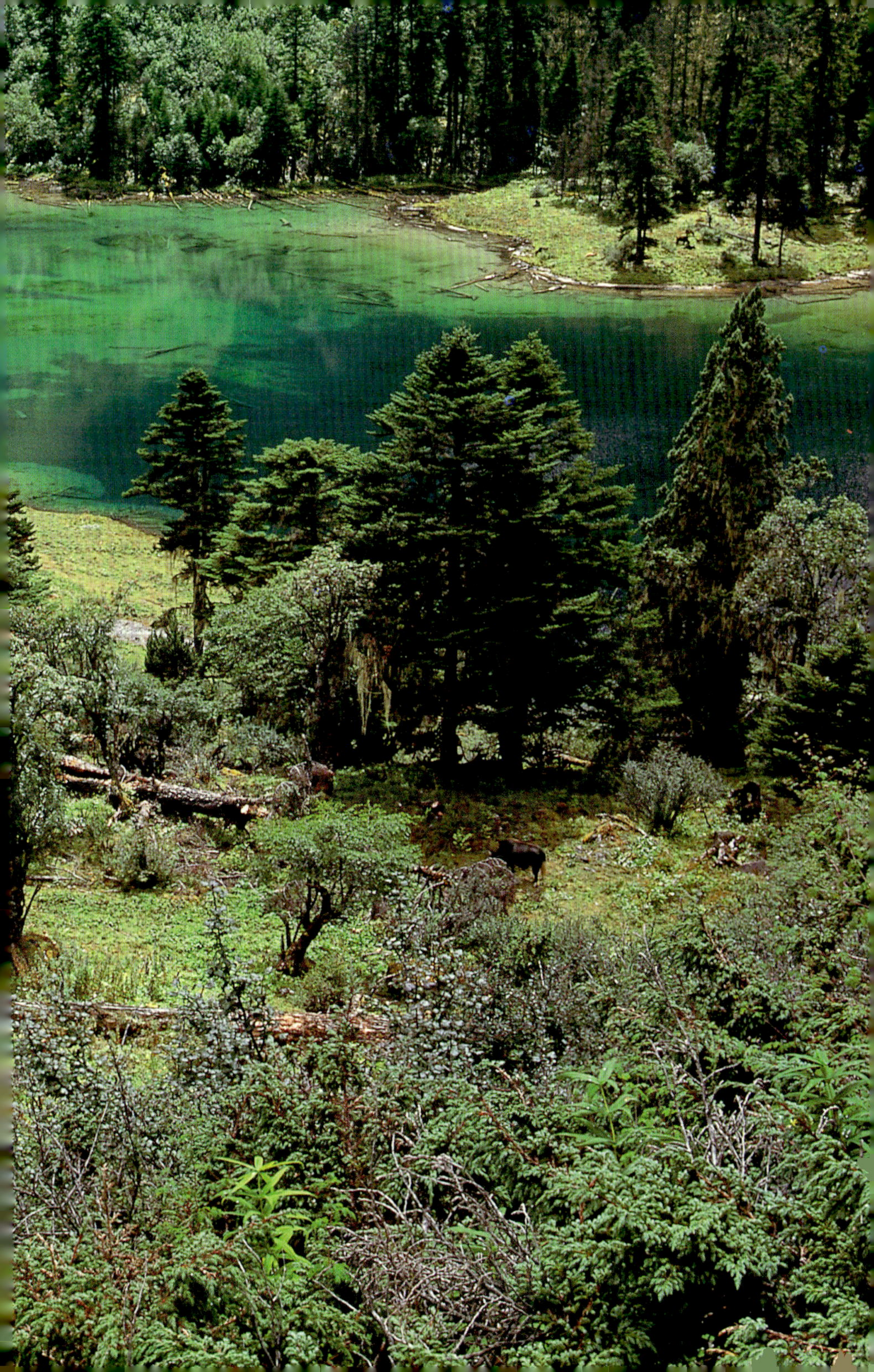

也许不久之后搜寻工作就会无法再进行下去了。

上到岸边，我开始检查之前村民发现的遗体。这具遗骸是在今年6月进行的搜寻中发现的，只有半边身躯。眼前的景象虽然凄惨，但因为遗体见得多了，我们没有了最初那种冲击感。看惯了，神经也被麻痹了。

我在衣服碎片上翻找，没有找到署名。回国后尽管又做过了DNA鉴定，但仍然没有能够鉴别出身份。在未能鉴定身份的遗骸中，这是最大的一具。我将下一次的搜寻工作安排在一个月之后，其间去雨崩村待了一个月。

第二次的搜寻是在从雨崩返回明永的一周之后。我和扎西两个人去了一个月前去过的林子里，但那里已经没有松茸了。

搜寻现场的冰川因夏日高温而融化，到处都有大面积的塌陷。我俩一度被一处落差10米左右的冰壁阻断去路，但扎西干脆利落地突破了阻碍，攀上冰川。与上一次搜寻时相比，冰瀑的流落口出现了许多张开的冰隙。用望远镜可以看到远处有两三处遗物，但因为实在无法越过深深的冰隙，什么也没能回收回来。这样的情况还是头一次遇见。

1998年首次发现的遗物，历时三年，穿过了冰川中游的缓坡带。然后在2001年的这个夏天，带着三位尚未被确认的队员，就这样被落差500米的冰瀑吞没了。他们以后何时能再出现于可搜寻到的地点，此时的我完全无从判断。

9月下旬，秋风拂过明永村。结束了松茸季与高山牧场之旅，我离开的日子也近了。

从两年前第一次来到这里，到如今已是第六次拜访。不断往复于此地，是因为我想亲眼看看这里的每一个季节。到现在为止，我在山上度过的时间累计约有十二个月了，旅行计划已全部完成。在这期间，我曾经的登山目标"梅里雪山"，已经变成了心中的圣山"卡瓦格博"。

我最初来这里的目的，是想试着找一条新的登山路线。但随着与当地人不断地来往，对神山的了解不断深入，当初的想法渐渐松动。而一年之后，当结束了第二次的卡瓦格博转山巡礼，我的想法就彻底改变了。

在这座山的周边，有数万藏族人与山朝夕相处，将卡瓦格博视为最高神灵。而不远万里来到这里，甚至不惜赌上性命也要完成转山巡礼的人，则比前者的数字还要更多。

"神山就如同是亲人。"

扎西村长曾经这样说过。他说登卡瓦格博，和用脚踩他亲人的头是一回事。他言语中的"亲人"，不就是指孕育、抚养人类，然后又将其收归回自己怀抱的"生命之源"吗？

面对他这样的理解，登山者可能会说："如果不能登顶，那么允许到峰顶下面就撤回也可以啊。"对此扎西的回答斩钉截铁："这和登顶没区别。"

V 何谓圣山

笑着说。不过自那以后，作为村里"男人"的弟弟，他的成长非常惊人。

在这些孩子中，有一位一直没有什么变化，她就是因为患病停止生长的玛姆。两年当中，她的身材、说话方式几乎没有改变。在快速变化的明永村，时间在她身上却仿佛停止了，这件事似乎有着某种特别的意味。

这些年中最引人瞩目的，当属明永村开发过程的加快。1998年夏天最初来到明永时，汽车还不能开进村子里，公路是在那年秋天修通的。

我开始往来于明永的1999年，太子庙旁边修建了山庄，开始建造旅游设施。

2000年，修建了村里通往山庄的步道，游览冰川的游客纷至沓来。村里兴起为游客牵马的项目，村民们开始有了稳定的现金收入。也是在这一年，村里不再种植颇费人工的荞麦作物。

村里通电是在70年代末，在那之后的二十年里，每家每户不过有几个电灯泡而已。但修通公路后，买电视的人家多了起来，如今2001年，已经有半数以上的家庭拥有了电视和录像放映机。同时村里还通了电话。

各类电器开始进入明永村，正好就发生在我驻留本村的时间段里。随着物质的丰富和人口的增加，这个村子里时间的流逝速度似乎也在加快。

"明永村的变化好大啊。""是啊。这个村子里每年都有新的东西出现。等再到明年，一定会变得更好的。"扎西充满自信地说着。确实，村里人的眼神都比以前明亮了。

　　他继续说："你看现在有外面来的家伙们沿路盖起民宿了。但我们的话，目前就在自己家里招待游客就行，可以让他们体验体验藏族人的生活嘛。"听到他这样的想法，我吃了一惊。我之前听说过，中国正在探索有别于大型风景区、具有地域特色的旅游开发模式。但我没想到扎西对明永作为旅游区的未来有着如此明确的考虑。我问他："不过那样的话明永就会变成满是游客的民宿街了吧？""不是的。我们是农民，所以很自由。我们作为藏族人，对自己的传统很有信心。"从他的话里可得知，他清楚地知道自己是谁，也在努力看清楚以后的生活中需要些什么。我继续问："这样一来，明永村会越来越富裕吧？""是呢。""到时候卡瓦格博依旧会是神山吗？"对于这个问题，扎西回答得异常肯定："就是因为有卡瓦格博我们才能存在。如果卡瓦格博不是神山了，那我们不如死掉算了。"他在背负着藏民族传统的同时，也在寻求作为中国村落的未来之路。他安静地承载着这两种责任。我相信只要他在，这个村子就一定不会走样，我非常乐见明永村的未来。

　　9月末的一个清晨，我要离开明永了。扎西和阿尼把我送到公路边上。"不管什么时候，都欢迎你再来。"扎西这样说时，阿尼也随声附和着。我探访各个季节的旅行计划已全部完成，遗体搜寻工作

V　何　谓　圣　山

也要告一段落了。我对扎西说，何时能再来就不知道了。

我与二人简单地道了别。车开动了，我追寻着车窗外闪过的村里风景，努力将这一瞬间看到的明永村永远地镌刻在心里。

再聚首

2002年，持续了两年的卡瓦格博之行告一段落，我在日本安心地工作、生活着。在与扎西分别一年后的某日，我收到了一封德钦的朋友发来的电子邮件。这还是我第一次收到那边的电子邮件。发邮件的人是会使用电脑的县旅游局的鲁茸。我边查字典边读他用汉文写的邮件内容。

小林：

你好。我是鲁茸。写这封邮件，是为了转达扎西村长的话，收到后烦请回复。"2002年8月1日，在明永冰川上发现了登山队员的遗体和遗物。清点如下：一具完整的遗体，少量的碎骨、靴子、衣服、睡袋、相机。目前已按照德钦县的指示将上述遗物转移到了冰川边上安全的地方。希望你能尽快来明永进行回收。明永村，扎西。电话：139……"

有新的遗体被发现！这着实出乎意料，没想到今年就会有遗物出现。更让我感到惊奇的是,这封信是用电子邮件写的,上面还留了手机号码。

可见在这一年当中,明永村和德钦县又发生了很多新的变化。我立刻拨打那个手机号码,电话那端传来了久违的扎西村长的声音。商量的结果,我决定10月末去当地回收遗体和遗物。我向日本的遗属汇报了这个消息,有六人希望能和我同行。我们决定与六位遗属一同去拜访明永村。

时隔一年,重游故地。这一年的春天,中甸城区改名为"香格里拉"。

原本是一场令人期待的相聚,但在出发前的两周我却接到了一个悲伤的消息。当时我正因工作出差到珠穆朗玛峰的山下。我想告诉扎西,就拨打了他的电话。

"……嗯,好。反正这个月底就会去明永的嘛。还有,家里人都好吧?阿佳的身体怎么样?"

"好着呢,每天还是劳动。"

"阿尼怎么样?关节还疼吗?"

"父亲已经不在了……"

"啊?不在是什么意思?"

"今年5月因病去世了。"

"你说什么?!"听到这个噩耗,我仰天叹息。我重新又问了一次,扎西的语气告诉我,这不是玩笑话。怎么会这样!之前不是明明通过好几次电话吗?那个时候为什么没告诉我呢?在悲伤之余,我心中无限悔恨。过去的五个月期间,我竟然完全不知道阿尼去世的事情。我对自己懊恨不已。

10月底,我和六位遗属顺利抵达德钦。因为六人中有四位是老人,所以一路都在担心他们会有高原反应和过度疲劳,幸好大家状态都很好。晴朗的天空和卡瓦格博迎接了我们,能在到达的当天就看到卡瓦格博,实属难得。

明永村正值收割玉米的季节,每家的屋顶上都晒满了金黄的玉米棒子。我们先去村长家。

我边打着招呼边走进屋里,仿佛又听到阿尼亲切的声音说:"小林来啦?"走进客厅,阿佳正一个人在熬酥油茶。老人家不懂汉语,一时间我不知道对她说什么好。刚说了句:"阿尼……"我的话就卡在那里了。我看到阿佳的眼睛里有泪光闪动,我知道阿尼去世的消息是千真万确的了。

扎西回来了。看起来他身强体健一如往常,我心里踏实了些。我们和遗属一边喝酥油茶、吃核桃,一边商量这次的行程。

出了扎西家,大伙儿穿过村子去今天的目的地太子庙。一路上我看到了不少去年还没有的新鲜事物。好几个人家里放置着崭新的洗衣机。青稞地里的一角正在修建小型的污水处理厂,周围的桃树被砍伐掉不少。白塔周围的路也重新铺垫过了。

马进武家的姑娘们去德钦上小学了,不在家。四岁的噶太次里蹦蹦跳跳地出来迎接我们。当晚，大家住在太子庙的山庄里。

第二天清晨，所有人一起出来看被朝霞染得金黄的卡瓦格博。第一次看到此情此景的人们，凝神静气地看着这从天而降的金光。

早饭后，到了冰川岸边，用石头堆砌小的玛尼堆。大家上了香，面向冰川双手合十。这一刻，每个人心中都充满了对此次得以顺利成行的感激之情。

穿过黄叶满林，我们向着新建的观景台走去。我一路想着这观景台会是个什么样子，见到后着实吓了一大跳。沿着冰川岸上的岩壁建起来的回廊状铁架桥，足有500多米高。走上桥去，眼前展现出一片从未见过的冰川的模样，视野如同是在空中鸟瞰冰川。比起那几位同行的遗属，倒是我显得兴奋异常。

到村里后的第三天，我们和扎西以及四位村里人一起去往冰川。降雪量持续减少，冰川高度也在逐年降低。第一次来时走过的路，现在已经高

去世前一年的嘎玛次里爷爷（六十四岁）

V 何 谓 圣 山

西家。这次我的住宿地点和遗属们一同被安排在了民宿里，所以并没有太多的时间可以和他单独聊天。

扎西一个人坐在客厅里。如果在平时，一定是要先喝上点酒的。但因为明天就要离开，所以必须得先把费用结算清楚。

费用标准是在两年前托付村民开始进行独立搜寻时，扎西和我定下的——

需要搬运遗体、遗物时

每具遗体：800元（1元人民币约为4日元）

每袋遗物：250元

只进行搜寻（无搬运需要）时

每人次：70元

除此之外，付给扎西相应的装备保管费、食宿费等费用。

这次所付的费用共计2500元（约35000日元）。这个数目，在中国的农村还算是笔大钱。

据扎西说，搬运遗体和遗物的费用，实际参与者每人100元，剩下的分发给全村各户了。100元，在普通农村的话还算是个高收入，但对游客如织的明永村来说，绝不是个值得去用为难自己的工作来换取的报酬。因此在去抬遗体和遗物时，扎西让每个家庭进行抽签，抽到的人家出人参与搬运。在单纯进行搜寻的日子，扎西则只叫上自己的家人和亲戚。他说万一出现什么意外，自己亲戚的话处理起来方便些。最常参与搜寻工作的是他的弟弟马进武和小马。

他们俩明白遗体搜寻是为了保护村里的水源安全，对我的诸多事务也给予了一定的理解，是抱着一种献身精神来帮忙做这件事情的。

将所得的报酬分发到每家每户的决定，也是让搜寻工作得以顺利进行的一个原因。正因如此，即使是对登山队和日本人抱有敌意的村民，至少在面子上也不会表现不满。幸好有扎西的才思敏捷和出色的领导能力，搜寻工作才能一直进行下去。

结清了费用，收据上签完了字，有关钱的事就谈完了。我们边喝酒，边聊着彼此这一年当中发生的事。我把刊载着我拍摄的有关卡瓦格博照片的杂志拿给他看，他高兴得就像那是自己的事情一样。关于观景台的建成，扎西甚是引以为豪。据说在铁桥的设计位置方面，采纳了他提出的很多建议。

在聊天的间隙，我看到佛龛上供奉着的阿尼的遗像。刚到明永时忙于事务，没有顾上好好行个礼。望着小小相框中阿尼的容貌，与老人一起度过的日子在脑海中一一回放，泪水浸满眼眶。我们之间能够互通的语言极其有限，可为何会如此地想念？我向着遗像双手合十，做最后的道别。趁泪水滑落之前，我走出了扎西家。

好天气只持续了约一两周，不知道遗属们希望直面卡瓦格博的夙愿是否得到了满足。站在慰灵碑前，我们再一次眺望卡瓦格博。

群山兀立，苍黛凝重。但在每个人的眼中，山的形象却是不尽相同的。在遗属们看来，横亘眼前的永远是有着非凡魔力的"梅里雪山"吧。去过明永村的人，也许多少感受到了卡瓦格博更丰富的一面。而对于逝去的十七人来讲，此山或许就是他们的终极憧憬，感受生命真谛的舞台。

如今，我眼中看到的卡瓦格博，已全然不同于最初。登山活动期间，我只关注他白雪覆盖的峰顶，而现在，我的眼中还有着雪山脚下宽广的土地上的种种事物。苍翠峭拔之间的冰川、垂直分布的冰雪世界—森林—干燥地段、隐藏在林木中的小径和牧场。这所有的一切，之前从未被我注意到过，如今我却能够清晰地看见它们。

卡瓦格博所怀抱着的，是一个完整的世界。季风遇到高峰的阻碍形成大量的降雪，从而孕育出冰川和森林。因了这冰川水和森林的滋润，干燥地区的人们才能得以生存繁衍。此地生灵万物，皆是受卡瓦格博的庇佑而存在的。

隔着澜沧江远眺对岸的卡瓦格博，将群山连亘、错落有致的景观结构尽收眼底，感悟生命在此间被孕育、营造，继而死亡。我感觉自己总算是多少明白了一些藏族人之所以将卡瓦格博奉为圣山神明的原因。

山顶又开始聚集起云雾。在我们踏上归途时，他也将身姿缓缓地隐入了云层之中，终至消失不见。

六十年一度的转山巡礼

藏族聚居区的高山、湖水，按其在传说中的生辰年份被排列于天干地支表中。山的生辰一般为午，即马年；湖则为未，即羊年；森林为申，即猴年。传说卡瓦格博是从湖水中诞生的，所以虽然是座山，干支表里却被定为羊年生辰。准确地说，是相传诞生于水羊年羊月羊日。

2003年的干支为癸未年，藏历当中为水之母羊。这一年恰好是卡瓦格博六十年一遇的干支年，据说会有很多信徒从西藏来转山朝拜。我和扎西村长两人约好在羊年一起转一次卡瓦格博。2003年秋，我们决定实现这个约定。

信徒们认为，一辈子当中若能转三次卡瓦格博的话是最吉祥的。其中一次是为了父亲，一次是为了母亲，还有一次则是为了自己。回首我之前的两次转山之旅，似乎都是为了自己，探访卡瓦格博周边地区的景观是我旅行的主旨所在。但这第三次转山，我打定主意要以吊唁十七位逝去的友人为首要目的，进行一次真正意义上的转山巡礼。

羊年的转山路

这次的旅行同伴有扎西（四十一岁）、国生（三十八岁）、尼玛（二十二岁）三人。我们带两头骡子，分别为"福利"（母，十三岁）、"拉姆"（母，十岁）。除了母骡"福利"之外，这次的队伍成员焕然一新。尼玛是我第二次转山时的同行者扎西尼玛的儿子。只是隔了五年而已，已经换了一代人。

10月中旬一个晴朗的清晨，我们开始了为期十四天的转山之行。国生和尼玛牵着骡子先走了，我和扎西两人按照自己的节奏随后出发。时隔三年再走这条茶马古道，我看到一路上有许多新盖的房子。

第二天。羊咱村是很多转山者选择作为巡礼始发点的地方。有一个坐着拖拉机来的五十多人的团队正在路口吃饭。公路两边的商店比以前多了，甚至已经建起了整洁漂亮的民宿。这也说明了这一年的转山者比往年更多，我感受到了今年的特殊性。

在澜沧江大桥上，我们遇到在统计人数的调查员。每天通过这座桥去往转山的人数在四百至一千五百之间，而今年开始到现在的总人数据说已经超过了二十万。

第三天。我们与众多转山者一起往大山的深处走去。三年前这里什么也没有，但现在已经有了商店，甚至还有了帐篷旅店。垭口上的商店里挤满了买水和饮料的转山者。顾客当中还有人问是否卖相机用的电池。这种新的变化让我瞠目结舌。

垭口前面的焚香台上悬挂着比以前多出一倍的拉铁（风马旗），焚香台的四周被白白的糌粑盖了一层。看起来增加的不只是商店的数量，人们信仰的虔诚度也在增加。

转山路走到山麓上的林带里。当初一个人赶路时不懂，而现在和扎西走在一起才得知，路边有很多人们用于祈求利益的场所。比如画着活佛手掌纹样的岩石、传说中摸一下就可以祛病消痛的石头、授予人们巡礼之钥的洞穴等等，不一而足。我还看到很多用细绳子挂在树干上的石子，据说这象征着将厄运、病痛与石子一起扔掉了。

第四天。昨晚帐篷里太冷，大家都没有睡好。我们索性早早起床，朝着多克拉方向出发了。在通往垭口的冰斗，遇到了一直前后同行的一队人，他们正在生火喝茶。信徒们通常天黑时就起床赶路，太阳升起来之后再喝早茶。这大概还是因为凌晨时太冷睡不着吧。我们和其中的一部分人打招呼："你们从哪儿来啊？"

"青海省玉树县。前面还有我们一百来个人呢。"

"可以拍张纪念照吗？"

"行是行啊，洗出来后要送给我们哦。"一位领队模样的人这样回答着，摆好了拍照姿势。

前面，去往多克拉的羊肠小道上出现转山者的队伍。如果不考虑将近4000米的海拔，这里和夏季的日本山林很像。已成金黄色的草地映衬着湛蓝色的天空。我怀念起三年前被雪困在这里时吃过的苦头。

　　走上垭口之前，我看到很多用石块堆起来的小"屋子"，据说人们在死后到转世托生之前将住在这里面。在这个视野开阔的地方，人们依照各自的想象盖出了形态各异的灵魂居所。走在我前面的一个女孩，也堆出了一个小巧可爱的"家"。

　　多克拉山上悬挂着数不清的风马旗，大概有上一次的十倍那么多吧。一想到每一片小旗子上都寄托着相应的愿望和祈祷，我感觉已经被此处巨大的能量所击倒。我真实地体会到了何谓"六十年一度"的转山巡礼。

　　第五天清晨，我们一早就去挑选做拐杖的竹子。鲁·为色拉的湿地周边，生长着转山路上唯一一片竹林。所有转山者都会从这里取一根藏语叫作"嘎托"的竹杖。人们选定了哪根竹子，就从下往上数五个竹节砍下，去掉两头，并削尖上端。转山途中，在竹杖的空芯里装入土和圣水，再插上松针。这根竹杖将作为本人卡瓦格博巡礼的证物，带回家后成为镇宅之宝。

　　第一次和第二次转山时，我怕会影响摄影，所以并没有制作竹杖。但这一次，我是为吊唁十七位友人而来，于是第一次制作了自己的嘎托。扎西帮我选了一根直径约3厘米的粗竹子，很重。将这根竹杖带到转山之旅结束，成为我一个重要的使命。

　　梅里雪山山难，发生在十二年前的羊年，距今正好过了一个干支轮回。这真是与属羊的卡瓦格博之间不可思议的因缘。

听说鲁·为色拉就是传说中卡瓦格博四方圣地之一，还是两年前在雨崩山里时的事。那里是南方圣地。

今年的鲁·为色拉，样子有些骇人。焚香台的周围，风马旗悬挂了好几层，没地方下脚。通往垭口的一侧路边，糌粑堆成了小山，数十个木碗被埋在里面。路的另一侧则放置着无数件旧衣，有些上面还摆放着大概是衣服主人的相片。见我对着这一切愣神，扎西对我说："小林，你知道那些碗和衣服是什么吗？那些都是死去的人用过的。这个垭口是祭奠死者遗物的地方。父亲去世后他用过的碗也让去年转山的人捎到这儿来了，应该就在这里的什么地方吧。""原来是这样啊……"我第一次知道了这个垭口为什么和其他垭口不一样。仔细看看，所有的碗里都满满地装着糌粑，而那些小小的衣服上则摆放着小孩子的照片。

晴朗的天空下，卡瓦格博一览无余。峻峭的岩壁从谷底延伸到山顶，兀自矗立着，似乎将世间生物拒之千里。这座山，是剥夺生命的魔力之山。而他同时又有着另一面。山顶上的积雪化成了丰沛的水资源，孕育滋润着森林，人和动物皆仰赖其滋养而繁衍生息。卡瓦格博既是一座生杀予夺的魔山，也是庇佑生命的丰饶之山，同时还是人们寄托心灵的圣山。

扎西用松柏枝叶焚香念经，虔诚地系挂带来的五色风马旗。此刻他的心里一定在想念去世的阿尼吧。

我凝望着卡瓦格博，一一呼唤十七人的名字。尽管对我来说，

V 何谓圣山

这样的仪式是第一次，但意外地自然坦然。垭口上传来转山者们的诵经声。

第六天的清晨，在那通拉垭口的下面，看到从云海中浮现出的卡瓦格博西侧山棱。早于我们攀登到山坡上的一队转山者，也正巧在回头看那一幕景色。在整个转山路上，能够看得到卡瓦格博的地方屈指可数，在大部分路程当中是完全看不到卡瓦格博的。转山者们心怀着这座看不见的山，一步一步地继续着十余日的行程。

他们为什么会去走这条充满凶险的路呢？在前次的转山路上我们还遇到了冒着生命危险在大雪中翻越垭口的转山人。

藏族人极为注重"转"这个动作。里面放了经书的经筒要转，寺院的周围要转，神山神湖要转。"转"这个行为，据说和念经有着同样的功用。

一个采访过冈仁波齐转山者的人曾经告诉我，当问及转山者他们转山的目的时，受访者们的回答整齐划一得就像是用同一图章盖出来的一样："为了这一世的幸福"以及"为了更好的来世"。据说也有些人是为了消除业障，即消除过去犯下的罪孽而转山，我在卡瓦格博还遇到过为了治疗病痛来转山的人。

已是第三次转山的我，已经不像以前那样想不通"为何要转山"这件事了。反而觉得人们去接近哺育自己的自然神灵，愿意绕着他进行巡礼，是一件再自然不过的事。

卡瓦格博的转山习俗是什么时候开始的呢？相传，在佛教传入该地区之前，这里有一个叫绒赞·卡瓦格博的鬼神。它有九个头、十八只手，经常为祸人间。藏传佛教宁玛派的始祖莲花生大士将这位土著神降伏后，让其变成了佛教的护法。此神脱胎换骨后的名字叫作念青·卡瓦格博。莲花生大士（咕噜仁波切）是生活于8世纪的真实人物。在卡瓦格博的转山路上，还有一块相传印下了他脚印的石头。我听人说梅里雪山巡礼已有上千年的历史，或许此言非虚。

下午，穿过一个石壁上有佛像浮雕的隘口，到了怒江边。在河流汇合处附近，看到了不幸的一幕。修路工事爆破导致隘口的侧壁大面积崩塌，碎石泥沙等堵塞了支流，形成堰塞。修路可能是当地人的夙愿，但与此同时工程质量不过关又潜藏隐患。之前在怒江干流沿线，也看到过很多起工程事故。政府主导的西部大开发，已经推进到了这个大山坳里，现代化的触角无远弗届。

骑白马、武将打扮的卡瓦格博神塑像

在曲珠温泉，有一些供人住宿的小旅馆以及商店，数十位转山者住在这里歇脚。但是附近没有厕所，大家就都在河滩上解决，所以走近一点就恶臭扑鼻。对这一点，扎西也觉得很无奈，说道："从土地广阔气候又干燥的高原来的人们，并不太注重厕所。"

随处可见的垃圾也颇有些触目惊心。所有的垃圾都被扔在了路边，沿着转山路散落得到处都是，无人收集焚烧。因为火被视为神圣之物，所以在藏族聚居区用火烧垃圾是禁忌。

不管是厕所还是垃圾的问题，如果是按普通年份的转山者人数，并不会形成多大的困扰。但因为这六十年一遇的神圣年份，所以引发了上述担忧。这多少有些讽刺。

圣地的意义

此次旅行还有一个目的，就是寻找北方圣地雄·措格。在卡瓦格博周围的四方圣地当中，我已经去过东、西、南三方圣地，只有北方圣地尚不知具体位置。我曾经查询当年植物摄影家的旅行记，在里面看到过关于雄·措格的记述。从附于书中的地图来看，措格似乎就在怒·佳兴附近。

第七天的傍晚，我们到达龙普村，和上回一样仍去达追家借宿。她家已经把原来的小房子拆了，新盖了间大房子。一直关照我们的雨崩村老奶奶，已经在今年年初去世了。三年的光阴同样流过了这个地方。

我向户主阿僧打听去往雄·措格的路。

"去措格的话要先往佳兴走吗？"

"不是，你搞错了。从佳兴走的话路就绕远了，而且中间还有一段路马是走不了的。"

"啊……"

从一开始就和计划不一样了。旅行记里的地图似乎有问题。我又拿出别的地图让阿僧指认。原来措格并不在原来认为的卡瓦格博北侧，而是在梅里雪山第二高峰确达玛的北侧。想去那里的话不能从龙普村走，而是要先到来得村，从那里过去更近。我们迅速改变了去佳兴的计划，决定先去来得村。

第二天开始，我们就将转山行程往前推进了两天。

第九天傍晚，到了来得村。这是个只有六七户人家的小村落。我们去拜访阿僧介绍的尕乌家。尕乌五十八岁，是个面容威严的男子。我拜托扎西给我做藏语翻译，向尕乌咨询。

"从村里有通往措格的路吗？"

"今年刚砍林子开出了一条近道，不过那也要走十个小时。"

太好了，终于有望去措格了。

"雄·措格是个什么样的地方啊？"

"我们每年要去朝拜好几回的，不过几乎没有外面的人来。叫措格的那个湖，据称是卡瓦格博的茶碗，以前里面有两条金鱼。"

"有什么危险吗？"

"措格的周围有狼呢，有时候还袭击家畜。得小心骡子。"

听到这个，国生和尼玛对视了一下。

"您知道确达玛峰吗？"

"我们管那座山也叫卡瓦格博，是（最高峰）卡瓦格博的伯父。"

问完这些已经用了一个多小时。我的汉语词汇量本来就少，再加上扎西和尕乌之间也有方言的区别。原本想再问问四方圣地之说的由来，但谈话并不是很顺利，只得作罢。尕乌热情地劝酒。

我们决定用两天的时间往返措格。尕乌十五岁的儿子曲丁给我们做向导。

第十天。前一天晚上喝多了，起床时感觉不太好。可能因为已经是第三次转山，我的神经也过于放松了些。几乎没吃什么早餐，天还没亮我们就出发了。

在林带里顺着山坡往上爬，我们今天计划翻越三座山。三个小时后，爬上了第一座山脊。我们在这个名叫普亚的垭口上面吃午饭，周围是满山的红叶。这里能看到确达玛北侧的上半部分峰顶，看起来还相当远，措格就在山峰的正下方。

从普亚垭口下去，顺着长满灌木丛的山腰横切下降，到了冰斗中的小屋多如。从这里继续往碎石坡斜着爬上去，就是第二座山脊上的阿铁拉古垭口。这段超越我们想象的漫长跋涉，让每个人都开始明显地感觉到了疲惫。

继续横穿空旷的冰斗,在出发十个小时后,我们终于走到了第三座山脊上的松切拉垭口。在那里第一次看到了确达玛峰北侧的全貌以及绵延至措格的冰川。

"呀拉索!"

我不由自主地脱口而出这句祷词。

朝着冰川往下走,二十分钟后就到了冰川岸边的盆地草原。盆地里的草都黄了,到处散落着巨大的滚石。隔断草地和冰川的小山梁上,落叶松在夕阳余晖中闪着金黄耀眼的光。在山的深处,确达玛峰北侧的大岩壁巍然耸立。尽管疲劳和困意已然爬满全身,但看着眼前危峰嵯峨、集峻美与险要于一处的景观,我庆幸自己坚持了一定要来看看的决定。

草原的尽头有一面小小的碧绿湖水。是措格。

"这也不白啊……"

扎西和我对视了一眼。我们一直是按"措格"里的"措"(湖)、"格"(白)来想象这片湖的样貌的。

"措格的'格',正确的读法其实是'古爱'(圆的)。"曲丁这样告诉我们。

果然是周周正正的圆形啊。深山里不为人知的这面湖水,如同是通向另一个世界的入口。这湖应该是数万年前冰河时代的遗迹吧?她就这样静谧地诉说着光阴的故事,悄无声息。湖畔有风马旗在飘扬。

我终于达成了数年以来心心念念的愿望——遍访四方圣地。虽然手上患了腱鞘炎，我仍然坚持随身带着嘎托。我极力鞭策着快累瘫了的身体，强打着精神趁太阳下山之前拍完了照片。

当晚，我们住在草原上的小石屋里。

"大家辛苦了！今天真的是感谢大家。"

为了满足我一个人的愿望，他们四人一路伴我同行，我向四位表示感谢。他们夹杂着无可奈何，相视而笑。

翌日清晨，我们在早饭前转过了湖，又在挂风马旗的地方焚香祈福。向天空抛洒了青稞籽后，扎西说道："前天尕乌想说的是这么一个事儿。四方圣地并不是为了让信徒们去巡礼的，而是想要告诉人们这里是人和神的分界，从这再往里就是人类的禁区了。"

我颔首附和，的确如此。在湖的对面，只有长长的冰川和由冰与岩石组成的连绵的雪山。人类能够利用的土地，到措格湖的草原就算到头了。怒·佳兴、鲁·为色拉也是一样，从那儿再往里就是冰和岩石的世界。那些地方对于血肉之躯的人类来说是极其危险的。那里，是神的领地。

两年前，我穿行于雨崩山林中时，也思考过这个问题。当时，我切身地感受到了卡瓦格博周围广袤的森林，感受到了自然之力凿刻在山间的无数深沟险壑，惊异于在这片广阔自然中，即便是森林的最深处都有人类的踪迹。自远古时代人类进入大山之始，就一直在不断地开拓自己生存的土地。与此同时也限定出了人与神的领地边界。在人类推开自然之门的过程中,必定有很多人牺牲了性命。大概就是这种人和自然对峙的结果,才诞生了四方圣地为始的诸多神话传说吧。

大自然和人类之间的关系,一直存在着某种紧张感。作为远古时代的记忆,我的身上似乎也存在着这种感觉。我之所以对卡瓦格博如此魂牵梦绕,除了被他的美丽与富饶吸引之外,还因为感受到了大自然原本的可怖。

最初是谁,何时定下了卡瓦格博的转山道路和四方圣地呢?其中应该还会有更多的神话和传说吧?如果我能够直接用藏语进行访

雄・措格的湖水

谈，去探寻那些传说的话那就太棒了。对于这座山，知道得越多，未知的东西也会变得越多。

这一天，因为和担心骡子安全的四位说好了，我们又返回了朋秀的小房子里住。

第二天翻越说拉，沿着澜沧江边上的茶马古道行进，第十四天回到了明永村。到家的那一刻，我从阿佳的眼里看到了她望向扎西时那种如释重负的眼神，百感交集。

前后三次转山，宣告了我有关梅里雪山旅行的一个段落的结束。直面十七位友人，以纯粹的心态对他们进行吊唁，可以说这对我而言也是第一次。在此之前，虽然也进行过一些类似追悼的仪式，但心境全然不像这次这样踏实宁静。大概一直以来时机不对，心无余力吧。接受死亡的现实、搜寻处理遗骨、探寻神山之真谛，这些已然耗尽了我所有的精力。山难至今已是数年，我终于完成了真正意义上的转山巡礼。

这次带回来的竹杖，就是证物。我拜托扎西将我的嘎托和他的那根一起放在家里保存。比起刚砍下来的时候，竹子已经在漫长的旅途中磨短了5厘米。多年以后，也许会有那么一天，我和扎西边看着这根竹杖边叙旧吧。我幻想着那个未来的情景，将嘎托靠放在了佛龛旁边。

寻找最后的友人

确认第十六位队员

"听说又发现了遗体，是真的吗？"

2003年9月，收到来自昆明的"遗体发现"通报，我打电话问扎西。

"嗯，据经过那里的村民说，在冰瀑下面看到了三具遗骸和不少的遗物。我明天去那边确认一下。"

"那太好了，请注意安全啊。"

这一年居然又有遗体被发现。2001年时埋没在冰瀑中的遗物，按当时的推算大概会在五到六年后到达下游。但事实上只用了两年的时间就又出现了。遗物在冰川中的移动速度远远超过了我们的预测。

扎西用了两天的时间进行搜寻，回收到了约一百五十千克的遗物。据他说，两年前掉落在冰隙中的冰镐也找到了。村民看到的

"遗体"其实是睡袋，这次并没有发现新的遗体。

10月，我到了明永村。春天开始的"非典"（SARS）疫情此时已经平息。

和遗属们到明永已是一年前的事。这一年7月，包括梅里雪山在内的"三江并流"地区被认定为世界自然遗产。大概是受其影响，香格里拉到明永村的公路被重新修建。我也受益于此，只用了以往一半的时间就到了村子里。

村里的变化也很大。村民家里有了冰箱、电饭煲这些家用电器，田地里农机轰鸣。青稞地的一部分还变成了葡萄园。据说是要向一个世纪前往来于此地的法国传教士学习，酿造红酒。乘着世界遗产的东风，村里的生活正在以惊人的速度发生改变。

这中间，有一项变化让我深感欣慰。村里的饮用水从以前的冰川融水，改为山上清洁的泉水。在遗物终于到达冰川末端的现在，这是一件特别值得高兴的事。

10月10日，我和扎西以及村里的一位年轻人一起出发。发现遗物的现场就在离太子庙上面的观景台往上100米的冰川。翻过观景台的铁栅栏，从冰川旁边陡峭的石坡往下走，现场有很多起伏的冰壁，视野很受影响。每越过一个冰壁，就能看到一些破碎的衣服或登山器械。越靠近冰瀑，冰隙就越多，坡度也不断增大。仰头看时，眼前层叠的巨大冰块似乎马上就会崩塌跌落。

我们在错落的冰层里发现了一具遗体。衣服上没有署名，冲锋衣下面穿着军服的样子和周边的藏族人很相似。脖子上戴着佛教护身符。没错！就是至今尚未能确认的斯那次里队员！斯那次里是澜沧江边佛山村的藏族人，因其运动条件特别好，所以破格从协力员升任正式登山队员。享年二十六岁。

已经发现了十六位队员的遗体。剩下尚未发现的只有清水久信医生一人了。这是搜寻工作开始后的第六年，我们这次回收的遗体和遗物的重量超过了二百五十千克，仅次于搜寻开始的第一年和第二年。就是在这次搜寻结束之后，我和扎西出发去进行了第三次的转山。

遗 物

第二年的 4 月，我又来到了梨花漫山的明永村。此次行程匆忙，计划只停留几天。而此行的原因，还要从去年 12 月我在《读卖新闻》上看到的一篇令人不可思议的报道说起。

"当地登山家手中发现日中登山队的大量遗物"，这则报道刊载的时间就在我回收了二百五十千克遗物、遗体，火化处理完，刚回到日本的两周后。这个"当地登山家"到底是谁呢？他已将遗物和遗骸的照片发到了图片交易网站上。

事情还不止于此。在年初的 3 月，我又收到了一封没头没脑的邮件。邮件中说，去明永村的日本游客被村民邀请去看他手中的登山队员遗物。遗物有日文写的记事本、现金、相机等东西。这些遗物都是我不曾见过的。我这次来明永村，就是为了弄清这两件事的缘由。事实上，四年前也发生过同样的事情。上海的新闻记者从明永村拿走了遗物，我们费尽周折才找回来。这次又是什么情况？我心中掠过一丝不安。

见到扎西后我问他是怎么回事，而他似乎也并不很清楚。他还透露了些别的情况，"村子变富了，一部分村里人就开始不怎么听我这个村长的话了。经常有村民自己兜售遗物，这事儿在村子里传得很厉害。给日本人看遗物的那个男人，几乎每天都会去冰川上面找东西，让其他村民也很无语"。

听他这样讲，我就和德钦县体育运动委员会的高虹主任一起去了那个男人的家。男子腰里别着短刀迎接了我们。高主任质问他遗物在哪里，男子说："我们自己找到的东西，要给你们也不能白给。"男子很固执，坚决不肯出示遗物。主任用藏语和他聊了两个小时，好不容易他才答应只退还有署名的遗物。这真是一场让人抑郁的交易。

我在村里停留了两天后离开。回去的路上，我一直在思考这件事。这次事件的发生，难道只是个别村民的问题吗？三年前我在雨崩村时，也听说过村民经常去寻找登山队放在山上的东西，对此我只当是没听见。登山队撤退时遗弃的物品和山难后的遗物，虽然对于我们来说是不同的，但对于山里人来说不就是一回事吗？只不过都是企图攀登神山的这些外国人私自放在他们山上的东西。没有过度诘责明永村的那个男人，就是因为我心里存着这样的顾虑。

这之后数月，在中国的京都大学学士山岳会会员联络我说："从'当地登山家'手中拿回遗物了。"据他说，"登山家"确实是从明永村村民手中拿到的遗物，并将其作为交换条件来和他谈。经过协商，拿回了两本用日文写的笔记本。

虽然笔记本上没有署名，但从内容上可判断出主人的身份，我们将遗物还给了遗属。

到此为止，一共发现了九位队员的十四本笔记本。其中七份笔记中记录着发生山难的1月3日的情况。笹仓俊一和近藤裕史在他们的笔记本中这样记录了当天的情况。（所有记述均为原文。括号内的注释为作者所添加，〔〕为省略的内容。）

笹仓的笔记

1月3日，雪，暂停登山

· 早晨没风。晚上也一样没风，雪一直下。帐篷的天窗渐渐暗下来，发现之后去除积雪，雪扑簌簌地往下掉。

· 凌晨2：00起来小便。雪还在下，很深了。

· 早晨6：00雪还在下。铁定得暂停登山了。

· 粉帐篷外面的雪已经埋到人坐在床上时肩膀的高度了。社长（工藤）出去进行除雪作业。7：00左右。他说："雪被清理掉，转一圈再回来的时候刚清出来的地方又被雪埋住了。埃斯珀斯（帐篷）被雪埋了挖，挖了埋，就像雪室节时候一样。"

・8：00左右，和Gore（广濑）一起出去除雪。帐篷周围的积雪有1米。我们把医生的帐篷和协助员的帐篷入口挖出来了。去清理中方队员宋大脚（宋和李）帐篷积雪的广濑惊讶地说："中方在帐篷门口小便了。"

・早上的积雪厚度在50～60厘米【70～80？】

・15：30，现在的积雪厚度在1～1.3米，帐篷和帐篷之间似乎竖起了一道墙壁。[后面的内容是1月5日到8日的行动计划]

近藤的笔记

1月3日，雪，在三号营地滞留

◇ 8：30起床。[有关早饭记录]

◇ 雪还在下。根据气象卫星向日葵的报道，我们目前处于巨大云团的东部正中位置，需要每两小时进行一次帐篷除雪作业，周围一片雪白。

◇ 12点多，发现两个电池没电了。应急发电机组的广濑和ETO（笹仓），赶上了13点与PKN（北京）的传真通信。

◇ 午饭13：00～13：30。[食物列表]

◇ 雪还在下，三号营地渐渐被埋没了。

◇ 15：30左右，抽签调换帐篷中的位置。[新旧位置安排]

◇ 日中会议，16：00～16：45。[商量明天往后的行动]

◇ 会议之后的 17：20 左右，粉帐篷的七个人全体出动除雪作业，帐篷周边 1 米左右范围空间的雪均清除到了帐篷底座，脚踩、铲雪，但雪还是下得不依不饶。持续到了下午 18：30。

　　◇ 晚饭 20：20～20：50。［食物列表］

　　◇ 用保温瓶烧水，一直到了 22：30，累死了。22：30 开始烤意式芝士腊肠。

　　◇

　　从上面两本笔记本的内容，可知 1 月 3 日大雪持续，雪量至"埋没帐篷"。在这种情况下如果遭遇雪崩，即使是小规模雪崩也会轻而易举地把帐篷埋掉吧？但确实是谁也没想到雪崩真的会袭击营地。

　　依据《梅里雪山事故调查报告书》，基地营和三号营地的最后一次通话是在晚上 10 点 15 分结束的。直至近藤的笔记本被发现为止，外界对通话结束后登山队的活动完全不知晓。近藤的记录持续到 22 点 30 分，最后还有一个准备记录什么的记号"◇"。而且还在这一页夹了一根自动铅笔后，笔记本才被合上了。当时发生了什么他才中断记录的呢？笹仓的笔记本里，1 月 3 日的那一页也同样夹着一根马克笔。

　　留有 1 月 3 日相关记录的七本笔记本，对当天的记录都是中断状态。另一方面，至今为止发现遗体的十六人中，遗骸的一部分或者全部都在睡袋里的超过十人。从上述两个事实看，大致可以推断事故发生的时间。1月3日晚上10点半之后，就在大家准备休息的时候，那个可怕的瞬间发生了。

不过，决定性的证据至今尚未找到。他们到底是在怎样的情况下迎来生命中最后一瞬的呢？我们是否已经没有机会得知这一切？

围巾之谜

2004年5月的一天晚上，我家里的电话响了起来。

"小林，是我。"来电人说的是汉语，一时间我没反应过来，在脑子里快速判断着这会是谁的声音。

"是扎西吗？"

"嗯。"

到现在为止都是我打给他的时候多，这是他第二次打国际长途来。六年前那个像大海中孤岛般的小村庄，现在居然已经可以通这样的电话了。

他给我叙述了当天搜寻的情况，他的第一句话就是："太吓人了。"

原来他独自一人去冰川进行搜寻，发现了一具半身遗骸。因为遗骸损坏相当严重，他着实被吓了一跳。那个遗体身上戴着佛教的护身符。从服装上看，并不像是中国人。

会不会是遗体尚未被发现的最后一位队员清水医生呢？这样的预感掠过我的心头。

一个月后，我去了明永村。在海拔 4292 米的白马雪山垭口上，漫山遍野的杜鹃花开得正盛。

6 月 26 日，我和扎西两人去搜寻。今年的冰川又萎缩了一些。和我第一次到这里时的 1998 年相比，受地球温室效应的影响冰川末端大约后退了 150 米。从冰川末端上了冰川，跨越冰隙和凹凸不平的冰块，往上走 300 米左右后到达了发现遗体的现场。这个地方离村里大约两个小时的路程。三年前要花上五个小时沿着冰川边上的牧道才能上来，现在则变得容易了很多。冰川不断流动，遗物的位置也就随之下降。回头时，看到了站在观景台上挥手的游客们小小的身影。

"先吃点东西吧。"听扎西这么说，我俩就坐在冰面上开始吃起午餐。周围是广阔的冰川，两岸的森林正吐着新绿。如若这里并非搜寻遗体的现场，那么这样的风景，真是令人心旷神怡。

一小时后，我们开始搜寻工作。周围的冰川上面时有暴露出来的冰刀和登山靴等物件，遗物散落的范围大概有百米见方，数量不多，未发现遗体。

到了岸边，我们着手确认扎西 5 月份收容的那具遗体。遗骸不大，但被衣服包裹得很结实。

"这样的情况，说不定可以找到一些线索。"

我这样期待着，一层层地翻开遗体上面的衣服。还是没找到署名，不过从羽绒服的口袋里发现了一条颜色鲜明的黄色围巾。上面的花纹极为精致好看。

"是一位爱美的人士啊。"

从这具已经面目全非的遗骸，依稀可见其生前的喜好。

裤兜里有日本产的烟草和打火机。据说清水医生是不吸烟的，所以基本不可能是他了。当初扎西看到的护身符是京都寺庙里的。从这些线索推测，范围可划定在三位队员身上。然而，现场已再无其他可循的物证。

接着扎西又发现了一具半身遗骸。只是遗体上面几无衣着，无法判定身份。

回国后，我继续推进对那具保留了完整衣着的遗体的调查，已基本可断定是五年前曾被发现过部分遗骸的一位队员。只有一件事很让人不解，那就是遗体衣兜里的围巾。这位队员原本有一条蓝色的围巾，质地和黄色的这条相同，但如果说是原来的围巾掉色所致，颜色又未免太过鲜艳。

几天后，我拜访了这位队员的家，给家属看了当时的照片。确认了遗体身上的衣服和原来照片上的一样，基本肯定是这家的儿子。但口袋里的围巾是怎么回事呢？

他们的家人中有一位从事服装行业的人士。他说："由于照射到口袋纤维上的紫外线的作用，使里面的蓝色围巾变成黄色是完全有可能的。"

"原来如此……"

遇难的十七位队员，在夏季曾数度暴露于冰川外，必然经历了大量的紫外线照射，且这样的作用在过去十三年里一直不断重复。那鲜艳的黄色，讲述的正是那些漫长时光里的故事。

这家人似乎早在我拜访之前就做出了决定。"这具遗骸绝对就是我家的儿子。由我们家来安放骨灰。"父亲的声音镇静而坚定。

关于翻过去的这一页

2004年1月，寒冷刺骨的京都。我向几位逝者的遗属，逐一讲述搜寻活动的情况并进行相关说明补充。已故前登山队长的夫人和他的两位女儿也出席了这次会面。山难发生时，他家的长女还只是小学生，现在已经参加工作了，二女儿也将在这一年春季步入社会。井上夫人微笑着说："终于完成育儿任务了。"

"最近在想，总算是可以让自己翻过这一页了。我想再去一次梅里雪山。"

她身为曾担负着全队责任的队长妻子，在山难后所经历的痛楚必然更甚于其他遗属。她说登山队员们的遗体刚被发现的那年，她生怕自己丈夫的遗体会比其他人的更早出现，心中一直在祈祷："请最后一个出现吧。"她现在说可以"翻过去这一页"，恰好说明了即使是在丈夫遇难后，她仍然继续着丈夫作为队长的立场和责任，夫人的思虑不可谓不沉重。

这一年的 10 月,我和井上夫人、船原的遗属共三人,登上了开往德钦的汽车。井上夫人为了参加这次旅行,将做了很多年的工作都辞掉了。对她来说,这是一次堪称人生节点的旅行。

到达德钦的时候,天已经完全黑了,农历初十的月亮正升上夜空。渐渐地,卡瓦格博的身影出现在夜色中。在月光的映照下,雪山闪耀着银色的光辉。我们下了车,仰望卡瓦格博。

"这样的梅里雪山,还是第一次看到啊。"二人感叹。

虽然往来此地多次,但在到达的第一天能看到山的时候还是很少的,这是好的预兆。

当晚,与因其他事项来此的山岳会前辈和山岳部会员们会合,组成了一个有八位成员的团队。

第二天,在去明永村的路上,我们先去祭拜飞来寺的慰灵碑。虽然仍有阴云缭绕,但今天还是看到了山顶。雨季在一周前结束了。

我们献上鲜花、上香,也是在那时候,我们注意到了慰灵碑的异常。刻着十七位遇难队员姓名的铜板上面满是触目惊心的划痕,而且似乎是专门划掉了日本人的名字和日文内容。是谁,又是出于什么样的目的这样做的呢?我无以排解心中的郁闷。石碑上面的伤,昭示着攀登神山这件事究竟会留下多么深刻而长久的后患。

"实在是让人悲伤啊。如果有什么能够做的,请一定告知我们。"井上平静地说道。

慰灵碑附近的观景台周围,各种民宿和商店的建设正热火朝天,应该是因为变成世界遗产之后游客猛增的缘故。这次的导游鲁茸也在附近经营着一家山庄。我们在他的山庄里吃了早餐，喝了咖啡。

鲁茸三十三岁，家住德钦县城。作为藏族和汉族人混血后代的他，对于藏族文化的关心甚至比普通藏族人更多，是一位优雅的汉子，可信赖的朋友。我正在考虑近期和他共同进行一次藏族聚居区东部的旅行。

过了中午，我们到了明永村。村里建起了一座四层楼的宾馆，令我惊讶的是宾馆老板是明永村人。下午我们骑骡子去太子庙那边的山庄。当晚，和山岳会的前辈聊起搜寻工作的话题。前辈说道："山岳会也应该考虑结束搜寻工作了。"我沉思了一阵，说："还有一位队员尚未被确认。如果要结束搜寻的话，是不是等一等，等找到最后一位队员或者遗物被发现之后再结束更好一点呢？"

我认为幸存者们也是各自被赋予了不同使命的。这个使命当中就包含着与登山本身并不相干的一些事情，且因人而异。对我来说，搜寻遗体就是我的责任。回首来路，从再度登山的败退到与扎西的相遇，似乎都在冥冥中指引着我走向某个方向。

即便是为了完成自己所担负的使命，我也希望能够找到最后一位队友。搜寻遗体原本是件面向过去的事，但我希望将它转变为连接未来的、具有创造性的行动。这样才算得上是真正意义上超越了山难的悲痛过往吧？

那天晚上，我们一直聊到深夜。

第三天的清晨，万里无云。我们一起眺望被朝霞渲染的卡瓦格博。我悄悄地观察井上夫人的神情，她的表情严肃得有些吓人。此刻她一定在回想丈夫的生前事，以及作为未亡人的自己在山难发生后经历的一切吧？

　　"翻过这一页"，对于十七个家庭也许会有着十七种不同的方式。从遗体被发现到安葬再到再婚等等，不同的家庭会以不同的形式来终结这场遭遇。

　　目前仍有一位队员的遗体尚未发现。还有因为工作失误而未能归还骨灰的家庭。这些人，又是如何翻过这一页的呢？

　　我沉思着。这次山难，也许并不存在什么"终结"的方式。只不过是有着各种不同的让自己释怀的过程，而我们每个人都只能一步一步地去经历这个过程罢了。我们每个人，也只能背负着痛失亲友的残酷现实，继续向着未来跋涉吧。

　　欣赏过了日照金山的景色之后，大家走向观景台。在能够俯瞰到冰川的树林里，我们堆积起玫瑰叶，焚香吊唁。这一整天里，卡瓦格博都在我们的视野中。晚上，我们召集扎西村长和村干部们，召开了一场感谢会。抵达以后几乎没有喝过酒的井上夫人，向村里人频频举杯。

　　第四天，我们去冰川上面进行搜寻。除了扎西和我，还有山岳部的两位成员同行。第一次上冰川的这两人，迈着笨拙的步子走在冰面上。

一周前扎西已经进行过一次搜寻，因此今天找到的遗物非常少，只有一些衣服的碎片散落在冰面上。搜寻工作开始后的第七年，这一次的搜寻还是未能找回最后一位队员。

这次山岳部两位现役成员的参与有其独特的意义。他们亲眼目睹了前辈们视为攀登目标的梅里雪山，接触到了藏族聚居区东部大峡谷和高峰地带的景观，他们的内心会有着怎样的感触呢？如果这次的经历能够在他们心中播下一粒种子，对他们今后的行动产生影响，那将是最值得庆幸的事。

下午我们告别明永村，返回飞来寺，住进正对着卡瓦格博的民宿里。

第五天早晨，仍然是个大晴天，我们又见到了被桃粉色朝阳浸染的山峰。经过了山难后的漫长岁月，山，终于向我们展露出微笑。

从长驻明永村那一刻开始，我就一直在进行"相约神山"之旅。在捡拾十七位队友遗骨的同时，我也一直在捡拾有关神山的未知的碎片。这样的"碎片"，包括了朝霞中或者月色下的卡瓦格博，在四方圣地所见到的神山的不同样貌，还有在山下遇到的人们对我的善意和孩童们的笑颜。

在收集"神山碎片"的过程当中，我因神山而受到的伤害，也不断被神山治愈。凝聚起这一切收获，一个久寻未得的答案逐渐变得清晰。

"神山者，生之源也。"

在卡瓦格博这座大山的怀抱中日生夜息的人们，受山水森林之恩惠繁衍绵延。掌握着生杀予夺大权的神山，同时也是这些人心目中的灵魂支柱。卡瓦格博教会人们，大自然才是人类生存的最大背景。这座大山一直在追问所有受惠于他的人们，卡瓦格博对于人类的生存意味着什么？对我们来说，"生命之源"又意味着什么？

刚来到这山里的时候，觉得山下的生活和日本相去万里。但是随着与当地人逐渐熟悉，越来越深入地意识到何谓神山，卡瓦格博和日本，也渐渐被连接在了一起。

我与神山的相遇之旅即将结束。待到找回最后一位友人时，卡瓦格博和我之间的关系也将打开一个新的篇章吧。那一刻一定不会太远。我希望能够从那里开始，将新的故事一直写下去——我将视野转向了藏族生活的更深层。

回国后的晚秋蝉鸣中，井上夫人的手信如期而至。信上写着：
"我心已了无遗憾，这次的旅行让我彻底回归平静了。"

年底，一卷底片被冲洗了出来，是从冰川上回收来的蚀锈斑驳的相机胶卷。原本对这些底片没有抱多大希望，但意外地得到了部分影像。照片上面，有在山难地雪原上微笑着搬运行李的队员，三号营地最后的全景，清晨准备出发进行路线架设时的紧张工作状态……这些都是我第一次看到的三号营地的风景，以及深深怀念的队友们的遗容。遥隔时空，我得以与他们重逢。

冬天很快就要到了。

那个充满回忆的1月3日，也将再一次来临。

家中存放的卡瓦格博的转山证物嘎托

攀登多克拉垭口的路上倒毙的骡子

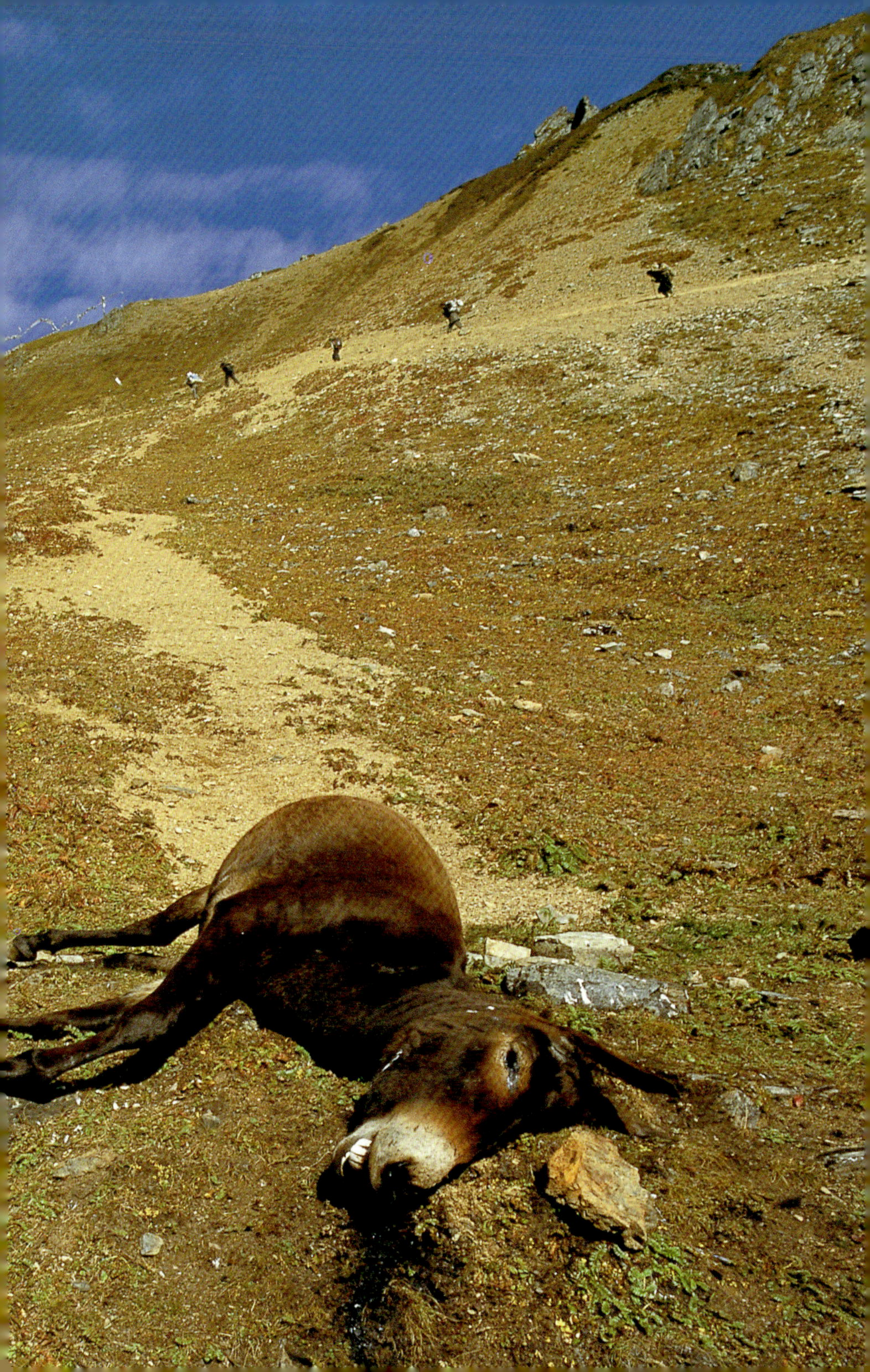

向着卡瓦格博方向祈祷的转山者。那通拉垭口

上图：通向多克拉垭口的路边，人们用石头垒起的"去世后的家"
下图：鲁·为色拉垭口上堆积如山的糌粑堆

人与神的领域边界——圣地雄·措格。对面是确达玛峰（海拔6509米）

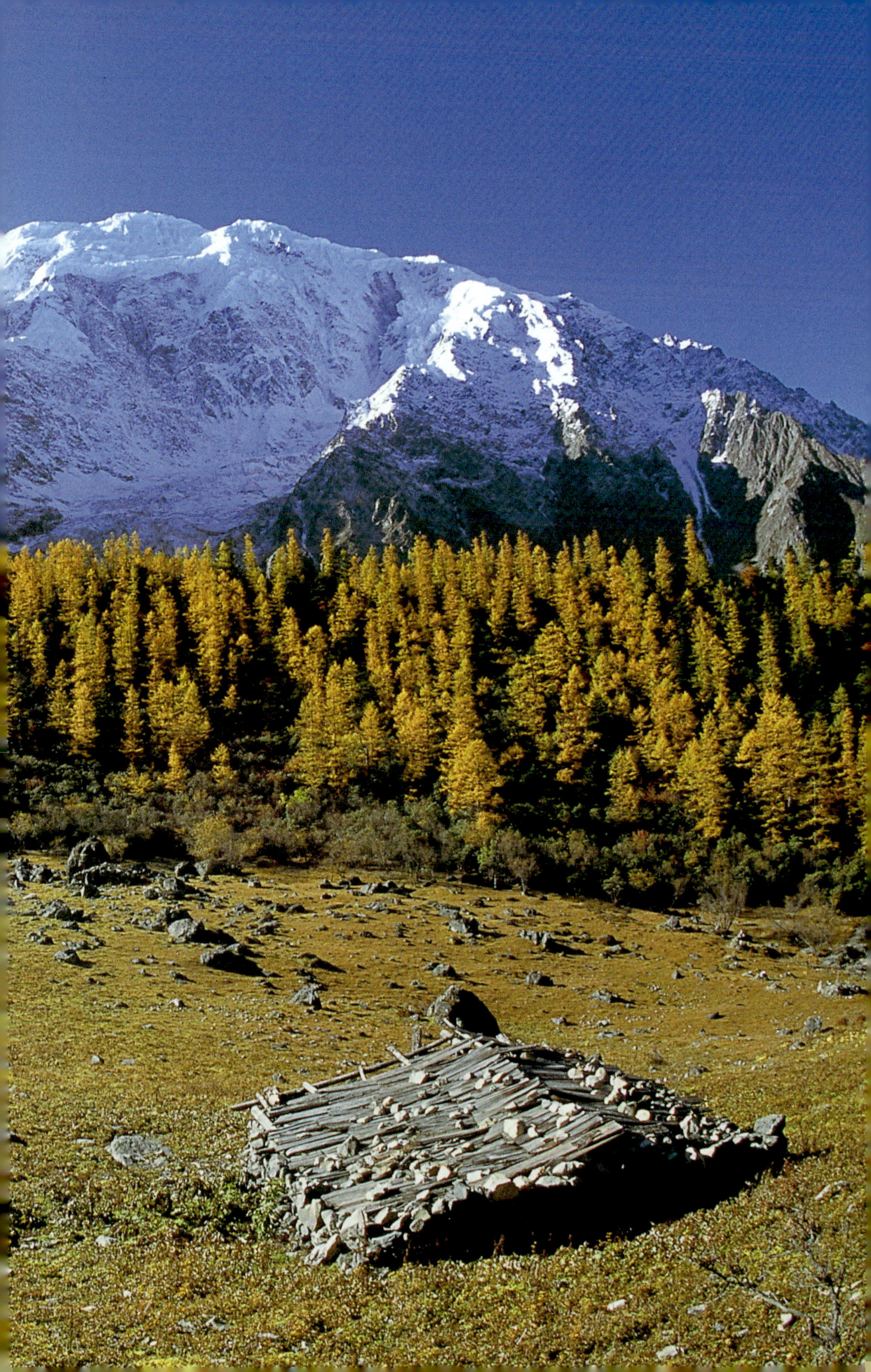

月光下的卡瓦格博。这座神山从未有人登顶过。山下有灯光的地方是飞来寺村

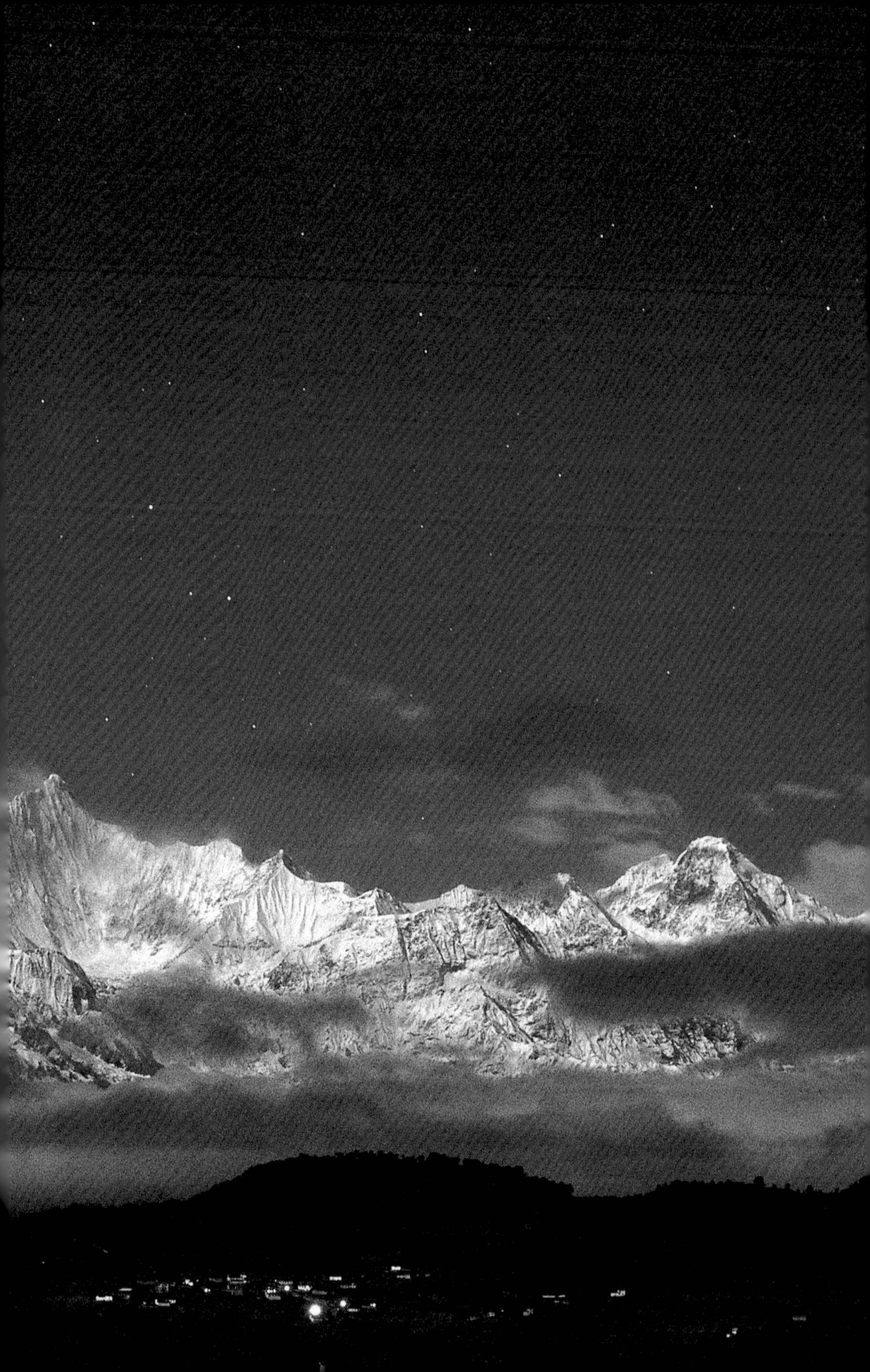

在雨中的冰川上，小心翼翼地越过一道道冰隙搜寻遗体（2001年）

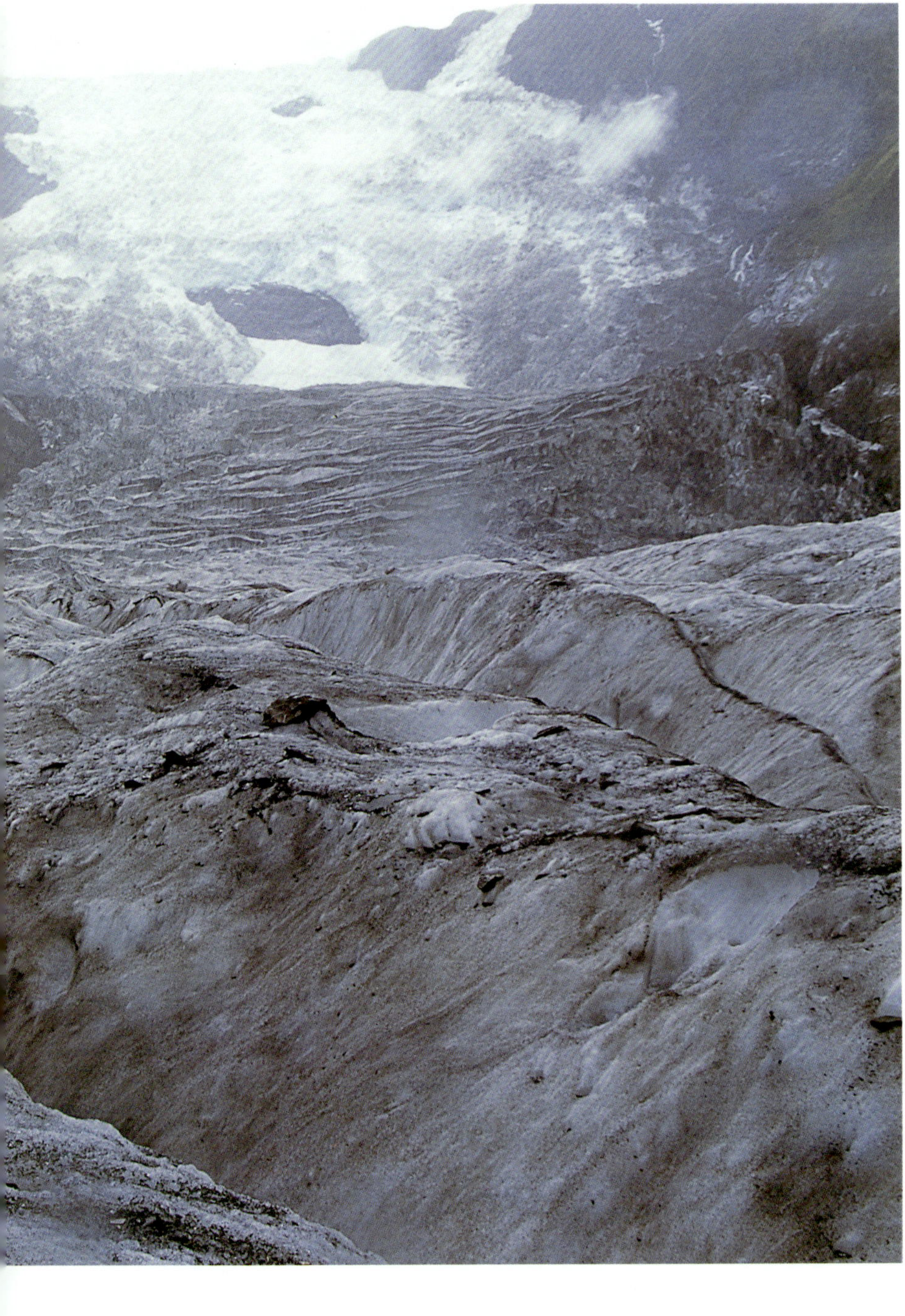

上图：参拜飞来寺慰灵碑的日方遗属们（2000年）
下图：紧邻冰瀑，在明永冰川上建造的观景台

眺望梅里雪山的遗属们（2002年）

上图：在二号营地和三号营地之间广阔的雪地上用雪橇运送物资的队员们
（从右到左依次为：工藤俊二、广濑显、笹仓俊一）
下图：在二号营地和三号营地之间广阔的雪地上用雪橇运送物资的队员们。
用滑雪板改造而成的雪橇，是米谷佳晃队员的父亲亲手制作的

上图：用雪橇运送物资的队员们。二号营地和三号营地之间的雪地，雪质松软，踏之易陷，所以使用雪橇是个行之有效的方法
下图：在三号营地帐篷中休息的队员们。画面前景中正在进行无线通信的是李之云。后方的队员从左到右依次是：米谷佳晃、船原尚武、广濑显

后记

回首过去的六年，我的生活中似乎除了对梅里雪山的思考别无他物。自从在卡瓦格博转山巡礼途中，在垭口上灵感闪现决意从事梅里雪山主题摄影以来，我无心他顾，梅里雪山完完全全地成了我的生活中心。这本书，可称之为那一段时间当中的自我的集中表达。

最初，我的摄影活动是与遗体搜索同时进行的。在两年当中，我在山下居住的时间共计十二个月之久。结束了完整的一年中所有季节的主题摄影之后，我回到日本开始着手整理这些照片和文章。原本打算用一年时间将其整理出来，但过了一年又一年，始终不能成型，一直拖沓至今才算完成。坐在狭小房间里的书桌前，我不断地问自己："为什么对梅里雪山如此执迷不悔？"也曾叹息自问彻夜不眠。而写作本书和挑选插图的工作经过，恰恰成了我找寻答案的人生历程。

本书的收官暂且可算是关于梅里雪山的一个目标达成。但仍有另一个目标尚未实现，即对于十七位登山队友遗体的收容。在本书结稿的 2004 年之后，遗体搜寻工作仍在继续。但 2005 年进行的六次搜寻，仍未能找回最后一位队友。回收的遗物也较之往年变得更少，想到未来该当如何，心中甚感忐忑。我和京都大学学士山岳会都决心一定要将搜寻工作持续下去，直至找到最后一位队友。我和扎西村长也曾多次讨论，完成所有队友遗体回收之后在明永村树立中日联合纪念碑，并商定为照顾当地民众的感情，纪念碑的外观将采用藏文化风格，且碑文中不使用日本文字。

2005 年，当地民族学学者所拍摄的梅里雪山纪录片在日本公映一事，成了一座通向明天的桥梁。我和这位学者是在明永村偶遇相识的。他与他的同人们还在雨崩村进行了人类学田野考察。另外，本书第五章里提到的我与鲁茸在卡瓦博格地区的旅行和山岳部的相关活动，所有这些事都预示着梅里雪山主题活动萌生出了一枝新芽，我真诚期待它明日之葳蕤。

我今后的工作生涯仍将以"相约相识梅里雪山"为主题，而我也会将视野拓展至更广阔的社会，希望能以"人类背后之自然"为目标，将思考进行下去。对于今日之我来说，这个"背后之自然"就是地球本身。我将以此地区为中心，对地球这一宏观自然进行更广泛和更有深度的思考。

本书是以我在《岳人》杂志 2004 年 7 月号至 2005 年 8 月号的连载原稿为基础，经过内容方面的大幅增添和修订后成稿的，同时还加入了许多新的图片。本书启笔到结稿付梓的过程中，得到了多方的支持。在此向《岳人》编辑部的所有同人、对书稿提供强力支持的"山与溪谷社"的滝泽守生先生、因梅里雪山旅行结缘并给予我出色帮助的宫崎葵先生，以及阅读原稿提供诸多有益建议的各方人士表示衷心的感谢。十七位队友的遗属们和学士山岳会的诸位前辈学长一直忠诚守护本书成稿，且在关键之处给予了提携帮助，在此一并表示诚挚的谢意。尤其要感谢热忱接纳我并在驻村生活中照顾、帮助我的扎西村长以及所有藏族村民朋友，"加纳巴西（谢谢你们）！"今后仍烦请多多关照。

最后，诚以此书告慰在危险的冰川作业当中一直保佑着我的十七位队友在天之灵。

小林尚礼
2006 年 1 月 3 日

后记　2010年文库版

在《梅里雪山》单行本于五年前付梓后，又发生了许多与梅里雪山相关的事情。

2006年秋，明永村的纪念碑落成。原本我和扎西村长商定找到最后一位队友之后再立纪念碑，但一方面此愿之实现遥遥无期，另一方面日中协力的善后工作已进行多年，以适当的实物体现这份努力，有其特殊的意义。因而决定先行设立纪念碑。只使用了汉字碑文，并由活佛诵经加持的这座纪念碑，至今仍被村民珍视和守护着。

在纪念碑落成的2006年，好友笹仓队员的母亲，时隔十五年再一次去到儿子的遇难地。2007年1月，山难十七周年法会在日本比叡山举行。同年秋，遗属们首次参访了雨崩的登山队基地营。井上队长的夫人到了实地后说，她终于明白了自己的丈夫为何会在最后的时刻离开看不到卡瓦格博峰顶的基地营，去到三号基地。纪录片《梅里雪山：寻找十七位友人》（2008年，日本电视台）中播出了遗属们参访基地营时的录像。2008年，佐佐木秘书长的夫人第一次踏上发生山难的土地。在这几年当中，我每年都会陪同遗属们访问梅里雪山。在陪同他们的过程中，我明白了虽然每个人的回忆与想法都有所不同，但经过岁月的冲刷，人们心中的那片冻土都得以不同程度地融化。

2007年末，一项旨在确认最后一位队员清水DNA的鉴定工作开始进行。但遗憾的是，因为经历过多次冰冻与融化的反复作用，遗体细胞被破坏得很严重，鉴定工作遇到了难以想象的困难。经过一年半的努力，最终得到的结果是该遗骸并不属于队员清水。

2009年，一直倾力协助遗体搜寻工作的扎西从村长的职位卸任。在此之前，他担任村长之职已有二十年之久。卸任后的他，仍然继续协力搜寻，并承担了2010年遗体搜寻的主要工作。

2005年以后，回收到的遗体和遗物已经变得非常少，我们推断剩余遗物已经从冰川末端流入河水之中。就在我们抱憾最后一名队员终未寻见时，2009年秋天的一个发现又带来了新的希望。有人提供信息说，在近年发现遗体和遗物的位置上游处看到了形似遗物的东西。如若猜测属实，那么有可能遗物是被分散掩埋，进而就有了在冰川上部发现新的遗体和遗物的可能性。因此，2010年的搜寻工作是在冰川上游进行的。

在此期间，明永村也发生着诸多变化。作为冰川观光地，游客纷至沓来，村民的现金收入飞速增长。村人卖掉了耕牛，换成了农耕机械；不再耕种青稞而改种经济作物葡萄；村民也不再自己榨核桃油，而是直接卖给收购核桃的中间商。随着收入的增长，很多人家的夯土房舍改成了钢筋混凝土的建筑，房顶也换成了各种鲜艳的颜色。从山上看下去，村庄景观已经完全不同于往昔。还有些村民家里已经购买了汽车。这段时间里，村中也有很多人过世，而更令人唏嘘的是，因交通事故导致的伤亡也在增加。

自然生态也在发生改变。随着气温上升，明永冰川已至少退后600米。曾经淅淅沥沥的雨季降雨也变成了时常出现的暴雨，村庄常因强降雨引发的泥石流遭受灾害损失。我最初来到时还不通公路的小山村，也汇入了中国发展的洪流，发生着巨大的变革。而经数百年始终未曾改变的，则是对卡瓦格博的信仰。村里的人们至今仍坚决反对攀登卡瓦格博，这一主张丝毫未曾动摇。

另有一件与卡瓦格博相关的大事件是，扎西村长的女儿白玛次木2008年来日求学。为了表达对明永村的感谢之情，山岳会校友出资支援完成了这项奇迹。进入东京日本语学校，开始了大都会生活的这位藏族女孩，以其与生俱来的乐观天性顺利通过了各项考试，当年春季考入京都大学。想到在不久的将来便可以借助她的参与，进行有关卡瓦格博神话的翻译以及民间古老传说的调查，我的心中充满了期待。

我自身的生活也在悄然发生着改变。在作品出版的同时期，我也结束了一直以来小小公寓中的单身生活，结婚入籍。在那之后，我在进行摄影展的同时忙于搬家、举办婚礼等事宜，开始步入崭新的生活，9月里更是迎来了长子的出生。拥有了家庭和孩子的我，对从卡瓦格博山下生活中学习到的对"生命"的感悟，更深入了一层。

这期间，我的摄影工作重心也转向历史上中国内陆贩运茶叶而形成的茶马古道，两年以来一直倾心于此。这是我在明永村喝到的酥油茶为我带来的契机。而外景拍摄时的旅行，大部分都是与在遗体搜寻中相识的鲁茸共同完成的。2009年之后，我的摄影范围开始涉及卡瓦格博以外的藏文化圈。对我来说，这是在延续由卡瓦格博感知到的，与"人类背后之自然"的相约之旅。

在接触这些新的拍摄对象的过程中，我不禁再次回顾思索卡瓦格博。目前为止我所接触到的地区中，无论是自然之深奥或是圣地之广博，未有出其右者。游走于外面的世界之时，我又开始重新思考留在卡瓦格博的那些尚未完成的课题。

小林尚礼

2010年9月21日

新生命诞生之日

后记　　　　　　　2021年中文版

　　得知《梅里雪山：寻找十七位友人》被翻译成中文并即将付梓的消息，我深感欣喜。多年来，我在梅里雪山的活动能够顺利进行，完全仰赖以明永村人为首的许多中国朋友的大力协助。这一版的译本同样也是托了多位中国朋友的福，他们鼎立支持，玉成此事。

　　1999年，我初次到明永村长驻时遇到的人类学家郭净先生（当时他正在明永村进行个人著作《雪山之书》的相关调查）；同样也是在明永村相识并在之后的茶马古道主题旅行中成为同伴的鲁茸；老村长扎西的亲戚、诗人明永村人扎西尼玛；我在飞来寺拍摄当地人结婚仪式时相识，多年来一直保持密切联系的德钦县人斯朗伦布先生；曾在云南大学学习人类学并担任本书翻译的乌尼尔。在此我衷心地感谢他们。

　　搜寻遇难登山队员的遗体一事，原本是一项面向过去的善后事宜，但进行的过程中又衍生出了一系列连接未来的活动。在此仅列举继日文文库版后记（2010年）之后发生的一些事情。2013年，我创立了"卡瓦格博研究会",开始进行藏族及喜马拉雅地区自然信仰相关学习、与会员们一起去当地进行主题旅行等活动。我们的活动,旨在让更多普通民众了解雪域圣地,同时也是在用足迹去追忆在梅里雪山罹难的十七位友人。

还有2008年来到日本的明永村老村长家女儿白玛次木,在通过语言考试后考入京都大学,并于2014年顺利毕业。老村长扎西来日参加女儿毕业典礼之际,京都大学学士山岳会的校友们有幸在日本招待了他,并陪伴他在日本各地旅行了一个月。让我们感到非常开心的是,这次旅行让扎西对日本留下了很好的印象。毕业后的白玛次木,与京都大学山岳部的一位日本男性喜结连理,现在已经有了两个孩子,一家人在日本生活。

十七人的遇难,原本是个悲伤的事件,却因为白玛次木一家人的存在,犹如在日本和梅里雪山之间搭建了一座桥梁,让我们得以长久相处,这是极为珍贵的。

2017年,上海一家媒体公司录制并播出了我与梅里雪山的相关视频,之后又有多家中国媒体联系我,制作了关于我的报道。其中部分项目仍在继续,并且硕果可期。所有这些都让我发现,当初出于遗体搜寻的使命感和对圣山的关心而做的事情与中方有着很多的共鸣,我欣慰地感受到与中国民众的心灵靠得更近了。

眼下世界正在经受新型冠状病毒的肆虐,如此人命攸关的危机也让我们明白了,无论何种文明都不是金钟罩,人类始终与其他生物一样，不过就是自然的一部分而已。本书讲述的是发生于十五年前的故事，但我在圣山卡瓦格博所感受到的人与自然的相对关系，在病毒横行的今天仍未改变。今后，我将一如既往地秉持对"人类背后之自然"的坚定信念，继续探究我所认识的生命之源——圣山。

小林尚礼

2020 年 8 月 1 日，于神奈川家中

时值梅雨季后晴空万里的夏日

登山与山难相关年表

日期	内容
1988 年	
5 月	中日联合梅里雪山学术登山计划启动,由 AACK 主持运作。
10 月～11 月	派遣选遣队员,在斯农冰川进行探察。
1989 年	
5 月～7 月	派遣科学考察队,在怒江流域(贡山、福贡)与德钦、大理地区进行考察。
9 月～11 月	第一次登山(中日联合梅里雪山第一支学术登山队),攀登最高点 5400 米。
1990 年	
2 月～4 月	派遣侦察队,在雨崩冰川进行考察。
11 月～1 月	第二次登山(中日联合梅里雪山第二支学术登山队),攀登最高点 6470 米。(见第一章)

日期	内容
1991 年	
1月3日	17人遇难。
1月6日～1月25日	救援活动（拉萨、北京、京都派遣救援队），因天气原因遇阻，未能到达三号营地。
1月25日	救援行动终止。
2月7日	在北京召开联合追悼会（中国登山协会主办）。
3月17日	在京都召开联合追悼会（AACK 主办）。
4月～6月	派遣搜寻调查队，因天气原因遇阻未能到达一号营地。
4月24日～5月9日	第一次遗属访问团到达德钦，日方遗属18人、中方遗属8人参加。
5月1日	德钦县飞来寺慰灵碑揭幕仪式，中日遗属共同参加。
6月5日	北京市怀柔县纪念碑揭幕仪式。
1992 年	
1月1日～1月8日	日方遗属八人访问中国（北京、昆明）。

日期	内容
1月4日	山难一周年追悼仪式(云南省体育运动委员会主办)在昆明召开,中日遗属参加。
1月	《梅里雪山事故调查报告书》(AACK)出版发行。

1993年

4月25日	京都比叡山慰灵碑"镇岭"揭幕仪式,日方遗属参加。
9月12日	召开梅里雪山第三支登山队第一次队员会议。

1994年

3月28日~4月3日	中方遗属6人访日(东京、京都、大阪)。
4月22日~5月6日	日方第二次遗属访问团到达德钦县,日方遗属14人参加。

1996年

10月~12月	第三次登山(中日友好梅里雪山联合学术登山队1996),攀登最高点6250米。(见第一章)

1999年

8月7日	北京纪念碑"梅里英魂"揭幕仪式,日方五人与中方遗属共同参加。

遗体搜寻相关年表

日期	内容	人数	姓名
1998 年			
7月18日	明永村民在放牧途中，于明永冰川3700米海拔处发现遗体。	5	米谷佳晃
7月28日	日方收容队（牛田、中川、伊藤、小林）出发。		近藤裕史
8月2日～8月5日	第一次遗体搜寻（牛田、中川、伊藤、小林、中方7人）。		儿玉裕介
8月5日	运送遗体（牛田、中川、伊藤、小林、中方7人，多位村民协力）。		宋志义
8月7日	在大理火葬场火化遗体，中日遗属参加葬礼。		孙维琦
9月1日	第二次遗体收容人员（牛田、山田）出发。	0	

日期	内容	人数	姓名
9月7日~9月9日	第二次遗体搜寻（牛田、山田、中方3人）。		（米谷）
9月9日	运送遗体（牛田、山田、中方3人，多位村民协力）。	0	
10月	明永村通公路。		
	1998年共回收遗物370千克。		

1999 年

日期	内容	人数	姓名
4月6日	明永村民在采松茸途中于明永冰川海拔3700米处发现遗体。		
6月27日	日方收容队（人见、小林）出发。		佐佐木哲男
7月3日~7月5日	第一次遗体搜寻（人见、小从、中方3人）。	2	工藤俊二
7月5日	运送遗体（人见、小林、中方3人、村民20人）。		（孙）
7月~10月	小林长驻明永村。第一次卡瓦格博转山（见第二章）。		

日期	内容	人数	姓名
7月20日	第二次遗体搜寻（扎西、小林）。	0	
7月27日	第三次遗体搜寻（小林），测量。	0	
8月5日	第四次遗体搜寻（扎西、尼玛、小林）。	3	林文生、王建华、宗森行生
8月9日	第五次遗体搜寻（高虹、扎西、小林、村民15人），运送遗体遗物。	1	井上治郎
8月26日	第六次遗体搜寻（扎西、马进武、小林）。	0	
9月14日	第七次遗体搜寻（扎西、马进武、小林）。	0	
9月23日	第八次遗体搜寻（扎西、阿次、小马、小林）。	0	
9月24日	第九次遗体搜寻（小扎西、小马、小林、村民10人），运送遗体遗物。	0	（宗森）
10月26日	第十次遗体搜寻（扎西、马进武、小林）。	1	李之云

日期	内容	人数	姓名
10月29日	运送遗体、遗物（小扎西、村民7人）。		
	1999年共回收遗物260千克。		

2000年

日期	内容	人数	姓名
2月	小林长驻在明永村（见第三章）。		
6月	小林长驻在明永村（见第三章）。		
6月24日	第一次遗体搜寻（扎西、小林）。	0	
7月	明永村民开始进行独立搜寻。		
7月末	第二次遗体搜寻（扎西、村民）。	0	
8月26日	第三次遗体搜寻（扎西、村民），在明永冰川海拔3600米处发现两具遗体。	0	
9月10日	日方收容队（牛田）出发。		

日期	内容	人数	姓名
9月12日	第四次遗体搜寻（扎西、牛田、村民5人）。	1	广濑显
9月13日	运送遗体（小扎西、牛田、村民11人）。	1	笹仓俊一
9月	上海记者从明永村拿到遗物并带回。日方遗属抵达上海。		
10月8日～10月14日	日方5位遗属访问明永村。		
10月～12月	小林长驻明永村，第二次卡瓦格博转山。（见第三章）		
10月19日	第五次遗体搜寻（扎西、马进武、小林）。		
	2000年共回收遗物120千克。	0	

2001年

3月～5月	小林长驻明永村。（见第三章）		
5月13日	第一次遗体搜寻（扎西、鲁茸、小林）。	0	（宗森）

日期	内容	人数	姓名

2003 年

日期	内容	人数	姓名
7月	包括梅里雪山在内的三江并流地区被评为世界自然遗产。		
9月10日	明永村民在放牧途中，于海拔3100米处的冰瀑下部发现遗体。		
9月12日	第一次遗体搜寻（扎西、村民2人）。	0	
9月13日	第二次遗体搜寻（扎西、村民2人）。	0	
10月～11月	小林长驻明永村，第三次卡瓦格博转山。（见第五章）		
10月10日	第三次遗体搜寻（扎西、阿鲁、小林）。	1	斯那次里
11月18日	第四次遗体搜寻（扎西、马进武、小林）。	0	
11月19日	运送遗体（村民16人）。		
12月	昆明登山爱好者在网络上发布登山队员遗物。		

日期	内容	人数	姓名
	2003年共回收遗物250千克。		

2004年

日期	内容	人数	姓名
3月5日	有旅游者联络AACK称在明永村发现了新的遗物。		
4月3日~4月5日	小林关于新发现遗物问题在明永村进行调查。（见第五章）		
5月23日	第一次遗体搜寻（扎西）。在冰瀑下部发现两具遗体，电话联络小林。	0	
6月25日~6月28日	小林访问明永村。（见第五章）		
6月26日	第二次遗体搜寻（扎西、小林），确认了一具遗体的身份，另一具（半身）身份未明。	0	（工藤）
6月27日	运送遗体（小林、村民2人）。		
夏季	飞来寺慰灵碑被人为划伤。		

日期	内容	人数	姓名
10月18日	第三次遗体搜寻（扎西）。	0	
10月22日～10月29日	日方遗属二人访问明永村，京都大学山岳部成员、校友同行。		
10月26日	第四次遗体搜寻（扎西、小林、山岳部成员2人）。	0	
10月28日	与遗属一同去大理火葬场火化遗体。		
	2004年共回收遗物40千克。		

2005年

4月28日～4月30日	小林访问明永村（摄影主题）。		
5月12日	第一次遗体搜寻（扎西）。	0	
6月19日	第二次遗体搜寻（扎西）。	0	
7月26日	第三次遗体搜寻（扎西）。	0	
8月24日	第四次遗体搜寻（扎西）。	0	

日期	内容	人数	姓名
9月26日	第五次遗体搜寻（扎西）。	0	
10月25日~10月27日	小林访问明永村（云南恳话会田野调查）。		
10月26日	第六次遗体搜寻（扎西、小林、AACK会员2人）。		
	2005年共回收遗物10千克。	0	

2006年

日期	内容	人数	姓名
1月25日	单行本《梅里雪山：寻找十七位友人》在日出版。		
5月9日~5月11日	小林访问明永村。		
5月9日	第一次遗体搜寻（扎西）。		
5月27日~5月29日	小林访问明永村。		
5月29日	第二次遗体搜寻（扎西、小林、AACK会员2人）。		
8月中旬	第三次遗体搜寻（扎西）。		

日期	内容	人数	姓名
10月8日	第四次遗体搜寻（扎西）。		
10月27日~10月29日	日方遗属6人、AACK会员3人、小林访问明永村。		
10月28日	明永村新纪念碑揭幕仪式。		
10月29日	第五次遗体搜寻（扎西、小林）。		
	2006年共回收遗物10千克。		

2007年

日期	内容	人数	姓名
1月15日	梅里雪山山难忌辰法事。		
5月11日	第一次遗体搜寻（扎西）。		
5月15日、16日、17日	明永村连降暴雨，导致泥石流，房屋被毁。		
6月4日~6月9日	小林访问明永村。		
6月5日	第二次遗体搜寻（扎西、鲁茸、小林）。		

日期	内容	人数	姓名
8月17日	第三次遗体搜寻（扎西）。		
9月15日	第四次遗体搜寻（扎西）。		
9月28日	第五次遗体搜寻（扎西）。		
10月24日~11月3日	日方遗属4人与小林访问雨崩村、明永村。		
10月29日	第六次遗体搜寻（扎西、小林、村民1人）。		
11月	开始进行近三年当中回收的遗体DNA鉴定。		
	2007年共回收遗物10千克。		

2008年

日期	内容	人数	姓名
3月2日	纪录片《梅里雪山：寻找十七位友人》公映。		
3月21日	明永村扎西村长之女访日。		
6月1日~6月3日	小林访问明永村。		

日期	内容	人数	姓名
10月27日	第三次遗体搜寻（扎西、马进武、小林）		
	2010年共回收遗物5千克。		

2011年～2019年

	2011年～2019年，小林基本上每年都会到明永村与扎西等人一同进行遗体搜寻，但最后一名队员的遗体始终未能找到。每年回收的遗物重量都在10千克以下，九年间共回收了62千克遗物。		
	2013年之后搜寻遗物时，陆续发现了第三支登山队使用过的留在二号营地和三号营地的登山绳等物品和装备。		
	2014年，扎西村长的女儿白玛次木从日本的大学毕业，并与一位京都大学山岳部原成员结为夫妻，育有一双儿女，一家人在日本生活。		

日期	内容	人数	姓名
2020 年			
至今（7月）	17 位遇难者中，清水久信一人的遗体始终未能找到。梅里雪山仍为无人登顶的处女峰。从 1998 年到 2019 年，明永冰川的末端后退约 1000 米，冰川表面的海拔高度约下降 30 米。		

注：1. AACK 是京都大学学士山岳会简称。2. ( ) 内的队员姓名为重复回收遗体的队员。

图书在版编目（CIP）数据

梅里雪山：寻找十七位友人 /（日）小林尚礼著；
乌尼尔译 . — 北京：北京联合出版公司 , 2021.5（2025.10 重印）
ISBN 978-7-5596-4842-6

Ⅰ . ①梅… Ⅱ . ①小… ②乌… Ⅲ . ①纪实文学 – 日本 – 现代 Ⅳ . ① I313.55

中国版本图书馆 CIP 数据核字 (2020) 第 255084 号

本书由小林尚礼授权，以山と溪谷社出版日语版为底本译出。
书中地图系原文插附地图
地图制作 CREATE YOU, LTD.
版权所有，翻印必究

审图号：GS（2021）749 号

梅里雪山：寻找十七位友人

作　　者：小林尚礼
译　　者：乌尼尔
出 品 人：赵红仕
策　　划：行
责任编辑：孙志文
特约编辑：董素云
装帧设计：别境Lab
摄　　影：小林尚礼

北京联合出版公司出版
（北京市西城区德外大街 83 号楼 9 层　　100088）
北京联合天畅文化传播公司发行
北京美图印务有限公司印制　　新华书店经销
字数 183 千　787mm×1092mm　1/32　12.5 印张
2021 年 5 月第 1 版　　2025 年 10 月第 9 次印刷
ISBN 978-7-5596-4842-6
定价：88.00 元

版权所有，侵权必究
未经书面许可，不得以任何方式转载、复制、翻印本书部分或全部内容。
本书若有质量问题，请与本公司图书销售中心联系调换。电话：（010）64258472-800

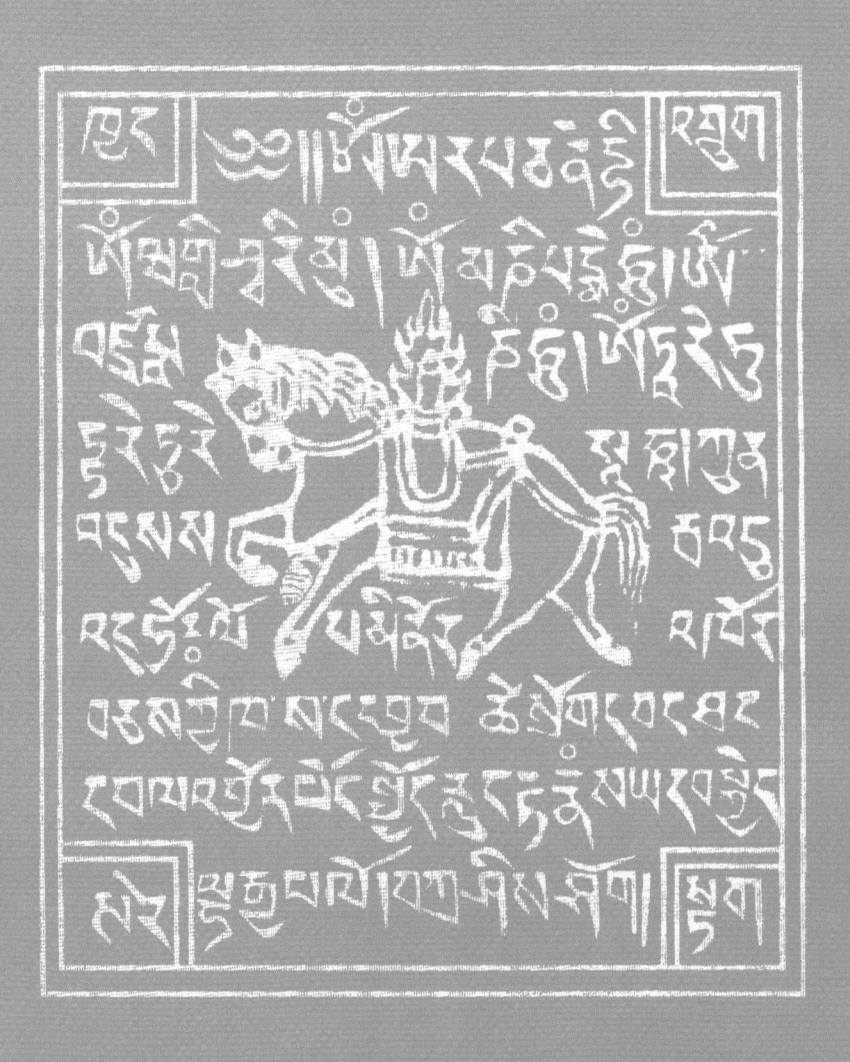

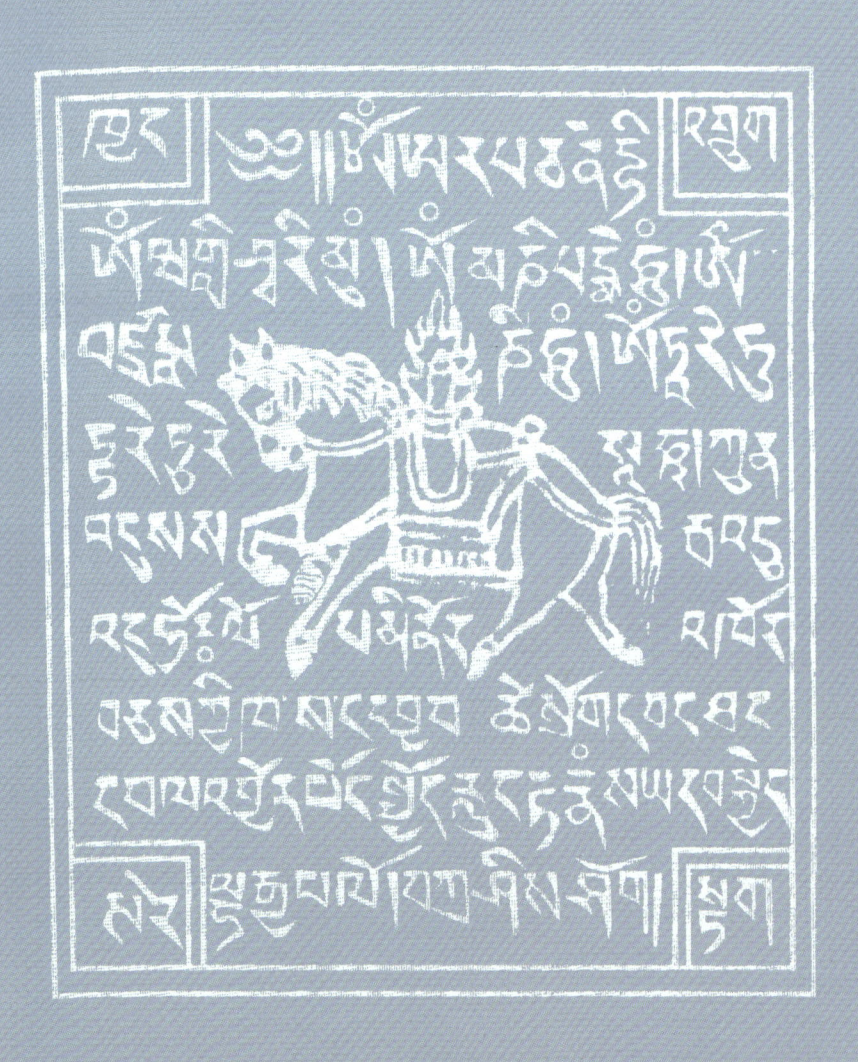